芝麻板

千寻文化

Qianxun-Culture

—图书·影视—

“吃”路漫漫

CHILU MANMAN

芝麻板♥著

百花洲文艺出版社
BAIHUAZHOU LITERATURE AND ART PRESS

图书在版编目（CIP）数据

“吃”路漫漫 / 芝麻板著. --南昌：百花洲文艺出版社, 2019.10

ISBN 978-7-5500-3396-2

Ⅰ. ①吃… Ⅱ. ①芝… Ⅲ. ①长篇小说-中国-当代 Ⅳ. ①I247.5

中国版本图书馆CIP数据核字（2019）第208326号

“吃”路漫漫

芝麻板 著

责任编辑	蔡央扬
特约编辑	小 左 晴 子
封面设计	安柒然
出版发行	百花洲文艺出版社
社　　址	南昌市红谷滩新区世贸路898号博能中心A座20楼
邮　　编	330038
经　　销	全国新华书店
印　　刷	长沙鸿发印务实业有限公司
开　　本	880mm×1230mm 1/32　印张 10
版　　次	2019年10月第1版第1次印刷
字　　数	269千字
书　　号	ISBN 978-7-5500-3396-2
定　　价	39.80元

赣版权登字：05-2019-248

网址 http://www.bhzwy.com

图书若有印装错误，影响阅读，可与承印厂联系调换。

目录

CONTENTS

目 录

CONTENTS

Chapter 1
捡来的病患

毒辣的阳光笼罩着嘉城市，烤得人似要脱一层皮。

葛漫漫使出吃奶的劲儿才从公交车上挤下来，撑着膝盖喘了几口气，再打开遮阳伞，把烈日阻挡在伞外。

她拿出手机，看了眼时间，随即打开百度地图，顺手给店家定了个位。然后她提提肩膀，往上扯了扯背上的双肩包，沿着导航所指的方向走去。

“到了，姑苏人家。”

十分钟后，葛漫漫站在一家装修精致的火锅店外，轻声念出招牌上的店名。仿古的匾额旁画着一个冒着热气的铜火锅。“芙蓉路十五号，没错，就是这一家。”

她推门进去，耳边响起一阵婉转缠绵的古典音乐。

她放眼望去，店面开阔，分上下两层，层与层之间用仿古式屋檐隔开。檐上绿叶环绕，檐下小桥流水，古韵十足。

因为是盛夏，又是火锅店，所以店里的冷气调得很低。刚一进门，葛漫漫浑身一个激灵，嘴角也随着舒适的心情不自觉地翘起。

“请问您几位？”

服务员穿着一身红色旗袍，盘着头，走过来，朝她堆起一个灿烂的笑。

葛漫漫先是被对方的装扮惊艳了一下，接着说：“我昨天跟你们老板约好的，来这儿做吃播。”

“哦，葛小姐是吧？老板这会儿不在，请您跟我来。”

服务员仍保持着微笑，但眼中的恭维之色分明淡了一些。她带着葛漫漫沿木制楼梯上去，安排葛漫漫在一处安静的角落入座。

“您先休息一会儿，菜品一会儿就上来。”

葛漫漫点点头，趁着备菜的空隙，从双肩包里拿出手机架。在架好手机后，她打开直播用的 APP（应用），将摄像头调整到合适的位置。

此时是下午两点半，刚过饭点，属于不尴不尬的时间段，店内的人不多，稀稀拉拉散布在楼下。

葛漫漫坐的位置正对楼梯，顺着仿古雕花的木制楼梯看下去，一对男女正坐在楼梯口的餐桌旁聊着天。男的背对葛漫漫坐着，穿了一件白色休闲衬衫，虽然看不见脸，却给人一种应该长得不错的感觉。女的穿着一身碎花长裙，低着头，脸蛋儿红扑扑的，一副害羞的模样。

以葛漫漫的经验来看，这两个人八成是来相亲的。

趁着菜品没上来，葛漫漫伸长了耳朵，正准备偷听几句，来消磨一下时间，谁知肚子突然一阵不舒服。

她急忙跑了一趟卫生间——并不是拉肚子。

她从卫生间回来，服务员已经把锅底端上来了，是这家店的特色麻辣锅底。

火红的辣子配着滚烫的牛油，原本是最刺激味蕾的东西，但此刻，葛漫漫摸着微痛的肚子，有些为难。当她犹豫的时候，服务员已经利落地将一排盛满虾滑的小钢勺挂在火锅边缘。

“葛小姐，这是咱们店的招牌菜，荷塘虾滑。老板特意叮嘱，希望您能帮忙做下推广，吃的时候尽量展现出食物鲜香、爽脆的口感，如果推广的效果好，老板说会考虑付您双倍酬金。”

双倍酬金！葛漫漫瞪大眼睛，咽了口口水，一咬牙：“好，没问题。

“嗨，大家好，我是漫漫！

“炎炎夏日，躲在冷气十足的屋子里吃一顿又辣又香的火锅，是再过瘾不过的啦！今天，我给大家推荐一家特别好吃的火锅店……”

在说了简单的开场白后，葛漫漫开始挨个介绍今天的菜品：肥羊卷、牛舌头、毛肚、猪脑、鸭肠……当然，还有重头菜，荷塘虾滑。

葛漫漫虽然是南方人，但蘸酱方面喜欢吃北方传统的干碟。稠度适中的麻酱，加上捣碎的花生米，最后再撒上一小勺切碎的香菜，她用四十厘米的长筷夹起两片熟到好处的羊肉，蘸一口酱，整个味觉似乎都被打开了，唇齿间浓香四溢。

一口鲜肉下肚，原本肚子有些不舒服的葛漫漫瞬间就把这茬儿忘了，眼里燃起对美食的欲望。

羊肉开胃过后，虾滑也煮好了。

这家店的虾滑没有直接将虾肉打成糊状，而是留取了部分虾肉，吃起来十分爽滑、有嚼劲，搭配周围的环境，颇有一种身在画中独享美食的感觉。葛漫漫闭上眼，细嚼慢咽，陶醉其中。

手机上，弹幕刷了起来。

“这个虾滑看起来好好吃！”

“怎么办？我突然好想吃火锅……”

“不行了，我的口水流出来了！”

“我刚约了小伙伴，明天中午‘姑苏人家’走起，求偶遇，哈哈哈哈……”

不过一会儿，弹幕已经刷了一拨又一拨。葛漫漫看看周围堆成小山的碗碟，第一轮差不多结束了。

她站起身，正准备再去叫些菜品，胃突然一阵绞痛。她忙不迭跟粉丝说了声抱歉，捂着肚子就往卫生间冲。

打开水龙头，葛漫漫对着水池就是一通大吐特吐，直到吐得胃里空空的，一点食物不剩。可是疼痛并没有跟着那些食物消失，反而越发严重，胃里似乎着了火，好像有无数把烧红的铁钩一下下划拉着她的胃。

葛漫漫疼得满头大汗，扶着墙走回自己的餐桌。她刚想跟大家解释两句，又是一阵绞痛涌上来，她身子一软，竟“哐当”一声从椅子上栽了下去。

巨大的声响引起店内为数不多的客人的注意。

服务员更是吓了一跳，慌忙跑过来看。

葛漫漫捂着肚子，蜷缩在地板上。

服务员见状，立刻傻了眼，愣了大半天，才回过神来，对后厨大喊：“快，打电话，通知老板！”

店内响起“嗒嗒嗒”的声音，吃客们都忍不住好奇，上来看个究竟。

葛漫漫浑身湿透，脸上的汗顺着皮肤滴到地上。

耳边是嘈杂的人声以及手机发出的信息声，"嘀嘀嘀嘀，嘀嘀嘀嘀……"直播还没关，葛漫漫不用想也知道此刻直播间的粉丝是什么状态。她的眼前是无数双腿，时而清晰，时而模糊，无一例外，全部躲得远远的，众人茫然无措地立在那里。

“大家让一下。”

在混乱中，一个极富磁性的男声响起。

一双修长的腿穿过人群，大步踏过来，在葛漫漫面前蹲下。

仿佛遇见一根救命稻草，葛漫漫伸出手死死掐住眼前的男人，用近乎哀求的语气说：“送我去医院……”

男人皱皱眉，没说话，胳膊上出现了五个红印。

葛漫漫迷离着眼，正对上一双琥珀色的瞳仁。她痛得视线模糊，也不知是不是错觉，四目相对的时候，看到对方眼中似闪过一丝奇怪的情绪。

“你觉得哪里不舒服？”男人开口。

“肚子疼……”葛漫漫如实回答，声音微弱。

男人单膝跪地，另一只手按在她的腹部上：“是这里吗？”

葛漫漫摇摇头。

男人又把手往上挪了挪，放在她胸口以下、腹部以上的位置，按了一下。这一次，葛漫漫猛地一缩身体，倒吸一口气：“好疼……”

男人目光一紧，扫了眼桌上未烧干的麻辣锅底，果断道：“应该是辛辣食物引发的胃溃疡，要马上送医院。”说着，他抱起葛漫漫，推开人群，往外走去。

众人一脸震惊，眼睁睁看着男人将葛漫漫抱出了店门。

服务员率先回过神儿来，然后追上去，要拦住正要关车门的男人。

男人顿了一下，从裤兜里掏出一张身份证、一张工作证往服务员手里胡乱一塞，然后他脚踩油门，绝尘而去，留下一脸茫然的众人以及与他一同进店吃饭的长裙姑娘。

服务员低头看了眼手上的工作证：嘉城大学附属医院，胃肠外科，主治医师，谢云舒。

原来是一个医生。

车里的冷气弥漫开来，葛漫漫躺在车座后排，痛得冷汗直流。

前方红灯，谢云舒踩下刹车，回头看了一眼葛漫漫，然后掏出手机，输入解锁密码：“家属手机号码说一下。”

对方用语十分书面，葛漫漫反应了片刻才明白过来，说了一串数字：“这是我男朋友的电话，你打给他吧。”

拨号的人有一瞬间迟疑，随即拇指飞动，按下一串号码。

“嘀——嘀——嘀——”

谢云舒的手机连接了车载蓝牙，“嘟嘟”的忙音在狭小的空间里显得格外焦虑。

“对不起，您拨的电话号码暂时无法接通，请稍后再拨。Sorry,the number you dialed couldn't be connected for the time being. Please dial again later.”

机械的女声响起，谢云舒迅速挂断电话。大概是想到对方或许因为陌生号码故意不接，他又拨了两次，结果还是一样。

“你还有其他朋友的联系方式吗？”谢云舒问。

葛漫漫难受得翻不开眼皮，心底自嘲地笑笑。别说陌生号码不接，自从前天和单阳吵完架后，她不知打了多少遍这个号码，始终无人接听。

她撇撇嘴，心底的委屈犹如惊涛骇浪般翻涌而来，浸出的泪珠染花眼影。喉咙一阵刺痒，她咳嗽了几下，嘴里带出一股血腥味。

“是溃疡引发的少量胃出血，小毛病，你别害怕。”谢云舒回头看了她一眼，语气沉稳淡定，带着一种令人心安的力量。

胃里的绞痛感渐渐减轻，疲倦感袭来，葛漫漫张了张嘴，最终昏睡过去。

葛漫漫再次醒来，是在医院的病床上。

葛漫漫的手背上扎着输液用的静脉留置针，腕上戴着柔软的医用腕带，上面写着她的简单信息，姓名、性别、年龄，还有嘉城大学附属医院的字样。

胃里的灼烧感已经完全消失，葛漫漫抬起脑袋，柔和的光线透过洁净的玻璃窗照射进来，她下意识眯起一只眼。

窗外是一片草坪，草坪上零零散散安装了几台健身器材，几名身穿病号服的病人站在上面，或运动，或聊天，悠闲而惬意。

感受到腿部轻微的压力，葛漫漫转过视线，好友唐楠楠趴在她的床边睡得正熟。也不知她梦到了什么，半张着嘴，口水淌出来，氲湿了白色的床单。

葛漫漫坐起身，推了推唐楠楠。

唐楠楠身子一抖，猛地睁开眼。她直起身子，张着嘴，对着葛漫漫发呆了一会儿，才回过神儿来，然后跳起来，嘴巴几乎贴到葛漫漫脸上："我的小祖宗，你终于醒了。"

面对唐楠楠充满热情的拥抱，葛漫漫一捏鼻子："喂，你别过来，嘴巴难闻死了。"

唐楠楠愣在当场，眨眨眼，叉起腰，踢了一脚床边的劣质马扎："你这个没良心的，本小姐坐在这小破马扎上守了你一夜，你还敢嫌我嘴巴难闻！熏死你，熏死你……"

说着，她就朝葛漫漫的脸上蹭去，葛漫漫推了她几下，却没推开，两人闹着笑成一团。

隔壁床的大妈还没睡醒，一声河东狮吼直冲天际："年轻人，有没有素质，大早上的还让不让人睡觉了？"

两个姑娘被震得耳膜一疼，忙不迭赔礼道歉，直到大妈的嘟囔声消停下来，两人才互相吐吐舌头，低声一笑。

唐楠楠见葛漫漫没什么大问题，心也随之放下。她看了眼墙上的挂表，转身去叫医生。

过了一会儿，唐楠楠推门回来，身旁多了一个身穿白大褂的医生。

医生是一个年轻男子，一只手拎着一本病历，另一只手放在白大褂一侧的口袋里，走路很快，三两步就来到葛漫漫面前。

"你感觉怎么样？还疼吗？"

葛漫漫的视线落在医生的脸上，他的皮肤很白，鼻梁很挺，睫毛很长，安静的时候神情高冷，说起话来薄唇自带三分笑意。

她盯着医生看了半天才回过神来："哦，我好多了。"

医院的病床是可以自由升降的，葛漫漫刚醒来时，就让唐楠楠帮她把背部架子升起来了，此时，医生走到床尾，按下升降按钮，将床放平。

"早上你没吃饭吧？"

"没有。"

"夜里又疼了吗？"

“没有。”

医生面色平静地问了两个简单的问题，拿笔在病历上“唰唰”写了些什么，然后伸出手放在葛漫漫的胃部。

葛漫漫吓了一跳，条件反射地抓住医生的手：“你要干吗？”

医生的动作顿了一下，偏头看了她一眼，脸上露出疑惑不解的表情。葛漫漫短路的脑子瞬间反应过来，她的脸“腾”地一红，连忙松开对方的手。

“疼吗？”

葛漫漫盯着这双按在自己上腹的手，手指修长，骨节分明，隔着薄薄的病号服，她能清楚地感觉到它的温度。

她摇摇头，脸涨得通红。

医生拿出笔又在纸上写了几个字，语气平常：“一会儿去约个号，今晚你早点睡，明早不要进食，也不要喝水，到内窥镜室做个胃镜。”

葛漫漫闷声点头。

“你注意休息，吃些清淡的东西，不要吃辛辣的食物。”医生合起病历夹，又叮嘱了她几句才转身离开。

唐楠楠微微欠了欠身：“谢谢谢医生。”

葛漫漫没有说话，一直对着医生的背影发呆。直到对方推门出去，她才歪头问：“刚才那个医生姓谢？”

“对呀，谢云舒。”

顺着唐楠楠的视线看去，床头存放责任医生资料的卡槽上清楚地写着主管医师的名字——谢云舒。

“谢云舒？”葛漫漫重复了一遍，脑海中不断回忆起刚才那个人的脸，“我怎么觉得好像在哪里见过这个人呢？”

话音未落，她的后脑勺就被拍了一下，唐楠楠一脸正义的样子：“我说你也太忘恩负义了吧！昨天谢医生才把你捡回来，你今天就忘了？”

“你是说，昨天从火锅店送我来医院的人是谢医生？”

唐楠楠点点头："昨天，我等你等到半夜，见你一直没回家，就给你打了一个电话，结果是火锅店老板接的。老板说你突发意外，被嘉城大学附属医院的谢云舒医生带走了，吓得我赶紧赶来医院。我在咨询台打听了半天，找到你的时候都十二点多了。谢医生昨天本来休班的，一直在这儿等到我来。"

"啊？不是吧。"

"啊什么啊，你得好好谢谢谢医生。"

葛漫漫低着头若有所思，过了一会儿，突然从床上跳起来："坏了，我的直播设备和手机都还在火锅店呢！"

唐楠楠接到单阳的电话时，葛漫漫正在吃早餐，白米粥、鸡蛋和素馅包子。讲了两句，唐楠楠把手机递给葛漫漫，后者翻了一个白眼，继续若无其事地喝粥。

单阳在电话里解释，昨天回了一趟老家，信号不好，这才没接到谢云舒的电话。今早看见短信提醒，他照着陌生号码打回去，这才知道她出了事，东西也落在了火锅店。他此刻刚从火锅店取了东西，正在赶来的路上。

葛漫漫质问单阳，就算昨天他在老家，手机信号差，前天呢？前天两人吵完架，她打了不下二十通电话，难道陨石撞地球，干扰了信号？

单阳不说话。

唐楠楠怕两人在电话里吵起来，连忙抢过手机。

挂断了电话，唐楠楠半是责备半是哄地劝葛漫漫："人家单阳的妈妈生病了，他本来是回老家看望单妈的，知道你出事立刻赶了回来。这相当于什么？这就相当于你和他妈同时掉进水里，他选择了你。这还不足以说明他对你的心吗？你别听风就是雨的，你亲眼看见他背着你相亲了？"

半小时后，病房的门从外面被推开。

来人是一个模样清秀的少年，穿了一件短袖 T 恤，右肩上背一个粉红色双肩包，视线依次扫过三张病床，最后落在靠窗的一张病床上。

葛漫漫脸上有一瞬间的喜悦，随即克制住，别过头去。

单阳从双肩包里拿出一部手机伸到她面前。

两个人谁都没说话，画面定格了一会儿，单阳淡淡开口："你那手游上的夏日礼包再不领就过期了。"

葛漫漫眨了一下眼睛，抢过手机，然后解锁，进入游戏，随即动作慢下来。她缓缓抬头，与单阳对视了两秒，"扑哧"一笑。

单阳愣了愣，也随之笑开了。

唐楠楠见状，长长地松了一口气。

"好了，既然正主都来了，也没我什么事了吧。"唐楠楠边说边抓起柜子上的单肩包，斜背在身上。

葛漫漫看了一眼单阳，抓住唐楠楠，扭过脸，赌气似的撒娇："你干吗去，亲爱的？你不许走。"

唐楠楠无语地望望天，掰开她的手，笑道："行了，我可不敢在这里做电灯泡。再说了，我家林旭还等着我去给他送饭呢。"

葛漫漫不满地撇撇嘴："哼，林旭，林旭，你就知道林旭，见色忘友的家伙。嘿，唐楠楠，你给我回来，别跑……"

病房的门"砰"地关上，她的病床前只剩下单阳静静地站着。

"我可还没原谅你。"

葛漫漫白了单阳一眼，抱着被子背过身去，轻轻一笑。

单阳眼神复杂，站在她身后，不易察觉地叹了一口气，随即搬过马扎坐下，拉起她的手，轻声问："中午你想吃什么？"

"麻辣鱼！"葛漫漫从床上坐起来，两眼冒星。

"不行，你忘了因为什么进来的？"单阳斩钉截铁。

葛漫漫闷闷不乐地哼了一声，盘着腿瘫下去。随即又一个激灵，她直起腰，拿出手机操作了几下，指着床头的双肩包："单阳，你帮我把包里的摄像机和遮光板递过来。"

"做什么？"

“昨天我不是在火锅店录吃播出意外了吗？我得和粉丝们说一声，不然大家还以为我食物中毒了呢。火锅店老板也不容易，我可不能干这么损人不利己的事。”

她一边把手机连在摄像机上，一边问了旁边病床的大妈能不能做个直播。

大妈五十多岁的样子，听不懂葛漫漫的话。葛漫漫连忙从床上下来，手舞足蹈地比画了一阵，顺便宣传了一波自己的房间号。

大妈睡饱了觉，心情格外好，在葛漫漫的指导下下了一个直播软件。点进去后，大妈迷茫了一阵：“哎，姑娘，我怎么没看见你呢？”

“您先等会儿，大妈，我这儿还没调好。”

葛漫漫有些兴奋，架好摄像机和遮光板，调整光线和角度。一旁的单阳站起身，说：“我出去接一个电话。”

“好的。”

葛漫漫心不在焉地应着，直播间粉丝的情绪高涨，争先恐后地关心漫漫主播的病情。她一一道谢，丝毫没注意到单阳阴沉的脸。

葛漫漫跟粉丝解释完吃播中途昏倒的事，又聊了一会儿天，下线时已经快十一点了。

单阳一直没回来，葛漫漫出门去找，发现对方哪儿都没去，就在门外打电话。见她出来，他匆忙挂断了电话。

她联想之前听人说他背着自己相亲的事，心下存疑，让他交出手机。她翻阅通话记录，最近的一通电话是单妈打来的，通话时间一个小时。

她面露尴尬，将手机交还给他。

“你妈没事吧？”

“什么？”

“你早上不是在电话里说，你妈生病了吗？”

单阳愣了一下才反应过来：“没事，她伤风感冒了。”

“哦，是的。”

她简单地回答了一句，单阳没有再回应。

空气在两人之间静默下来。少年一只脚抵着墙，眉眼低垂。不知是不是错觉，她总觉得单阳有心事。

临近饭点，走廊里飘起淡淡的饭香。

单阳看了眼时间，还不到十一点半。葛漫漫早饭吃得晚，不太饿，就想赶在工作人员午休前到内窥室预约一个胃镜号。谁知她刚预约完，走廊里就传来一阵喧嚣，人流也朝某个方向涌去。她好奇心重，拉着单阳追上去，然后在天台顿住了脚步。

天台上，几十个人围在一起。透过人群的空隙，葛漫漫可以看见一名身穿蓝白住院服的大叔正一步步朝天台边缘走去。

他长着一张憨厚的圆脸，皮肤黑色粗糙，一只手茫然地垂着，另一只手……不，应该说另一只袖管空荡荡的。

听周围人议论，这个人是一名外来务工人员，因为工作时操作不当，被机器绞掉了一条胳膊，这才想不开要寻短见。

眼看大叔翻上与胸口齐高的护墙，骑跨在上面，人群突然安静下来。大家面面相觑，一时竟无人敢上前相劝。

"走吧，我们去吃饭。"单阳拉着葛漫漫离开。

"等会儿。"

她甩开单阳的手，目光聚焦在大叔身上。烈阳下，大叔的衣服已然湿透，胸口深蓝一片，不知是哭喊出的汗还是流出来的泪。

葛漫漫蹲下身，从一侧袖口抽出一条胳膊藏在衣服里。

"你干什么？别多管闲事。"

她回头对单阳眨眨眼，就往人群中钻去。

"喂，大叔，您有什么想不开的，您看我还不和您一样？"

她甩甩袖子，声音在一片寂静中显得十分突兀。人们的目光不自觉地移到她身上，纷纷倒吸一口气。

大叔一愣，回头瞅了她一眼，操着一口方言："你懂啥？看你生得白白净净，就知道你是被人捧在怀里的。俺不一样，俺娘生病了，在床上躺着。俺还有两个闺女，还等着俺给她们挣学费呢。"

“那就更不能跳了，您要是死了，谁给他们挣钱去？”

说到这儿，大叔哭得更厉害了：“去年我出来的时候，包工头就嫌俺年纪大，不让俺下工地，现在这样，更没人要俺了。你缺条胳膊还能活，俺缺条胳膊，全家都没活路，还不如死了算了。”

她又往后藏了藏胳膊，接着说：“大叔，您这话说得不对，工头不要您，您可以自己创业当老板啊。”

“创业？俺没念过书，就会和个石灰，创不了业。”

“那……您会吃吗？”她眼珠一转，演技上线，“实话跟您说吧，我就是一个孤儿，后来拼着一口气上了大学，毕业后才发现，找工作还需要人脉。我没有熟人，自然也找不到好工作，唯一的长处就是能吃，于是我就利用这个开了一个直播间，每天我在里面直播吃饭，每个月能赚好多钱呢，不比在工地上赚得少。”

“啥？开什么间？吃饭还能上《新闻联播》？”

葛漫漫的余光瞥见悄悄上来的医护人员，她顿了一下，继续说：“对，就是《新闻联播》，所有人都能看见你吃饭，大家看你吃得香，就会打赏你，给你钱。”

“那不是乞丐吗？”

“您见过乞丐上网吗？见过乞丐月收入好几万吗？您要是不信，我现在就直播给您看。不过您得跟我下去，这儿没信号。”

“俺知道了，你就是想骗俺下去。”大叔警惕起来。

没想到这人模样憨实，竟有如此智商。葛漫漫轻咳一声，拿出手机，点开一个以前录好的吃播视频，举起手机来，不慌不忙：“我为什么要骗您，您瞧这上面吃饭的姑娘是不是我？”

大叔压低脖子瞧了眼手机屏幕，慢慢地从护墙上爬下来，凑到她手机跟前。大叔咧嘴一笑，正要说什么，余光瞥见人群中混了几个穿白大褂的医护人员。他视线一收，又看见葛漫漫藏在背后的左手，脸色瞬间一变，猛地推开葛漫漫，飞速爬上护墙。

“好啊，你们合起伙来骗俺！”

大叔情绪激动，三两下翻上护墙，还没坐稳，竟一个脚滑踩空了。

“大叔，小心！啊——”

葛漫漫离他最近，下意识冲上前伸出手，胳膊猛地一拉，只听一声脆响，剧烈的痛楚令她下意识松手。

在千钧一发之际，另外两只手同时出现拉住悬在半空中的大叔，其中一只手异常白净、修长。

“谢医生？单阳？”

葛漫漫往左看了一眼，然后往右看了一眼。

“退后。”

谢云舒的侧颜异常冷毅，黑色的T恤隐藏在干净整洁的白色隔离衣下，他沉稳、冷静得犹如他此刻的语气。

她捂着胳膊，听话地退开几步。谢云舒和单阳费了些力气，才合力将大叔拉了上来。一番哭闹折腾后，天台上的人逐渐散开。

单阳扶着膝盖缓了一口气，抬头问她：“你的胳膊没事吧？”

“啊啊啊，疼死了。”

她尝试着活动了一下胳膊，疼得眼泪都快掉出来了。

“别动！”一声简短的命令，谢云舒跨步走来，摸了摸她的肩膀，平静地道，“关节脱臼。”

“不是吧？”

葛漫漫内心绝望到极点，她只是做一件好事而已，怎么就胳膊脱臼了，她最近是惹上瘟神了吗？

“需要去骨科吗？”单阳急问。

“不用，你按住她，别让她乱动。”

单阳照做。谢云舒往后退了一小步，一只手顶在葛漫漫脱臼胳膊的腋窝下，另一只手握住她的前臂。

“谢医生，轻……轻点。”葛漫漫紧张得心都提到嗓子眼了。

“你害怕了？刚才不是还挺勇敢的，就这么堂而皇之地上去劝，你就不怕他真跳下去，家人赖上你？”

她摸摸脑袋，想了想说：“应该不会吧，真正想自杀的人情绪应该很平静，可那大叔一开始就鬼哭狼嚎，这样的人一般不是真的想死，他们这么做，只是为了引起周围人的注意。其实他们内心很希望有人能上前劝自己，假如大家都置之不理，情况反而更糟。”

谢云舒诧异地看了她一眼：“这是你自己琢磨出来的？”

她脸红了一下：“嘿嘿，以前我上‘病患心理学’的时候听老师说的啦。”

“你也是学医的？”

“不是，我学播音主持的。这是我当年为了追我们嘉城大学某校级男神，特意去旁听学来的。”

“哦？这么巧，我也是嘉城大学的。”谢云舒微微一笑，握紧她小臂的右手不动声色地往后压了一下，“你介不介意告诉我你男神的名字，说不定我还认识。”

葛漫漫沉浸在对男神的回忆里，全然没留意谢云舒突然发力的手：“他叫……啊！”

伴随着一声惨叫，肩头一阵过电似的疼，葛漫漫直接蒙在当场。

谢云舒整整白大褂，云淡风轻道：“好了。”

“谢谢医生。”单阳说。

“应该的。”谢云舒笑了一下，朝天台出口走去。

看着渐行渐远的背影，单阳拉着脸不说话。

葛漫漫一头雾水：“你怎么了？”

少年依旧不出声。

她呆呆地摸他的额头：“你没生病吧？”

单阳拨开葛漫漫的手，压低了声音：“葛漫漫，我拜托你以后别动不动就跟别人说，你是一个美食主播好吗？这不是什么值得炫耀的职业。”

她一脸茫然，隐约听出他的意思，却又难以置信：“你说什么？”

单阳胸口起伏，稍微平静后，道：“我妈说让你赶紧找一份正经工作，不然就让我和你分手。”

她愣在原地：“什么叫正经工作？你的意思是说，我做吃播就不正经了？”

单阳背过身去：“总之，你最近别再弄了，我妈都从网上看见你了。”

她冷笑道：“这是我喜欢的东西，我用它赚钱，一没偷，二没抢，凭什么你说让我改行我就得改行？”

单阳吐了一口气：“我帮你向我们公司人力资源部递了一份简历，过几天你去面试。文员的工作不会太累，以后有机会再……”

“我不去！”

“听话！”

“我不要！”

“葛漫漫！”

她彻底爆发：“单阳，你当我是什么？我是你女朋友，不是你的所有物，你无权替我做决定，你妈更没有！”

单阳转过身来，吼道：“你也知道你是我女朋友，既然是我女朋友，你为什么不能听我的话，你能不能不要总是这么自私？”

她怔了怔，不怒反笑：“呵呵，我自私？如果你是这么想我的，那我们不如分手吧。”

“你说什么！”

她转过身去，不再说话。

单阳望着她的背影，握紧拳头，良久，冷声道：“好，这可是你说的，别后悔。”

“喂！”她本是说的气话，见他离开，下意识叫他。然而他和她擦身而过，再没有回头。

与此同时，天台出口的转角处，一道挺拔的白色身影静静地注视着这一切。

从天台下来，葛漫漫午饭也没吃，回到病房，闷头就睡。她一直睡到下午六点多，才被隔壁床的大妈叫起来。

大妈的女儿熬了小米粥送来，大妈盛了一碗给她。她实在没胃口，却又不好拂了人家的好意，勉强吃了两口。

吃饭的时间，病房内的空调调到最高档。葛漫漫翻出手机，略带期待地点开微信，除了粉丝群内叽叽喳喳的催播声，只有唐楠楠的一条信息："胃镜预约上了吗？"

她简单回复了一个"嗯"字，没有提和单阳分手的事，她不确定这样简单、粗暴、毫无仪式感的分手到底算不算分手。

她的心情莫名烦躁，索性放空自己，找了一部电影来看。三个小时的文艺片，她没怎么看懂，只记得结尾处的音乐很煽情。

她关掉播放器，手机发出电量低于百分之五的警报声。她从背包里掏出数据线，却发现充电头放在家里了。

墙上的钟表显示现在是晚上十二点半，病房早已熄了灯，眼看手机就要自动关机，葛漫漫蹑手蹑脚地走下床。

走廊的灯亮着。按规定，护士办公室必须二十四小时有人值班，她决定去找护士小姐姐借一个充电宝。

葛漫漫推开护士办公室的门时，谢云舒正趴在办公桌上写病历。他穿着中午那件黑色T恤，白大褂平平整整地搭在椅子上，听到开门声，下意识看过来了。

"谢医生，你怎么在这里？"

"我今晚值班，过来看看。怎么了，你哪里不舒服？"谢云舒站起身，微微皱眉。

她连忙摆摆手："我没事，就是手机没电了，想借一个充电宝。"说着，她举起手机和数据线。

谢云舒低头看了一眼腕表，眉头皱得更厉害了："我没告诉你，明天做胃镜，今晚要早点休息吗？"

好像上课传字条被老师抓住的学生，葛漫漫莫名感到紧张起来。她垂下头，不敢看他："我，我马上回去睡觉。"

"充电宝不借了吗？"

"有吗？"她回过头。

"没有。"

葛漫漫感到一阵失望。

谢云舒顿了一下，指着墙上某个地方：“不过，这儿有个 USB（通用串行总线）充电接口，不介意的话，你可以把手机放这儿，明早再来拿。”

她犹豫了一下，又点开微信看了一眼，点点头，将手机和数据线一并交给谢云舒。

回到病房，她躺在床上翻来覆去睡不着，脑海里一直回想着和单阳的点点滴滴。

她和单阳是在一次校庆主持人选拔大赛上认识的。

当时通过层层选拔，大赛最终确定下来的人选有四个，包括她在内的三人是来自播音主持专业的，只有单阳来自金融系。

这个半路出家的少年外形帅气、声音沉稳，在台上从容应对的模样一点儿不输科班出身的他们三人。

那次活动，两人当搭档的次数最多。校庆还没结束，葛漫漫就听到了单阳的表白。

彼时，葛漫漫刚从被男神拒绝的阴影中走出来，单阳星星点点的温暖就征服了她的心。后来她得知单阳虽然学的是金融专业，但他的梦想和她一样，是做一名主持人。

因为共同的语言、共同的梦想，这段恋情就持续了四年，她一直以为自己会和单阳一起毕业、工作，直到结婚。可不过一夕之间，所有的未来都似乎成了虚幻的泡影。

月光透过窗帘的缝隙照进来，她睁着眼睛，没有一丝困意，就这么盯着雪白的天花板，闻着消毒水的味道直到天亮。

早上七点，谢云舒来查房，顺便把手机还给她。

“你休息好了吗？”

“嗯。”她揉揉眼睛，假装刚睡醒。

谢云舒的视线在她脸上停了一下，没说什么，向她要了胃镜预约单看了一眼，问：“谁陪你去？”

“我自己去。”

“你预约的是无痛胃镜，要上静脉麻醉，你确定要一个人去？”

她愣了两秒，抬起头，朝谢云舒露出一个灿烂的笑：“嗯，我一个人没问题的，我哪有那么娇贵。”

谢云舒看了她一眼，没再多说。

收拾完毕，葛漫漫一个人来到十二楼的内窥镜室等候。她来得不算晚，但前面还是排了十几个人。

她拿出手机，本想玩把游戏消磨下时间，却发现一条单阳发来的微信，时间是凌晨十二点五十九分。那时她刚把手机交给谢云舒，根本没看到信息。信息只有一条：“明早要我陪你做胃镜吗？”

她纠结了一会儿，在对话框里输入又删除，最终写了四个字：你在哪儿？

她点击发送，紧接着跳出来一串信息：“暖阳开启了朋友验证，你还不是他（她）朋友。请先发送朋友验证请求，对方验证通过后，才能聊天。发送朋友验证。”

他把她拉黑了？葛漫漫僵在原地，心一点点凉下去。看来这次他们是真的完了，这算不算是她想要的仪式感？她扯动了一下嘴角，蓦地苦笑，盯着屏幕许久，深吸一口气，长按单阳的头像，选择了删除该聊天。

大概是因为一夜未眠，葛漫漫头昏昏沉沉的，晕晕乎乎玩了把手游，险些被队友骂死。八点五十五分，护士终于叫到了她的名字。

护士递上来一瓶类似于葡萄糖酸钙的小瓶，名字很长，她一个字也没记住，一口下去，感觉喉咙麻麻的，想咽口水却咽不下去。

她有些尴尬，护士习以为常地看了她一眼，指了指对面的操作室。

她推门进去。屋子里有四个人，两名医生，两名护士；中间一张床，周围摆着各种管管道道的仪器，莫名令人紧张。

一名护士走过来，告诉她不要害怕。她脱了鞋子，朝左侧躺好，另一名护士给了她一个支撑口腔的东西让她咬住。紧接着，一名医生过来在她胳膊上扎了一针，她还没来得及思考，就失去了意识。

葛漫漫再次苏醒，是被护士叫醒的。看了眼墙上的表，才过去十分钟，她却觉得睡了好久，似乎还做了一个很美的梦。梦里，她回到了无忧无虑的大学时代，和宿舍的姑娘们一起追男神，闹笑话，一切简单得美好。

护士过来扶她出去，见她没人陪，让她在外面的凳子上坐一会儿再走。她硬撑着挤出一个笑。

摸摸肚子，她忽觉一阵恶心，刚想往洗手间走，却感觉一阵头晕目眩，她立刻俯下身扶着墙干呕起来。

打扫卫生的大妈见了，走过来踢踢她的脚，用扫帚指指对面，冷声道："洗手间在那儿，你别在这儿吐。"

不过咫尺之遥，但此时此刻对葛漫漫来说，却仿佛有天涯之远。她站起身，手刚离开墙，就如喝醉了酒的醉汉似的，脚步完全不受控制。就在她险些摔倒的刹那，一只有力的手臂及时扶住了她。

那只扶住她的手，手指修长，指甲修剪得整齐而不多余，顺着这条胳膊看去，轮廓鲜明的下颌线上是一张神情严肃的脸。

"谢医生，你怎么在这儿？"

"我刚巧路过。"

恰到好处的薄唇抿着，锐利的目光盯着她。他应该刚洗完澡，没穿白大褂，里面的黑色T恤也换成了白色短袖衬衫。

"我自己可以……"她笑了笑，一句话没说完，就被他拉去了洗手间。

他去了一趟卫生间，洗完手，径直走了出去。

葛漫漫趴在洗手池前吐了个天昏地暗，却只吐出些酸水。她抬起头，望着镜中的自己，这才发现自己的黑眼圈重得像用眼影画出来的，脑袋又晕又疼，心头一阵委屈，空无一人的洗手间里响起一阵啜泣声。

过了一会儿，她心头那股恶心的感觉逐渐下去，她漱漱口，洗把脸，扶着墙从里面出来，然后吓了一跳。

此时，她以为早已离开的谢云舒正坐在门口的公共长椅上闷头玩手机。见她出来，他抬头看了她一眼，淡淡地道："做完胃镜，恶心晕眩都是正常反应，你不用担心。"

她点点头，头昏脑涨的她决定不再勉强自己，顺势在他身边坐下，靠在椅背上休息。清爽的洗发水味道飘入鼻端，她闭上眼，猜测这是什么味道，可还没等她猜到答案，就困得睁不开眼。

这一觉，葛漫漫睡得很香。再次睁开眼，她发现自己歪着头靠在一个很舒服的肩头上，周身缭绕着洗发水的香味。对了，是栀子花香。

慢着，她这是在哪儿？

"你睡醒了？"耳畔传来低低的男声。

她的心蓦然一跳，一下子坐直了身体，偏头看向身旁的男人。谢云舒手里拿着手机，跷着一条腿，闭眼靠在椅背上，白色的衬衫湿了一小片。她心下一窘，连忙擦擦口水，脸涨得通红。

"谢……谢医生。"

谢云舒睁开眼："你还难受吗？"

她摇摇头，只觉得耳朵火烧似的滚烫。

谢云舒看了眼手表，站起身活动一下右边胳膊，就要离开。

葛漫漫叫住他，本想问他要不要把衬衫脱了，她帮他洗洗，刚张嘴又觉得不妥，连忙改口问："你要……去哪儿？"

谢云舒回头看她，平静地答："餐厅。"

"早餐？"

"午餐。"

葛漫漫蒙了一下，看了眼手机，已经十一点半了。

天哪，她竟然睡了两个多小时。如果她没猜错的话，谢云舒昨晚值的夜班，今天白天应该回去睡觉的，就这么陪她浪费了一上午。她越想越觉得对不起他，开口道："要不我请你吃饭吧？"

"院里不允许医生收受贿赂。"

葛漫漫想了想："我就在餐厅请你，很便宜的，不算贿赂。再说，你现在也不是上班时间，不是医生，就当谢谢你借我肩膀睡觉。"

谢云舒沉默了一下："那就一起吧。"说完，他自顾自朝餐厅走去。

葛漫漫把手机装进口袋，连忙追上去。

从三号楼到院餐厅要穿过大半个院区，一路上，擦身而过的护士和医生无一不朝葛漫漫投来怪异的目光。她被看得浑身不舒服，戳戳谢云舒的胳膊，问："我今天穿得奇怪吗？"

靛蓝色的牛仔裤、活泼俏皮斜马尾，再搭上粉萌的双肩包，虽在一众白色系护士医生中显得特殊，但放在病患中却是再寻常不过的打扮。

谢云舒摇摇头："不会，挺好看的。"

"我脸上有东西？"

"没有。"

"那大家为什么看我？"

谢云舒的步子明显慢了一拍，他抬起头，无数双眼睛瞬间躲闪开。他低着头，嘴角噙着一丝隐隐的笑："大概都是你的粉丝。"

葛漫漫将信将疑。她虽然不是什么大明星，但因为长得好看，能说会道，做吃播两年，积攒下不少粉丝，偶尔走在路上，也会被认出来。然而像今天这么高的回头率，她还是第一次遇见，而且是在医院里。奇怪，医院里不都很忙吗？

"看不出你人气还挺高的，在什么平台？用哪个软件？"

葛漫漫对这个问题条件反射，立刻眯起眼，张开手，浮夸道："快吃 APP，房间号 71707，漂亮的、帅的都会点关注哦！"

谢云舒脚步一顿，低头像看精神病患者似的看了她一眼，径直往前走去。

她尴尬地眨眨眼，快步追上去："谢医生，您不关注一下？"

谢云舒眼皮没抬一下："关注你乱吃东西，再去捡你一次？"

葛漫漫内心一阵冷风过境。好吧，说得也是，邀请谢云舒关注她，大概相当于老师关注学生那么恐怖，还是算了。

正是饭点，餐厅各个窗口都排起了长队。

她问谢云舒想吃什么，谢云舒说随便。

葛漫漫生平最讨厌吃饭吃“随便”的人，这种人往往最不随便。可毕竟是她请客感谢人家，只好慢声细语地哄着，让他找一个地方先歇着，她去打饭。

昨天就有粉丝在群里说嘉大附院餐厅的家常菜出了名地好吃，尤其是香菇油菜、西蓝花炒虾仁和土豆烧牛腩这几道菜。

反正不知道吃什么，葛漫漫索性直奔小炒区排起队，排了大约二十分钟便轮到了她。

她望着头顶的菜单，毫不犹豫地点了这三道菜外加两份米饭。等到付款时，她却被对方告知餐厅不收现金，只能刷饭卡。

打菜的师傅告诉她，办饭卡的地方在对面。

葛漫漫回头看了一眼办饭卡窗口那千年白素贞似的队伍，再回头瞅瞅嘴边的饭菜，咽了一口唾沫。

排在她后面的人开始催促：“前面的，还买不买饭了？后面还排这么多人呢。”

“对不起，对不起。”她一边连声道歉，一边转身问排在自己身后的女孩能不能借她的饭卡一用，自己付现金。

女孩穿着医院的病号服，十五六岁的模样，看起来有些眼熟，说起话来却像吃了枪子儿：“谁让你没卡还敢请我家谢医生吃饭，活该！”

葛漫漫心中诧异，想了半天才想起来，这女孩就住在隔壁病房，之前还在谢云舒的办公室见里过她。

我家谢医生？这女孩是谢云舒什么人？不等葛漫漫搞清楚情况，打菜师傅又催促起来：“这菜还要不要？”

她干笑了两声：“那个，师傅，能不能通融一下？”

师傅不耐烦地翻一个白眼，下巴不悦地叠成三层，大喊：“下一个！”

“我来付吧。”头顶传来熟悉的声音。

随着“哔”的一声刷卡声，穿病号服的女孩犹如一只小鸟飞到来人面前，拉起来人的手，脆生生道：“谢医生！”

葛漫漫看了谢云舒一眼，心虚地笑笑：“师傅说不收现金。”

“借口！没诚意！”不等谢云舒说话，女孩先狠狠剜了葛漫漫一眼，随即扭回头，翻脸跟翻书似的，对谢云舒嘟起小嘴，委屈道，“谢医生，你为什么要答应跟她一起吃饭，我之前叫了你好几次，你都没答应。”

谢云舒嘴角一弯，抬起一只手放在女孩的头顶，目光温和得似漾起一朵软软的云：“沫沫今天想吃什么？”

女孩眼睛一亮：“蘑菇炒肉！”

谢云舒不动声色地抽回手，柔柔一笑，转身对打菜师傅说：“麻烦再来一份蘑菇炒肉，一份米饭，一份番茄蛋花汤。”

“十二块钱。”

谢云舒拿出饭卡往刷卡机上一放，顺手端起葛漫漫刚点的饭菜，边走边叮嘱女孩，要把汤里的番茄吃完。

女孩的脸颊红红的，仿佛被请了豪华巨餐般开心。她用力点点头，朝谢云舒挥挥手：“谢医生，我会全部吃干净的。”

谢云舒和葛漫漫找空桌坐下。

不远处，那个叫沫沫的女孩已经打包好饭菜，朝餐厅出口走去，一蹦一跳的样子看起来心情不错。

“她是你的病人？”葛漫漫一边从托盘端出饭菜，一边漫不经心地开口。

“嗯，是的。”

“我从来只见过病人请医生吃饭，还没见过医生请病人吃饭。”说完这句，葛漫漫突然想到眼前这顿自己扬言要请的饭也是谢云舒出的钱，一时窘态毕现，连忙调转话锋，“可见谢医生真是医者仁心。”

谢云舒没有说话，视线仍落在那个女孩身上。直到那女孩走出餐厅，他才低头，轻声叹了一口气。

葛漫漫心生好奇，本想问那个女孩得了什么病，转念一想，又觉涉及病人隐私，这么问不妥，就把注意力集中到眼前的饭菜上。

色泽清爽的香菇油菜、鲜味十足西蓝花炒虾仁、滋香诱人的土豆烧牛腩，她从昨天早餐后就几乎没吃东西，此刻看到这些色香味俱全的菜色，几乎都能想象到肚子里的馋虫大闹五脏庙的画面。

她齐了齐筷子，眼睛盯住一块牛腩，却在筷子逼近牛腩的瞬间，看到牛腩被另一双筷子给夹住了。她诧异地抬头，去看那双筷子的主人。

这是什么意思？没花钱，不能吃？

谢云舒不满地蹙起眉："刘医生没告诉你，做完胃镜不能吃饭吗？"

她看了眼餐厅墙上的挂表，愣愣地点头："说了啊，刘医生说两个小时后才能正常进食，这都快三个小时了。"

谢云舒："看来他没说清楚。做完胃镜两个小时后的确是可以正常进食，但是最好不要吃硬质食物，可以吃些米粥类的流食。"

说完，他径自将她的米饭端到自己面前，拿起筷子，若无其事地吃了起来。

葛漫漫坐在他对面，想借饭卡去买份粥喝，又不好意思开口。她就这么咬着筷子，看着他大快朵颐。

本来她以为是两个人吃，就都点了大份菜，但谢云舒饭量一般，每道菜都没吃完。

用餐完毕，葛漫漫盯着毫无凌乱痕迹的剩菜，吞着口水，然后笑呵呵地抢过餐盘碗筷送到剩饭处理区。

送餐盘碗筷的人比较多，她耽误了些时间。从餐厅出来，谢云舒已经在外面等了一会儿，见她出来，他递上一杯米粥。

"给我的？"

"松果粥，味道不错。"

葛漫漫犹豫了一下，接过来。

粥的温度正好，不凉也不会太烫，打开盖子，她隐约能闻到松果淡淡的涩味。然而第一口喝下去，她才发觉那股涩味竟被米香的味道尽数掩去，第二口下肚，唇齿间反而留下一股淡雅的清香。

“好喝！”

谢云舒没有看她，眼睛直视前方，似是自言自语：“这个粥是附院餐厅的特色，松果有补气血、温肠胃的功效。松果入粥，香而不腻，很适合胃病患者，就餐厅师傅的烹饪手艺来说，这算得了上品。”

她惊讶道：“谢医生对烹饪还有研究？”

谢云舒低头轻笑：“算不上研究，我单纯对吃有兴趣吧。”

她咬着纸杯，突然想到什么，不好意思地摸摸脑袋：“本来我想请你吃饭的，没想到反倒成了被请的一个。不如这样，下次我带你去一家餐厅，虽然位置偏了些，但是特别好吃。”

似是被她夸张的表情惊到，谢云舒愣了一下，低头看了她一眼，面上似有笑：“是吗？我对吃的要求可不低。”

葛漫漫拍拍胸脯，信誓旦旦：“放心，我保证让你吃到扶墙出来！”

Chapter 2

新室友还不赖

从餐厅出来，谢云舒顺道陪葛漫漫去内窥镜室取了胃镜报告单。报告单显示，她只是慢性胃炎，口服些药物治疗溃疡，饮食上少吃刺激性食物，定期复查即可。她松了一口气，得了谢云舒的许可，下午就办了出院手续。

站在医院对面的公交站前，葛漫漫接到唐楠楠打来的电话。

“出院手续办完了吗？”

“嗯，我正在等公交，一会儿到家。”葛漫漫仰着头，一边查公交线路，一边有气无力道。

“我这儿有一个天大的好消息，你要不要听？”

“少卖关子，什么事？”

葛漫漫刚失恋，心情不好，懒得和她打哑谜。

唐楠楠气呼呼地哼了一声，隔着听筒一阵傻笑后，语气兴奋：“亲爱的室友，我现在正式通知你，我要搬出去了！”

“啊？不是吧。”

“你不是一直想让我搬出去，好让单阳住进来吗？现在好了，林旭不久前被调去开发区分公司，那儿离这儿太远，我决定搬过去照顾他，东西我都收拾好了。明天你就让单阳搬过来吧。”

头顶的太阳像一个大火球，周遭的人群仿佛被按了静音键，只余电话那头的唐楠楠叽叽喳喳地说着，至于说了些什么，她没有听清，耳旁只剩下两个字：单阳。

曾经多么熟悉的名字，不过隔了短短十几个小时，听起来竟遥远得有些陌生。她喉咙酸涩，垂眸，低声说：“我和他分手了。”

“什么，你开什么玩笑？”

“我们三观不合，分了。”

电话那头的人顿了两秒：“你现在哪儿？我去找你。”

葛漫漫：“好，那我们 Meet（遇见）见。”

Meet 是嘉城市的一家餐厅，网友称它为史上最具悬念的餐厅。这么称呼不仅在于这间餐厅经营的料理种类不定，西餐、中餐、日料都有涵盖，更在于餐厅的营业时间十分随意，有时营业一整天，有时连续几个月不营业。总之，这间餐厅的老板极其任性，你永远摸不清他心里想什么。即使这样，自 Meet 开业起，仍连续三年位居嘉城市美食榜榜首，据说凡是在这家餐厅吃过一次的人，都永生难忘。

半个小时后，葛漫漫和唐楠楠站在大门紧闭的 Meet 前，按下老板的电话，等了很久，没有人接。

两人只好走进附近一间酒吧。

葛漫漫点了一杯牛奶，唐楠楠点了一杯果酒。两人找了一个偏僻的位置，一坐下葛漫漫就抱着牛奶哭起来。

她边哭边说，边说边喝，喝着喝着杯里的牛奶不知怎么换成了酒，然后越喝越多，越喝越晕。

唐楠楠在一旁陪着，酒过三巡，总算弄清事情的经过。

“你也别难过，你这得亏没结婚，分就分了，像他这种听妈妈话的妈宝男，你要真跟他结婚，会更惨。”

葛漫漫仰头灌一口酒：“你这是安慰人的话吗？我怎么听着这么别扭。”

俗话说得好，劝和不劝离。可唐楠楠就是这么简单的人，直肠子，对伤害了自己朋友的人绝不心软。

她和葛漫漫认识得不算久，两人既不是同学，也不是同事，不过是租房时认识的室友，可就是茫茫人海中这么一次偶然相遇，让两个性格同样单纯的人一见如故。

“怎么不是，你是当局者迷。我这是为你好，难不成你舍不得单阳？”

葛漫漫喝得面色通红，一拍桌子：“我会舍不得他，我葛漫漫什么时候缺男朋友了？我追过的男神比他见过的人都多。”

“那你哭什么？”

“我哭你走了，没人给我分摊房租不行吗？”

“那我搬回来好了。”

“别，我可不想每天听你俩煲电话粥秀恩爱。”

葛漫漫醉眼迷离，摸过手机，打开同城租房：“不就是找个人分摊房租吗，我现在就发帖子，嘉大路，鹿鸣小区，招新室友……”

唐楠楠去前台结账。

走出酒吧，葛漫漫醉得走不稳。唐楠楠扶着她，往巷子口走去。

这条街位置偏僻，几乎没什么店家，除了 Meet，就只有这间快要倒闭的酒吧。

街上唯一的路灯不知什么时候坏了，离开酒吧范围，整条街就处在一片黑暗中，狭窄的巷子里静得连一声蝉鸣都没有。

“楠楠，你有没有听说最近这一带有色狼出没？”

葛漫漫虽醉了，但嘴却不消停。

唐楠楠本就心里打鼓，这会儿更是被葛漫漫一句话吓得毛骨悚然，照着葛漫漫的腰就是一把狠掐。

“疼啊！”

“你疼就给我闭嘴！”

“哦，好的。”

偏偏怕什么来什么，巷子里突然响起一阵脚步声，声音由远及近，朝她们这个方向传来。

待声音近了，唐楠楠模模糊糊能看出是一个身材高大的人影，看起来是一个男人。她吞口口水，僵在原地，一只手揽着葛漫漫，一只手抓紧单肩包，准备随时发起自卫。

“唐楠楠？葛漫漫？”

黑影渐趋渐近，在离两人三米远的地方顿住了步子。

“方黎？”

听到熟悉的声音，唐楠楠举起手机，柔和的光打在来人身上，是一个穿着嘻哈的年轻男子，一侧耳朵上戴着设计师设计的别出心裁的耳钉，耳钉反射出的光几乎刺伤了她的眼睛。

“真是你们，你们怎么在这儿？”方黎闻到空气中的酒味，转眼瞧向葛漫漫，“她怎么喝成这样？”

“还说呢，漫漫失恋了。本来想找你这个情感专家开导开导的，您可好，店门紧闭，打电话也不接，这不一头钻进酒吧，借酒消愁。”

方黎上前搭手：“嗨，我下午有点急事，忘带手机了。她跟单阳不是好好的，怎么就失恋了？”

“谁说我失恋了，被甩了才叫失恋，我重申一遍，是我甩了单阳！”

“呼，这酒味，她喝了多少？”方黎从唐楠楠手中接过葛漫漫，忍不住扭过头，深呼一口气。

“黎学长？”葛漫漫迷迷糊糊睁开眼，“我就说，凭我葛漫漫的美貌怎么会少了男朋友。单阳算什么，这可是我们嘉城大学医学院的院草。唐楠楠，快过来，叫学长好。”

“行了，姑奶奶，您消停一会儿吧。”方黎抱起葛漫漫，三两步走到巷子口，在一辆白色的SUV（运动型实用汽车）前停住，侧身对唐楠楠说，“你帮我拿下钥匙，在我左边裤兜，我先送你们回家。”

几人一番折腾后，到达小区已经十一点多。

方黎把葛漫漫抱上楼，放到床上时，葛漫漫突然拉住方黎的衣服，说："学长，我喜欢你。"

关于方黎，唐楠楠早听葛漫漫说过。他曾是葛漫漫的学长兼男神，比葛漫漫高几级，是当年嘉城大学医学院的院草。想当初，葛漫漫为了追他，还闯出过一件祸事。据说他家境不错，为人洒脱，重情重义，就是太任性。毕业后，他连医院的门都没进，转行开了一家餐厅，就是网上盛传的那家最具悬念的餐厅——Meet。

此时，葛漫漫泪眼蒙眬的样子倒真惹人怜爱。唐楠楠站在一旁，半开玩笑半认真道："看我们家漫漫说得这么情真意切，方老板不考虑一下？"

方黎微微用力，拉开葛漫漫的手："得了吧，她才不是真的喜欢我。她喜欢的东西，从来都不是挂在嘴上的。"

唐楠楠若有所思地看着他。

似乎被看得不好意思，方黎错开视线，望着客厅里大大小小的包裹，避开话题："你真的要搬到你男朋友那儿去？"

唐楠楠从冰箱里拿出两瓶冰红茶，递给方黎一瓶："林旭的新公司离这儿太远，坐公交要三个多小时，我不会开车，每天跑来跑去不方便。而且，过段时间我们就要订婚了，我住过去就方便照顾他。"

"你跟他是大学同学？"

"不止，我和他小学、初中、高中、大学都是同学，算得上青梅竹马。"

"挺好。"

一说到林旭，唐楠楠总有说不完的话题，脸上也挂着骄傲的笑："那当然了，他是摩羯座，我是金牛座，星座学上说这两个星座是绝配。我们两个是命中注定的缘分，出生之前就定好的那种。"

"这样啊，那等你结婚，给我发请柬呗，到时候我去抢捧花，也好早点把自己'嫁'出去。"

唐楠楠惊讶地看他一眼："你一个富二代还愁找不到媳妇儿？"

方黎痞痞一笑，银色的耳钉在灯光下闪闪发亮："愁啊，怎么不愁，我都快愁死了，谁叫我眼光这么高，一般人我看不上啊。"

"所以说，你是看不上我们家漫漫咯？"

方黎一口冰红茶喷出来，咳嗽了两声："那家伙我哪里敢看不上！人家是名花早有主，我可高攀不起。"

葛漫漫宿醉酒醒是第二天。

上午八点，一通电话打来，她迷迷糊糊按下接听键，电话那头是一个陌生男声，说是从同城租房上看到的信息。

她努力回想一下，依稀记起昨晚自己的确发过一个招租帖。

她翻身坐起来，正要询问些对方的信息，就听对方连珠炮似的介绍起自己的姓名、年龄、长相，甚至自己对女朋友的要求都说了一遍。她拿下手机，盯着那个号码愣了半天，骂道"神经病"。

她扔下手机，刚想睡个回笼觉，又一通电话打进来。

这次依然是一个男人的声音，据他说也是从同城租房上找来的，上来就是一句："请问你介意二婚吗？"

她仅余的一丝困意被吓得一点儿不剩。

对方大概见她不说话，放软了声音说："你放心，我第一段婚姻持续的时间不长，没有孩子。"

她忍无可忍，一句"变态"骂了回去。

挂断电话后，她从房间里出来，唐楠楠已经起床，正在客厅里打包行李。见她出来，唐楠楠随口问一句："新室友找到了吗？"

葛漫漫往沙发上一歪，对着天花板仰天长叹："现在的租客都这么变态吗？"

"你怎么写的招租要求？"

"招租要求……等等……我看看……"葛漫漫躺在长沙发上，一条腿搭在另一条腿上，枕着胳膊，优哉游哉地打开同城租房的APP，翻到"我的租房信息"。她盯着昨晚发出去的帖子呆了一秒、两秒，第三秒，险些把房顶掀翻。

“啊啊啊——”

唐楠楠一只手捂住耳朵：“你疯了？”

葛漫漫目光呆滞地望着手机屏幕，半晌，从嘴里蹦出几个字：“也差不多了。”

唐楠楠疑惑地看了她一眼，放了手头的东西，绕到沙发前，扫了一眼手机，差点笑得背过去。

招租启事：“嘉大路，鹿鸣小区，现招新室友一枚，要求对室友一心一意，在外不出轨，在家不回嘴，关键人要长得美。”

这哪里是什么招租启事，明明像一则征婚启事，难怪会招来那么多“变态”。

葛漫漫急忙删掉这则招租启事，不等她重新编辑一则新的，电话就响起来了。

是房东打来的。

这套房子的房东是一个四十多的阿姨，人很好。葛漫漫和唐楠楠刚毕业时，找了很多房子，不是贵，就是偏。这套房子位于市中心，附近医院、超市、学校等基础设施应有尽有，地理位置优越，价格自然也贵些。

两人很喜欢这套房子，硬着头皮问房东，房租能不能先付一半，等两人手头宽裕了再补上。

本以为房东不会同意，却不想房东一下子答应下来。不仅如此，房东还给两人便宜了不少。

后来听房东说，她有个和她俩年纪差不大的儿子，也独自一人在外地闯荡，将心比心，房东希望自己的儿子也能遇到好人。

“小葛，没打扰你休息吧。”听筒中传来房东的声音。

“我早就醒了，张阿姨最近怎么样？”

葛漫漫和房东随意聊了几句才说起正事。

房东有个远房侄儿在嘉城市工作，他们单位宿舍最近出了些问题，新买的房子还有半年才到交期，便想找一个离单位近的房子先住着，但找来找去都没找到合适的。房东听说唐楠楠要搬走，就想问问葛漫漫能不能让自己的侄儿过来凑合半年，房租给她减半。

葛漫漫对房东的印象很好，相信房东介绍的人也不会差，加之她本就有意招一个新室友来分摊房租，便张口应下来。房东跟葛漫漫说好，下个周末带侄儿来看房子，如果侄儿觉得合适就直接搬进来。

挂断电话后，葛漫漫删了同城租房上的帖子，而唐楠楠第二天就搬走了。

下午房东打来电话，说周末要去一趟外地，就把葛漫漫的手机号码发给自己的侄儿了，稍后侄儿会联系她。

晚上，葛漫漫刚洗完澡，手机就响了。她裹好浴巾，从浴室里出来，发现是陌生号码发来的一条短消息。

“你好，我是张阿姨的侄儿，周六早晨九点过去方便吗？”

葛漫漫坐在沙发上，一边擦头发，一边回复：“好，那到时候见，新室友。”

接下来几天，她都比较清闲，只周五下午去了一家茶餐厅做了一期吃播。回来的路上，她收到唐楠楠的微信，说明天来找她玩，顺道见见她的新室友。

葛漫漫回到家，刚躺下来就看见大学群里有人艾特（@，网络上呼叫他人的一种方式）她：“真的假的，你确定就是@葛漫漫强吻的那个学长？”

看到这句话，葛漫漫的心忽地一跳，连忙往上翻，把一千多条聊天记录从头到尾看了一遍，才弄清楚事情的经过。

这事得从葛漫漫读大学时说起。

那年，她上大二，和学校众多怀春少女一样喜欢上了医学院的院草方黎，但和众多怀春少女不一样的是，她不仅敢怀春，还敢表白。一个美好的夏日夜晚，谋划许久的她来了一场宿舍楼下关灯强吻式表白。大概因为这场规模宏大的表白仪式事先未曾彩排，以至于正式开场时出了点小问题，最终导致她亲错了人。

“受害者”是医学院研二的学长，叫作江安眠。听说因为这件事，江安眠得了自闭症，后来病虽然好了，但也因此丧失了去美国留学的资格。

葛漫漫得知这些后，愧疚至极，却不敢找江安眠当面道歉。等她终于鼓起勇气时，才得知江安眠研究生已经毕业，据说在嘉城一家医院上班。她托朋友打听了很久，也没找到这个人。

葛漫漫一个在报社上班的同学最近跟一则父母重男轻女、抛弃重病女儿的新闻，到嘉大附院采访时就碰到一名医生，这人不是别人，正是当年被葛漫漫强吻的学长。只是他现在改了名字，叫谢云舒。

“谢云舒！”

这个名字让葛漫漫一下子从床上坐起来，眼前浮现出一张俊挺白皙的侧颜，仿佛鼻端还萦绕着一股淡淡的栀子花香。

葛漫漫心想：怪不得当时觉着他熟悉，却又怎么都想不起来在哪里见过。当年在宿舍楼下匆匆一瞥后，她几乎没再见过他几次。没想到他就是江安眠，可他为什么要改名字?

书上说，成年人自闭往往是受到某件事情的刺激或者心理承受了巨大压力，其中一种治愈的方法就是改头换面，忘掉那件刺激性的事件。莫非当年的事带给他那么大的刺激吗？她还要不要去找他道歉？据上次接触时的情形来看，他似乎不记得她了，现在她提起那件事，对他来说好像更是一种伤害。

葛漫漫翻来覆去到了大半夜，最后还是决定把这件事埋在过去。关灯前，葛漫漫发了一条朋友圈：“以后我再也不敢去嘉大附院了。”

葛漫漫是自由工作者，没有定闹钟的习惯。

门铃响起来时，她肿着眼袋从枕头下摸出手机。

唐楠楠的名字出现在屏幕上，是一条未读语音。

她呆滞了片刻，敲门声不停。

葛漫漫揉了一把乱糟糟的头发，梦游似的走出房间。她打开大门，一脸抱怨：“唐楠楠，你这是存心折腾我，这才……”话没说完，声音突然卡在喉咙里。

葛漫漫挨着门框，睁着一双铜铃大的眼睛看着来人。半晌，她揉揉眼睛，再睁开眼，脸上诧异之色更盛。

“江……不是！”

“江安眠”的名字还没说出口，葛漫漫猛地捂住嘴。

门外男子的神情微微一动。

葛漫漫有种不好的预感，强忍住内心的波澜：“谢医生，你怎么会来这儿，不会是来回访的吧？”

谢云舒收敛了脸上的惊讶之色，示意手上的行李箱，笑了一下：“没想到我的新室友是你。”

葛漫漫回头看了眼墙上的表，九点二十三，她竟然完全忘记之前新室友约好周六九点搬过来的事。更让她没想到的是，张阿姨的侄儿竟然是谢云舒。她昨天才得知谢云舒就是江安眠，今天两人就成了室友？老天是不是在同她开玩笑？怎么办？她要不要反悔，说已经有了新室友，不方便让他住进来？可是她已经答应张阿姨了，这么做实在有些忘恩负义。

当她内心天人交战时，一只白皙修长的手朝她伸来。

“你好，谢云舒。”

葛漫漫盯着那只手愣了半天，不知作何反应。

谢云舒的眉毛动了一下：“我好像不太受欢迎？”

“怎么会，有个医生室友，我求之不得。”葛漫漫握住那只手，抬起头，视线不自觉落在谢云舒的嘴上，便莫名想起多年前宿舍楼下的那一幕，单薄的唇带着温润的触感和栀子花的味道。

她的脸突然火烧似的滚烫，面对谢云舒探寻的目光，忙不迭尴尬一笑：“你好，葛漫漫。”

她打开门，帮谢云舒拉了把行李箱。望着他的背影，她一咬牙，反正过去的事他都忘了，现在两人只是室友而已，没什么。

葛漫漫强行将自己从尴尬的记忆中拉回来，装作若无其事地带谢云舒看了圈房子，告诉他厨房和卫生间在哪儿。

从进门开始，谢云舒就注意到这间房间里的许多东西都是成双成对的，比如成对的拖鞋、成双的马克杯。此时，他站在洗手池前，看着台子上一红一蓝两套洗漱用品，忍不住好奇："这些都是你前室友的东西？"

葛漫漫看了一眼，神情一黯，淡淡道："她上周末就搬出去了，这是我前男友的，我一直没时间收拾，就没来得及扔。"

"单阳？"

"你怎么知道？"

她诧异地看了他一眼，随即反应过来，他知道这事也很正常，毕竟之前自己住院还是他打电话通知单阳的。

谢云舒似乎不打算正面回答这个问题，笑了一下，转移了话题："对了，我的房间在哪儿？"

提到单阳，葛漫漫的心情有些低落。她把谢云舒带到唐楠楠之前住的房间，将房门钥匙交给他，就回自己房间了。

她滑开手机，听了唐楠楠发来的语音，这才知道唐楠楠临时和林旭出去玩，不能来找她了。她扔掉手机，钻进被子里骂了一句："重色轻友。"

她补了个回笼觉，睁开眼已经中午十二点多了。她穿好衣服，准备下楼吃个饭，推开房门却见谢云舒正坐在客厅的沙发上安安静静地看书。炙热的阳光通过窗户照进来，被空调的冷风吹得温温软软的，落在他的肩头上。

"你醒了，要不要一起去吃个搭伙饭？"

葛漫漫沿着一尘不染的四周扫视了一圈，暗自和之前乱糟糟的客厅对比一下，问："这是你收拾的？"

"嗯，是的。"

葛漫漫的惊讶显露，愣了一下，她想起什么，首先打开橱柜，又跑去卫生间看了一眼。她盯着谢云舒，半天没说出话。不见了，单阳所有的东西都不见了。

似是看透葛漫漫的疑惑，谢云舒合上书，站起身，语气无波澜地道："我看这房子不是很宽敞，那些没用的东西太占地方，你既然没时间收拾，我就顺带一道收拾扔了。怎么，你还有用？"

葛漫漫不知该用什么词汇形容自己当下的心情，是愤怒？难过？还是释然？只牵动嘴角，露出一丝苦笑。

两人从家里出来，谢云舒先载她一起去了一趟超市。

谢云舒的车是普通的大众系列，收拾得很干净，车里弥漫着栀子花的香气。葛漫漫坐在副驾驶座，系好安全带，侧首瞧一眼谢云舒，莫名又陷入那段令人尴尬的记忆中。

有一瞬间，她的脑子里突然冒出一个可怕的想法。她想，谢云舒会不会其实并没有忘记那段给他带来黑暗阴影的记忆，又或者根本就是记得一清二楚，甚至还故意接近她，找机会打击报复？

一想到这儿，葛漫漫堆起笑，旁敲侧击地问："谢医生，你觉不觉得我们以前在哪里见过？"

谢云舒正专心开车，听闻这话，漫不经心地道："有吗？"

葛漫漫连忙摆摆手，仔细观察谢云舒的表情，自然舒缓，不像是装出来的。她松了一口气，还好，看来他真的忘了。

逛完超市，两人随便进了一家餐厅，找一个靠窗的位置。谢云舒去洗手间，葛漫漫起身去自助区取饮料。若是平时，她一定毫不犹豫地选择冰啤，但考虑到谢云舒在，为了不被说教，在帮他选了一杯凉茶后，她老老实实给自己倒了一杯牛奶。

她端着饮料返回餐桌，路过拐角时，突然出现一名年轻女子，和她年龄差不多，踩着高跟鞋，穿着职业装，边走边低头看手机。她躲闪不及，饮料洒了一半。

"你这人怎么回事，没长眼睛呀？"

"明明是你没看路吧。"

"你把我的衣服弄脏，还有理了？"

"当然有理，我还没叫你赔我的饮料呢。"

两人的争吵声引来大家的目光，服务员过来调解。

葛漫漫不喜欢与人计较，但碰上不讲理的也不会吃亏。两人你一句我一句，互不相让。

“好，你给我等着。”吵到白热化，对方撂下一句狠话，回头大喊一声，“单阳！”

葛漫漫怔了一下，心头一紧。

嘉城市不大，你越是不想见的人越是能轻易地碰到。

熟悉的身影缓缓走来，最后停在女子身边。

女子有人撑腰，气焰更盛，黑白颠倒地将事情的经过跟单阳复述一遍，非让葛漫漫给她道歉。

单阳不说话，目光躲闪，与葛漫漫的视线不经意交汇，又迅速避开。

女子似乎看出异样：“你认识她？”

单阳沉默片刻，摇摇头。

女子将信将疑，拨开服务员，大步走到葛漫漫面前，正要继续嚣张，一道温和的嗓音传来：“你倒杯饮料，怎么这么慢？”

谢云舒不急不缓地走过来，站到葛漫漫身边，微微皱眉：“怎么回事？”

葛漫漫把事情一五一十说了一遍。

谢云舒看了一眼案发现场，抬头扫视一圈周围的环境，淡淡道：“现在的情形是，两位小姐都说是对方的错才发生冲撞的，对吗？”

“是她拿饮料没看路。”

“是你在看手机。”葛漫漫不甘示弱。

谢云舒瞄了她一眼，示意她先不要说话。他冰冷的目光掠过单阳，落在女孩身上，冷冷道：“既然双方各执一词，那就只好麻烦店里的服务员调一下监控，看看这寻衅滋事的罪名到底该安在谁身上。至于这寻衅滋事罪该怎么处理，相信在场应该有人比我更清楚吧？”

众人的目光顺着谢云舒的视线，一齐落在女孩穿的衬衫胸口的标志上——森和律师事务所。

原来女孩是一个律师。

女孩瞬间哑口无言，自知再闹下去讨不到好处，她一时恼羞成怒，拎起包，拂开人群，推门而去。

单阳跟出去，走到门口，顿了一下脚步，回头看了一眼葛漫漫，再看了一眼谢云舒，才扭头离开。

这一番不愉快后，葛漫漫的心情差极了，却又不好在谢云舒面前显露情绪，只是大口吃饭，装作什么都没发生。

微信提示音响起，是单阳发来的好友申请。

葛漫漫瞥了一眼，关掉手机屏幕。

不过一会儿，手机铃声响起来，是单阳打来的。她冷笑一下，用力挂掉。电话又响，她又挂。再响，再挂。重复了几次，她索性关机。

谢云舒看出了异常，漫不经心地问："谁呀？"

她不想提单阳，随口答："没谁。"

谢云舒"哦"了一声，没再追问。

吃完饭，两人回到家已经两点半。

葛漫漫帮谢云舒把在超市买的东西拎上去。除了一大桶洗衣液，剩下的是一些食材，空荡荡的冰箱瞬间被填得满满当当。

葛漫漫闷在房间里打了一下午游戏，从电脑前站起来时天已经黑了。她点开同城外卖，准备叫点东西填饱肚子，就听见敲门声。

"我做了晚餐，你要不要一起吃？"

葛漫漫是那种不会亏待自己肚子的人，没有拒绝。

饭菜的香味扑鼻而来，白色餐桌上摆了两道简单的家常菜，一道木耳青椒，一道香菇豆干。

美食的香味，总令人心情愉悦。葛漫漫洗过手，迫不及待地坐到餐桌旁。

谢云舒还在厨房忙碌，厨房是开放式的。隔着灶台，她能看见谢云舒腰间系着围裙，柔和的灯光照在他脸上，与穿白大褂的他截然不同，多了几分温柔，也多了几分烟火气。

谢云舒端了砂锅出来，掀开盖子，是南瓜粥的香味。他帮她盛了一碗。她吃下去，南瓜粥的口感绵软香甜，咽下去胃里暖暖的，很舒服。

不得不说，谢云舒做饭做得很不错。

谢云舒属于话不多的那种人，一顿饭，两人安安静静的。

葛漫漫不好意思让谢云舒洗碗。吃过晚饭，她抢着跑进厨房，谢云舒没阻拦。

碗洗到一半，门铃响了。

谢云舒去开门，是单阳，两人对视了几秒。

“葛漫漫，有人找。”

“谁呀？”

谢云舒很自然地退回来，留下一脸震惊的单阳。

葛漫漫擦干手，从厨房里出来，看见单阳，愣了一下，转身就走。单阳关上房门，跟进来。

谢云舒倒了一杯水，回到自己房间，关上房门。客厅里只剩下葛漫漫和单阳。

单阳犹豫片刻，率先开口：“微信是我妈删的，我一直都不知道。还有……下午那个女孩是我妈朋友的女儿，我和她之间没什么的。”

葛漫漫在沙发前坐下，平息一下情绪，微笑道：“单阳，我们已经分手，你没必要特意跑来向我解释这些。”

“漫漫，我们一定要这样吗？我妈其实并不讨厌你，只要你找一份正经工作……”

“我的工作很好，不需要你来替我规划人生。”

单阳的脸色有些难看，强忍情绪：“好，你的工作我不说什么。我问你，刚才那人是怎么回事？他怎么会在这里？”

“谢医生是我的室友。”

“室友？你是不是疯了！你一个未婚小姑娘怎么能跟一个男人合租？”

“呵呵，我想和谁合租就和谁合租，还用不着你来替我选室友吧。”葛漫漫讪笑着，“当初我说分手，你说让我别后悔，现在却跑来这里跟我说这些，你什么意思？”

“我只是怕你吃亏。”

葛漫漫神情一变，站起来，大声道：“可我吃过最大的亏就是你给我的。”

他们大学相识，她在他身上付出了那么多感情，最后却抵不上他妈妈的一句话。

单阳似乎气急，也从沙发上站起来，咬牙正要说什么，开门声响起来。

谢云舒从房间里走出来，若无其事地走到电视机前打开开关，又若无其事地坐到一旁的沙发上，津津有味地看起来。

房间静谧，一时间，只剩下新闻主持人机械的嗓音。

单阳一脸茫然地看着谢云舒。察觉到对方的视线，谢云舒从沙发里直起身子，客客气气地笑了笑：“不好意思，我这人有个毛病，一天不看《新闻联播》就得失眠。我在这儿不会打扰到你们说话吧？呃，你们站着干什么，坐啊。哦，对不起，我的室友不太懂待客之道。”

葛漫漫站在一旁，哭笑不得，趁机丢下一句“我困了，你们聊”后，转身回了房间。

单阳急忙跟上去，却被“砰”的一声关在门外。

“漫漫，我只是担心你，没别的意思，你开开门，听我解释。”

谢云舒站起身，打了一个哈欠：“这还真是一看新闻就犯困。这位客人，不然您先回去，等明天再来？”

单阳转过身，狠狠剜了谢云舒一眼，头也不回地摔门而去。

不过一会儿，葛漫漫就接到唐楠楠的电话。

“喂，漫漫，发生什么事了，刚刚单阳给我打电话让我哄哄你。你们复合了？”

葛漫漫郁闷极了，把下午在餐厅发生的事和刚才单阳来找自己的事说了一遍：“你说单阳这是什么意思？”

唐楠楠冷笑一声："还什么意思，占有欲呗，有些男人就是这样，就算分手了也见不得前女友和别的男人在一起，觉得前女友就该哭着喊着求自己复合，还真当自己是皇上了？你别搭理他。"

"放心吧，分都分了，姐还输得起。"

唐楠楠听出葛漫漫嘴上虽然说着不在意，但话语间还是有些低落，忙转移了话题："对了，你的新室友怎么回事，怎么会是谢医生？"

葛漫漫无语地叹了一口气："嗨，别提了，早知道他就是张阿姨的亲戚，我就不答应了。"

唐楠楠担忧道："他人不好吗？"

葛漫漫想起下午在餐厅幸亏谢云舒及时出现，才帮她解了围。她翻个身，趴在床尾，晃着脚丫："不是啦，谢医生人挺好的。"

"那你干吗不乐意？"

唐楠楠不是葛漫漫的大学同学，自然不知道她那件陈年糗事。

葛漫漫又翻了个身，正要对唐楠楠说，一门之隔传来谢云舒的声音："热水烧好了，你洗澡的话直接用就行。"

"哦，好。"

葛漫漫一边回应着，一边从床上坐起来，对唐楠楠敷衍道："好了，我不跟你说了，等见面再告诉你，我先去洗澡了。"

挂断电话后，葛漫漫的心情莫名舒畅。

谢云舒已经回房睡了。她站在客厅里，偏头看见晾在阳台上的白大褂，嘴角不自觉漾起一个弧度。其实有个医生室友，似乎还真不错。

医院是轮休，第二天早上，葛漫漫还没从床上爬起来，谢云舒就去上班了。晚上十点，谢云舒还没回来。

因为她第二天有个商业推广要做，便准备洗个澡，早点休息。

之前她和唐楠楠一起住，都是女生，没什么顾忌，洗澡的时候习惯把干净的衣物放在客厅里，洗完澡出来再穿。

谢云舒刚搬进来，她一时没适应，进浴室前就随手把干净的内衣内裤放在沙发上了。

她刚涂完沐浴液，从客厅传来开锁的声音。

是谢云舒回来了。

葛漫漫心下一窘，想起自己大大咧咧甩在沙发上的内衣内裤，被谢云舒看到尴尬还是其次，关键是她现在要怎么从浴室里出去。

她总不能说：谢医生，麻烦您先回房间，我出去穿一下衣服。就算谢云舒同意，让她全裸着在一间明知有男人存在的屋子里跑，她还是做不到。

葛漫漫想了想，迅速冲掉身上的沐浴露，擦干身上的水，敲了一下浴室的门："那个……谢医生，你能过来一下吗？"

谢云舒正在外面走来走去地收衣服，听闻她的声音，脚步蓦然顿住。

咦，这画面怎么这么像电视剧里女配角勾引男主角的戏码？

谢云舒没出声，屋子里的空气仿佛一下子凝固了。

葛漫漫心想：哎，你倒是回应我一声，你不说话，容易让我想歪你脸上的表情啊。

不知过了多久，门外传来一声淡淡的嗓音："怎么了？"

"那个……能麻烦你帮我递一下衣服吗？就放在沙发上，我忘记拿进来了。"

又是片刻死寂，随后传来平缓的走路声，以及搬东西的声音。

随着一声椅子落地的声响，谢云舒语气平常地说："衣服放门外靠椅上了。"

"哦，谢谢。"

听着谢云舒的脚步再次忙碌起来，浴室的门幽幽开了一条缝隙，葛漫漫躲在门后，像一个做错事的小孩，心怦怦跳个不停。

她迅速将衣物拿进来穿好，好不容易松一口气，又想起睡衣也没拿过来。虽然她是新时代的女性，思想开放，但这儿毕竟不是夏日海滩，就这么穿着三点式跑出去，怕是不大好。

"砰砰砰"，浴室的门又被敲了三下。

“那个……谢医生，我的睡衣还放在卧室里。”

等了好久，她都没听到谢云舒的回应。

什么情况？谢云舒不耐烦了？生气了？

她贴在门上，一点儿也听不见外面的脚步声，打开一条门缝，客厅里哪里还有人？

她探出头去，看了一眼谢云舒紧闭的房间门，一咬牙，一闭眼，以百米冲刺的速度朝自己的房间跑去。谁知她刚进门，谢云舒就拎着她的睡衣从里面走出来。她的速度太快，一下子被撞翻在地。

两个人都愣住了。

葛漫漫手撑着地面，仰头看了谢云舒两秒，眨了眨眼，半晌后，猛地捂住胸口。

谢云舒亦呆了一下，把睡衣往葛漫漫身上一扔，转身留给她一个修长挺拔的背影。

葛漫漫以光速穿上睡衣。谢云舒转过身，瞧一眼葛漫漫穿反了的衣服，微微一怔，脸上似乎闪过一抹若有若无的笑：“放心吧，在我这儿，你完全不必觉得尴尬，像你这样不穿衣服的，我每天都能在手术台上看到好几个。”说完，他淡定转身，留下一脸茫然的葛漫漫。

什么，谁不穿衣服了？这家伙是什么鬼？脑回路好像不对啊？为什么一开始她会觉得这个室友还不错？人设全崩了好吗！

两分钟后，葛漫漫鬼使神差地打开浏览器网页，然后输入：“病人做肠胃方面疾病的手术须要脱光吗？”

等一下，她为什么要关心这个问题？

“楼主您好，根据手术消毒区皮肤面积应大于切口周围15cm的原则，腹部以上的手术一般都要去除衣物。”

这……好吧。

Chapter 3
你一定是个好男友

秋高气爽，宅男宅女们开始约着出来透气。

葛漫漫做吃播的时间不算短，认识一些播友，几个同平台时常联系的一起建了一个群。成员不多，大部分是全职，没事的时候喜欢聚聚会联络感情。最近不知是谁在群里发起一项野外露营的活动，活动很快得到大家的响应。

“漫漫，你去不去？”圈子里同她玩得最好的薄荷菌发来私信。

“去吧，你呢？”葛漫漫觉得左右无事，出去玩玩也不错。

薄荷菌：“你去，那我也去。”

葛漫漫：“嗯，好。”

薄荷菌：“对了，不知道萌萌鹿会不会来。”

葛漫漫：“应该会吧，这种活动她可从没缺过席。最近各大平台似乎都在推荐她的视频呢。”

薄荷菌：“是呀，听说她一个月赚三十多万呢。”

葛漫漫：“三十多万！真的假的？”

薄荷菌："真的。听说她最近签约了一家公司，二十年的合约，以后有机会进电视圈呢。"

网络主播这个行业吃的是青春饭，能通过网络积累粉丝，进军广播或电视行业是最好的出路，葛漫漫听了这些，有些羡慕。

初秋是露营的高峰期，为避免营地拥挤，大家把露营的时间定在星期一，工作日人相对少些。

葛漫漫分到采购食材的任务，头天晚上拎着大包小包回来。谢云舒在打扫卫生，她站在阳台和唐楠楠打电话。

唐楠楠的偶像南司宇明天要来嘉城市开演唱会，唐楠楠好不容易弄到两张票，打算和林旭一起去，所以有点兴奋。

葛漫漫一边羡慕，一边忍不住抱怨明天要提那么多食材挤地铁，想想就够辛苦的，多么希望老天爷赐给她一个男朋友。

挂掉电话，葛漫漫告诉了谢云舒一声，说明天晚上自己去露营，他不用留门。

谢云舒正在拖地，闻言，漫不经心地问："你去哪里露营？"

"就在青门山脚下，一家商业露营基地。"

"几点过去？"

"白天还有爬山活动，明早十点之前就得集合。"

"哦，知道了。"

次日一早，葛漫漫八点多爬了起来，谢云舒正在洗漱。

葛漫漫有些意外，谢云舒八点上班，这个时候应该在医院才对。她忍不住调侃一句："原来爱岗敬业的谢医生也有迟到的时候。"

谢云舒叼着牙刷，眼皮都没抬一下："今天我不去医院，主任让我去林荫区的分院拿一份材料，等会儿我直接开车过去。"

林荫区，不就是露营地所在的地方吗？葛漫漫看了一眼门口堆成小山的食材，瞬间犹如见到了赞助商爸爸，恨不得立刻冲上去抱住对方的大腿，却因为去露营地须要绕些路，她怕被谢云舒拒绝，只好不要脸地旁敲侧击："好巧啊，我们营地就在那附近。"

"嗯，我知道。"

谢云舒的淡定葛漫漫是见识过的，于是，她不打算再和他绕弯子，直言：“那麻烦谢医生拐个弯捎我一程呗？”

谢云舒：“可以啊。”

嗯，谢医生这么好说话的吗？她就说嘛，这个室友还不赖。然而，不等她高兴完，谢云舒已经刷完牙，擦擦嘴，从洗手池前直起腰来，望着她，悠悠地问：“车费怎么算？”

葛漫漫：“……”

最终，葛漫漫以一个星期不穿脏鞋进屋为代价搭上了谢云舒的车。

本来她说愿意拖一星期地板作为交换条件，可谢云舒说那个条件太不靠谱，就换成了这个。

都说医生大都有洁癖，这个病在谢云舒身上表现得“淋漓尽致”：进门必须换拖鞋，地板要每天拖两遍，早晚各一遍，洗手间不能有一根头发。葛漫漫觉着，要不是她心理素质好，懒得心安理得，他们两人已经不是你走就是我撤了。

在营地边上把葛漫漫放下来，谢云舒调转车头，靠在路边，不知和谁打了一通电话：“喂，我今天休班，来林荫区送个人，马上回去。”

到达营地时，大部分人都到了，在互相打过招呼后，葛漫漫挨到薄荷菌身边。

薄荷菌的年纪跟她差不多，穿一双运动鞋，戴一顶玫红色遮阳帽，正在一群人中间聊着什么。

“我刚听说的，萌萌鹿要退圈。”

“怎么可能？她不是三个月前才签了经纪公司，二十年的合约呢，那么多违约金，就她那条件怎么可能拿得出来？”

大伙正在讨论萌萌鹿。

薄荷菌是圈子里有名的“八卦姐”，消息一向灵通，可这一次，葛漫漫觉得这消息八成不准。

萌萌鹿算圈子里的小妹妹，才十八岁，因为家里条件不太好就没上大学，做吃播不到一年，因声线异常甜美，人气很旺。大概是签约了经纪公司，最近她接连拿下两家大型餐饮机构的新品代言，可以说处于事业的急速上升期。在这个时候，她冒着违约赔钱的风险退圈，怎么都说不通。

“是真的，昨天我跟她聊天，她亲口跟我说的。”受到质疑的薄荷菌争辩。

“她有没有说为什么？”葛漫漫也八卦起来。

“不知道，感觉她好像有什么难言之隐……”

正聊得热火朝天，不知谁叫了一声：“鹿妹子来了。”

葛漫漫往营地外看去，一辆大红色跑车停在车位上。不多时，驾驶座上走下来一个戴墨镜的女孩子，波浪卷的披肩发，妆容精致。

萌萌鹿虽然比她们小几岁，说话做事却很成熟，在她们这一群“大姐姐”中间也挺受欢迎的，以往的每次聚会都少不了她。葛漫漫和她的关系还不错，看她最近的朋友圈就觉得似乎有变化，这次亲眼一见，才发觉她的变化不是一般大。

半年前嚷嚷着要减肥的萌萌鹿居然胖了！清瘦的脸颊变得圆乎乎，小腿因为变粗也显得短了，看样子起码重了三十斤。

以前的萌萌鹿属于偏瘦型的女孩，一米六的个子八十斤，怎么看都不像健康的样子。现在长点肉也好，可奇怪的是，她虽然胖了许多，气色却大不如前，即使化着妆，也掩盖不了脸上的颓丧气。

萌萌鹿走过来，好多人围了上去。恭维的有，嘲讽的也有，还有一些说话直白的，上来就问她是不是要退圈。

她先前还算平静，不知为何，听到这句话立刻变了脸色，打招呼的手僵在半空中，目光也开始躲闪。

第六感告诉葛漫漫，萌萌鹿一定有心事。

爬山定在早上十点，十点之前大家各自收拾东西，那些沉的、难带的统统放在营地，只带些轻便的东西上山。

收拾完随身物品，葛漫漫正要去找分管矿泉水的播友拿两瓶水，却看见远离人群、坐在小溪边的石头上的萌萌鹿正盯着一份文件似的东西发呆，脸色苍白，眼神凝滞。

葛漫漫有些担心，便走过去，轻拍了她一下。

“你看什么呢？”

萌萌鹿吓了一跳，手中的文件哗啦啦散落在地上。

葛漫漫见吓到她，连忙边道歉，边帮忙去捡。谁知手指刚碰到一张文件，就被对方“唰”地夺走，胡乱地塞进包包里。

“没……没什么。”

欲盖弥彰，萌萌鹿的脸色更加难看了。葛漫漫没有说话，脑海中回忆着刚才不经意闯入眼帘的几个大字：手术同意书。

她是得了什么病吗？难道她要退圈的事和这个手术有关？

葛漫漫想问清楚，转念又觉着既然萌萌鹿不想让人知道，自己这么问下去就太不礼貌了。话到嘴边，她又咽了下去。

一行人收拾妥当，开始爬山。

葛漫漫宅惯了，缺乏锻炼，还没到山顶就被大部队甩在后面，和薄荷菌等人组成的“蜗牛小分队”一起累倒在半山腰。

“不行了，我走不动了。”

葛漫漫腰间系着褂子，往石头上一坐。薄荷菌回头看了她一眼，放慢脚步，摘下帽子，当成扇子。

其他人见她俩停下，也都以地为席，坐下休息。

葛漫漫拿出手机，点开微博，发现萌萌鹿半小时前发的一张登山前的合照，此时评论已经上千。她看了一眼萌萌鹿的粉丝数，一百万！虽然这和影视明星比算不了什么，但放在嘉城市小小的吃播圈，已经算人气超高了。

“鹿妹子最近真的很火呢。”

薄荷菌忍不住叹气：“果然签了经纪公司就是不一样，不说赚得多，光看这人气都让人羡慕。”

“现在大胃王的确挺吃香。”葛漫漫打开快吃 APP，随手往下一拉，排名靠前的几个吃播主播，十之七八是大胃王。

“是啊，谁叫现在的观众口味都猎奇嘛。”另一个姑娘跟着附和。

“不过我看鹿妹子这么下去，也不是长久之计，你们看她现在明显胖了不少，再这么下去……”

说话的姑娘意识到不妥，看了一眼大家，连忙改口：“你们别误会，我不是说鹿妹子坏话，只是觉着应该没多少人喜欢看一脸横肉的主播吃东西吧，况且太胖了对身体也不好。”

“其实大胃王也不是都越吃越胖，你看灿灿和阿七不就是例外。”薄荷菌说。

“他们是怎么做到的？”大家一脸好奇。

“是有些办法，比如把食物摆得离镜头近一些，就会显得食物又大又多。不过这种方法太假，观众不傻，看得明白，所以更多的人还是选择催吐。”薄荷菌坐了过来。

“催吐？”

“是啊，吃完再吐出来呗。不过这种办法也不能常用，一周一次差不多，太频繁了容易得厌食症。”

“那就是说，除非体质特殊，吃什么都不胖，不然就没什么好办法了？”

薄荷菌入圈的时间长，知道的东西多，她顿了一下，压低了嗓音：“其实还有一种办法，保证你怎么吃都不胖，就是有些残忍。”

“是什么？”

薄荷菌一副神神秘秘的样子，一下子引起大家的好奇心。

葛漫漫一边和大家聊，一边刷微信，不等听完薄荷菌的话，一条新刷出来的朋友圈炸瞎了她的眼。

“现有今晚南司宇的演唱会门票一张，免费相赠，有意者私聊我。”

发表时间是刚刚，而发朋友圈的人竟然是唐楠楠。

要知道，南司宇可是唐楠楠的超级偶像，她省吃俭用几个月，才从黄牛手里以几倍的高价买来两张 VIP（贵宾）席的票，怎么会说卖就卖？

葛漫漫第一反应是唐楠楠的号被盗了，当下她发了一个问号过去。半分钟后，她的手机毫无征兆地响起铃声，是唐楠楠打来的。

“漫漫，你在哪儿？”

“爬山啊。”

“哦。”唐楠楠的声音听起来有些失落，沉默了一下，问，“你有没有朋友想听南司宇的演唱会啊？你帮我问问免费的票要不要？”

葛漫漫刚拧开一瓶矿泉水，呛了一下：“晕，你疯了！林旭呢，你们不是一起去听演唱会吗？”

“唉，别提了。”唐楠楠叹了一口气，“本来我们说好一起去的，他刚接到一个客户的电话，出去了，说是晚上有事，让我找别的朋友一起去。”

葛漫漫觉得无语：“那也不能免费把票送人啊，一张票三千块呢，你家里有矿？”

“那怎么办？我在嘉城市人生地不熟的，就你一个朋友，你还对我家 idol（偶像）有偏见。我心情不好，没钱买买买，那就送送送咯。”

“滚！”葛漫漫忍不住骂了一句，回头看薄荷菌等人，想了想说，“演唱会几点开始？我去找你。”

葛漫漫跟薄荷菌解释了一下，又在群里给大家道了个歉，就从半山腰原路返回了。走到山脚下时，她的腿都软了。

到营地收拾完行李，她叫了一辆出租车。到达市体育馆时，唐楠楠正坐在广场外的长椅上等她。

演唱会在体育馆内举行。看看时间，距离演唱会开始还有一个半小时，两人便找了一家咖啡厅等待。

葛漫漫刚放下包，屁股还没沾上凳子，唐楠楠就跳起来给了她一个大大的拥抱：“还是我们家漫漫够意思。”

“少来。”葛漫漫一脸嫌弃地推开唐楠楠，“你们家林旭也太坑了，计划了那么久，说放你鸽子就放你鸽子，你找的这个男人到底靠不靠谱？”

唐楠楠是林旭的“死忠粉”，听不得别人说他一点不好，叉腰嘟嘴：“不许你说我们家林旭。”

葛漫漫不屑地“喊”了一声：“好你个唐楠楠，为了你，我连露营都放弃了，你竟敢为了一个男人骂我，早知道放你一人自生自灭了。”

“哎呀，我错了还不行吗？”唐楠楠搂着葛漫漫的肩，放柔了语气，嗲声嗲气地说，“你也知道，林旭是做室内设计的，客户的要求就是上帝的指令，谁叫他事业心太重，责任感太强呢。好啦，你别生我的气了嘛，要不，等下次我叫他请你吃饭？”

“还下次？”葛漫漫白了她一眼，“你害得我白交了两百块的份子钱，我不管，你今天就得请我吃饭。”

“好好好，听完演唱会，我就请你去 Meet 吃大餐。”

“Meet 今天营业了？”葛漫漫眼睛一亮。作为一个资深吃货加吃播主播，在她眼里，没有什么事情是一顿 Meet 的大餐解决不了的，如果有，那只能说明那个人失去味觉了。

“嗯，刚才方黎给我打电话了。今天的菜品是日料，刚从日本空运过来的野生河豚，鲜极了，问我要不要过去。”

“去！当然去！”葛漫漫刚还一脸怅然，听完情绪一下子被点燃了，托着下巴，舔着舌头，一副期待的模样。这应该算因祸得福了，虽然露营没去成，但赶上了 Meet 营业，方黎请的大厨，从来没让她失望过。

演唱会三点开始，虽然时间段在白天，但会场密闭性好，变色窗帘一启动，场内瞬间变成黑夜，头顶的电子荧屏上流动着浩瀚的银河。

VIP 席位于前排中心位置，前方是高分贝的巨大音箱，周围是震耳欲聋的尖叫声，入目是绚烂的霓虹灯。

演唱会持续了三个小时，从会场出来，葛漫漫又累又饿，头晕眼花。

唐楠楠手里握着一把荧光棒，明显还沉浸在对偶像的花痴状态中。葛漫漫无奈地摇头，拖着她挤上公交，直奔 Meet。

方黎的 Meet 作为嘉城市最具悬念的餐厅，最神奇的地方在于，哪怕这家店的老板不靠谱、菜色随机、营业时间任性，人流量却是从来没有过悬念，但凡营业，势必人满为患。

葛漫漫和唐楠楠绕开五十米长的队伍，轻车熟路地走进后门，服务员认出来两人是老板的朋友，带两人来到一间装修精致的小包厢里。

葛漫漫站在窗边，望着外面排到巷子口的人群，啧啧惊叹："Meet 就是 Meet，无论什么时候营业，生意都好到爆。"

"今天是工作日，刚从队伍那边挤过来的时候，我就听见有人说专门请了假来吃，幸亏咱们有后门，不然还不知得排多久呢。"唐楠楠从包里拿出镜子，随手补个妆。

不过一会儿，方黎走了进来。

所谓吃人嘴软，葛漫漫十分夸张地朝方黎鞠了个九十度的躬，脆生生道："黎学长好。"

方黎看见葛漫漫有点意外："你不是去露营了吗？"

葛漫漫一脸奇怪："你怎么知道我去露营了？"

方黎顿了一下，在一个空位置上坐下来，耸耸肩，看了一眼唐楠楠："唐楠楠告诉我的。"

唐楠楠正忙着给林旭发信息，闻言，一脸茫然："我说过吗？"

三人嘻嘻闹闹，随意聊着，没几句话就转移到方黎请来的神秘大厨身上。

方黎以前说过，Meet 之所以这么红，要归功于他请来的神秘大厨。据说这个大厨人品好，长得帅，不仅生于厨师世家，还多次获得国际厨师大奖。

葛漫漫听得心花怒放，想一睹大厨真容，只可惜方黎说，那位神秘厨师和 Meet 签约的第一个条件就是要求对其身份进行保密。

她和唐楠楠猜过那位神秘大厨的身份，比如退役的米其林星级厨师、低调的富豪公子，甚至幻想过或许是娱乐圈某个耀眼的明星，但从小就怀抱着一个厨师梦，可惜一念之差，与梦想失之交臂，为了避人耳目，这才偷偷在 Meet 过过瘾。

葛漫漫好奇心重，每回都不死心，一次次缠着方黎："黎学长，求你了，你就帮我拍一张照片呗，背影也行，我保证看完就删掉。"

方黎看起来不靠谱，但在这件事上异常讲原则，任葛漫漫说破了喉咙，他都不退让一丝一毫。

葛漫漫郁闷至极："唉，我真想见见这位神秘大厨，简直跟魔术师似的。要知道，我以前从不喝粥，就因为有一次喝了他做的松果粥，结果就爱上了喝粥……"她闭上眼，正回味松果粥甜中带苦的美好滋味，突然想起什么，"对了，之前我说要请谢医生来 Meet 吃饭，差点忘了。"

方黎："是谁？"

葛漫漫拨着号，说："就上次我跟你说的新室友。"

几声铃音后，电话接通，听筒里传来谢云舒清清冷冷的声音："什么事？"

葛漫漫直奔主题："你在哪儿呢，什么时候下班？上次我跟你说做松果粥特别好喝的那家店今天营业了，就是网上特别火的那家餐厅，叫 Meet，你听说过吧，要不要过来一起吃？"

"你露营回来了？"

"我临时有事。"葛漫漫简单地解释原因，又问一遍，"你要不要过来？今天的主打是河豚套餐，外面的队伍排了几十米。不过这家店的老板是我学长，你直接走后门进来就行。"

一旁的方黎翻了一个白眼，做了一个"呵呵"的口型。

电话里，谢云舒沉默了半晌，说："下次吧，我还在医院，今晚要加班，会很晚回去。"

"哦，知道了。"

葛漫漫低头应着，不知道为什么，她心里有一丝小失落。

三人又聊了一会儿，白领西裤的服务员走进来。

服务员推着餐车，一道道菜肴被摆上桌。

葛漫漫莫名而来的坏心情一下子被抛到九霄云外，两眼放光，迫不及待地拿起餐具。她本想做一期直播，无奈出来登山没带那些沉甸甸的设备，只好作罢。

一如所料，今天的菜色是一组精致的河豚系餐。前菜是一小碟河豚皮，切成了细条状。她夹起一条放进嘴里，河豚皮用酸橘醋泡过，刚沾到舌尖，就感觉味蕾被一股淡淡的酸味打开。接着，一盘河豚刺身端上桌，刺身被切得薄薄的，摆成了仙鹤的形状，小盘周围还放置了一圈青翠碧绿的细葱和一碟萝卜泥。她夹起一片刺身，卷一些细葱，再蘸一点混合着香醋的萝卜泥，贝齿轻合，清脆的咀嚼声和肉质的鲜嫩相辅相成，吃起来如落花海，如坠云端。

作为一个吃播主播，葛漫漫以前也吃过河豚，只是感觉很一般，并没有体会到那种令人甘愿冒死吃的惊艳感。直到刚才几口河豚肉下肚，她才知道什么叫此“味”只应天上有，人间哪得几回“尝”！

方黎作为餐厅的老板，客人的好评就是他最好的回报，当下他扬起下巴，一脸自豪：“别家用的大多是养殖河豚，我这可是空运来的野生河豚，上好的食材在上好的厨师手中，自然能发挥出最大的功效。”

“我听人说，必须持有河豚烹饪资格证的厨师才有资格做河豚料理，真的假的？”唐楠楠心生好奇。

说到这儿，方黎更得意了，好像做出这桌河豚料理的人不是那个神秘大厨而是他自己。

“河豚天生带有剧毒，光是去除河豚身上的这些毒素，就需要将近四十道工序，所以河豚烹饪资格证也就成了厨师界最难考的证书，而且对厨师的刀工要求也很高，很多河豚烹饪师的刀工甚至比外科医生还要精准。”

“这就夸张了吧。”葛漫漫咬破一只炸河豚。

“一点也不夸张。”方黎坚定道。

“外科医生的每一刀都攸关生死，厨师怎么可能和他们相提并论。”

“河豚烹饪师可不是普通厨师，河豚身上的一点点毒素都有可能要了你的小命，所以他们的每一刀也攸关生死。”

“我才不信。”

那一瞬间，葛漫漫脑中忽然闪过谢云舒穿白大褂的样子，她也不知道为什么非要就这个话题跟方黎争论不休，那感觉就好像受到了质疑，自尊心迫使她必须回击。要不是忙着吃，她觉得自己很有可能就这么一直跟方黎辩论到第二天。

河豚刺身过后，是河豚火锅，火锅过后就是河豚套餐的经典部分杂炊了。在火锅汤里加入米，煮成粥，河豚锅汤的鲜味一点点渗入软糯的米中，吃起来唇齿留香，整个胃都暖暖的。

三人边聊边吃，结束时窗外的天已经黑透，看看时间，晚上九点。

葛漫漫叫人给她打包了一份河豚刺身后，准备回家。

唐楠楠打电话给林旭，让他开车来接她，却无人接听。过了一会儿，她收到他发来的一条短信，说自己还在面谈客户，不方便过来，让她打车回去。

唐楠楠住在开发区，天黑路偏，葛漫漫不放心，就让唐楠楠跟她回去挤一晚，明早再回去。但唐楠楠担心林旭明早吃不上饭，谢绝了。

方黎看了一眼窗外，走出包厢，再回来时，手上多了车钥匙：“走吧，我送你们回去。”

方黎把葛漫漫在鹿鸣小区放下来，才调转方向去送唐楠楠。

初秋的夜风有些凉，葛漫漫穿得单薄，有点冷。她拎着打包来的河豚刺身，快步走到电梯口时，才发现电梯坏了，正在维修。

葛漫漫住在八楼，盯着那块“维修中”的牌子，欲哭无泪。无奈之下，她只好走楼梯。

她“呼哧呼哧”爬到八楼，出了一身汗，进门鞋都没脱，打开了空调就往沙发上一躺。

她抱着手机刷了一会儿朋友圈，实在困得睁不开眼就睡着了。

不知睡了多久，听见有人叫她，便迷迷糊糊睁开眼来，发现谢云舒回来了。

葛漫漫揉了揉惺忪的睡眼，看了一下时间，十一点。

“你下班了？”话音未落，葛漫漫打了一个响亮的喷嚏。

谢云舒不满地看她一眼，拿起空调遥控器，按下开关键：“这种天吹空调，容易感冒。”

“没事。”葛漫漫随手拽出一张抽纸，擦擦鼻涕，“对了，你吃饭了吗？”

“我刚忙完，还没来得及吃。”

“太好了。”葛漫漫双手一合，刚站起身，谢云舒一记眼刀就扫了过来。

她低头看看脚上的鞋子以及沙发上沾染的新鲜山泥，心虚地一笑：“最后一次，下次我保证记得换鞋。”

谢云舒皱起眉，不等他说什么，葛漫漫已经快步跑进厨房，拎出一份打包好的河豚刺身，并递到他眼前：“Meet 的河豚刺身。谢医生工作这么辛苦，连吃饭的时间都没有，我特意给你带的。”

葛漫漫把“特意”两个字咬得重重的。她才不会说，是因为她整天吃谢云舒做的饭，觉得过意不去，专门买来河豚刺身弥补内心愧疚感的呢。

大概太过出乎意料，谢云舒愣了一下。

葛漫漫没留意他脸上的表情，而是打开餐盒，递上筷子，那股兴奋劲丝毫不亚于自己吃的时候：“你快尝尝味道怎么样？”

谢云舒没有客气，夹了一片河豚放进嘴里，细细嚼了嚼，忽而蹙起眉，像在思考什么，随即露出一副恍然大悟的表情：“肉吃起来有些绵软了，可以切得厚一点。”

葛漫漫本来以为谢云舒会给出什么“人间极品”“舌尖饕餮”类的至高评价，没想到他一开口就是挑毛病，忍不住瞪了他一眼：

“谢医生看来不是太懂河豚料理，这河豚刺身要想有入口即化的口感，自然是切得越薄越好。”

“你说的是堂食，如果打包的话，从做好到入口的时间会被延长，这时，细薄的河豚肉会变得绵软，切得厚一些，反而能增加它的韧劲。”

谢云舒说得很专业，葛漫漫听得出谢云舒在烹饪方面的确有些道行，不过以她的性子，觉着这么轻易承认自己错了有点丢面子，争辩道：“那怎么行？切得薄才能看出河豚烹饪师的刀工。你知不知道，这位河豚烹饪师的刀工比你这个外科医生还厉害呢！”

“你又没见识过我的刀工，怎么就知道这厨师的刀工一定比我厉害？”

葛漫漫一副为男神打 call（加油）的姿态：“那当然，他可是嘉城市美食圈排名第一的 Meet 餐厅的神秘大厨，生于烹饪世家，得过好多国际奖项。”

“谁告诉你的？”

“当然是 Meet 的老板亲自告诉我的。”

谢云舒瞧着葛漫漫昂首挺胸的骄傲神情，嘴角闪过一丝玩味的笑：“好吧，希望这个 Meet 的神秘大厨的真实身份不会让你失望，不管怎样还是谢谢你的夜宵。”

葛漫漫没听懂谢云舒的话，疑惑地看着他。

不过，挑剔归挑剔，谢云舒还是很给葛漫漫面子，一份刺身吃得一干二净。

跑了一天，洗完澡，葛漫漫累得腿都站不住了，脑袋也是晕晕的，躺在床上没一会儿就睡着了。

不知过了多久，一觉醒来，葛漫漫只觉口干舌燥，浑身热得难受。

她下床倒了一杯水，只在温热的清水入喉时感觉到一丝舒爽，随即喉咙又变得干燥起来。

她摸摸额头，意识到自己可能发烧了。她翻箱倒柜地找退烧药，但找了半天，才想起来自己没有储备常用药的习惯。之前都是唐楠楠备药，前段时间唐楠楠搬走时，她还想着买点，后来就忘了。

算了，明早再说吧。

她躺回床上，努力让自己睡过去，可是闭上眼，眼睑都是烫的，难受极了。她翻来覆去大半天，再次打开台灯，看了眼时间：两点半。她犹豫了一会儿，最终从床上爬起来，敲响了谢云舒的房门。

谢云舒已经换上了秋天的睡衣，深蓝色的长袖，没有一丝多余的花纹，头发有些凌乱，脸上却不太显困意。

“你一直没睡？”她脑袋晕晕的，想着什么就说了出来。

“我刚被你吵醒，有事吗？”谢云舒面色平静，大概在医院待惯了，经常被人半夜叫醒，脸上并没有被人吵醒的恼意。

客厅没有开灯，谢云舒的房间也只开了一盏床头灯。葛漫漫站在门外，昏暗的灯光从谢云舒背后将他包裹，白皙的脸显得比平时深沉些，却也因此透露出一股成熟的味道。他低头看着她，她仰头瞧着他，不知是不是发烧的缘故，她整个人都痴痴呆呆的，迟钝了半天才反应过来，问：“你有退烧药吗？”

“你发烧了？”谢云舒眉心一蹙。

“好像是。”

谢云舒没有说话，转身进屋，打开抽屉，取了一支体温计、一瓶酒精、一袋棉签出来。

他打开客厅的顶灯，坐到沙发前取出棉签，蘸着酒精在体温计金属端来回擦拭几下，甩了甩，回头看向葛漫漫：“你过来量一下体温。”

葛漫漫后知后觉地走过来，接过体温计。

谢云舒绅士般避开视线，葛漫漫扯了扯睡裙，把体温计从领口放进去夹好，然后挨着谢云舒坐下来。

夜里，钟表秒针的走动声显得异常清晰。

谢云舒靠在沙发上，闭着眼睛。葛漫漫见他面色安然、呼吸平缓，还以为他睡着了，正犹豫要不要叫醒他时，他忽然睁开眼，说：“体温计给我。”

她看了一下时间，不多不少，恰好五分钟，不由得佩服起谢云舒对时间的感知力。

“多少度？”

谢云舒看完体温计，脸明显一垮，扭头想说什么，最终只是站起身，说：“你去穿衣服，楼下的医疗服务站应该是二十四小时营业。”

“啊？”葛漫漫忙不迭摆摆手，勉强打起精神，挤出一个笑容，“没事，我吃点药就行，这么晚了……”

谢云舒不打算和她废话，把体温计往她眼前一摆：“三十九度七，你不想烧成脑膜炎的话就快些换衣服。”

脑膜炎？那不就是传说中烧傻了的意思？葛漫漫的头昏沉沉的，反应了一下，然后㞞下来，乖乖地跑去换衣服。

两点半的嘉城市只有十几度，风虽然没有冬天的凛冽，却也沁凉如水。葛漫漫本来就发烧，一吹风便冷得发抖。

谢云舒看不过去，脱下风衣递给她，顺势看了一眼她的外套，吐槽道：“你这什么衣服，看起来挺厚，一点用处都没有。”

因为大部分秋装还没来得及找出来，她就随手套了件新买的宽松款线衣，没想到竟被他说得一文不值，这绝对是“直男”审美！

葛漫漫冷得牙齿打战，一边在心里碎碎念，一边不客气地穿上谢云舒的外套。

哇，好暖和，还有一股栀子花的香味……好吧，她承认他的外套确实比她的线衣实用一些。

服务站设在小区中间位置，离他们住的楼不算太远。

夜深人静，各大门店早已关门，只有服务站的灯还亮着，穿护士服的人撑着脑袋坐在值班室的桌子上，头一点一点打着瞌睡。

谢云舒礼貌性地敲了敲门，护士惊醒，还是一个小姑娘，看起来还不如葛漫漫大，睡眼蒙眬的样子挺可爱的。

护士照例询问过病情，量过体温，建议输液。

这个小护士是一个新人，扎起针来不太熟练，葛漫漫的血管难找，第一针下去不见回血，第二针倒是回血了，却鼓了一个好大的包。

葛漫漫疼得龇牙咧嘴，想抱怨一下，又怕护士一紧张，她的下场更惨，只好咬牙忍着。

当护士准备下第三针时，一只白皙瘦长的手伸过来，捏住针头，用清冷的声音说了两个字："我来。"

葛漫漫和护士同时抬头，小护士大概太紧张了，愣在当场，呆呆地看着谢云舒。

谢云舒重新绑了压脉带，葛漫漫握起拳头，谢云舒握住她的小拳头，轻拍两下，用棉签蘸了碘酒涂在她的手背上。他一边说话，一边拿起针头："按照经验，表面凸起、手感很好的血管，进针的角度一般要小一些，而如果血管像这样很深的话，就要靠感觉，进针要慢，见到回血要立刻停住，否则就会像刚才一样，即使回血也会鼓包。"

谢云舒的声音又冷又轻，冷得像盛夏沁凉的井水，轻得像三月柔软的花海。葛漫漫的手像被蚊子叮了一口，再回神时，针已经被医用胶带固定住。

"你刚参加工作不久吧？输液看似简单，但也需要经验，慢慢来。"谢云舒站起身，朝小护士投去一道鼓励的目光。

护士这才回过神来，忙不迭地收回粘在谢云舒脸上的视线，红着脸使劲点头。

谢云舒又跟护士交流了几点输液技巧，护士这才低着头退回办公桌，翻开书假装用起功来。

葛漫漫还是第一次看见这样的谢云舒，和平时的他很像又有些不同，有些严肃却很温暖。她看着他，脑袋还是晕晕乎乎的，傻笑着调侃道："嘿嘿，看不出谢医生还是一个负责任的好老师呢。"

葛漫漫躺在病床上，脸烧得红扑扑的。谢云舒站在一旁，两只手插在休闲裤的口袋里，低头瞧着她，嘴角微扬："你不觉得我更是一个合格的好室友吗？"

"也许还是一个优秀的男友。"

谢云舒顿了一下，眼角一挑："可惜我没有女朋友。"

"啊？不会吧。"

"很惊讶？"谢云舒瞅了一眼她夸张的嘴巴。

"啊？没……"

葛漫漫想起第一次在火锅店遇见他的场景，他当时应该是在相亲。那姑娘穿了一条碎花长裙，两人郎才女貌，看起来还挺般配的，怎么会没成呢？蓦地，她脑中一道灵光闪过，难不成是因为自己？相亲当日，他一句解释都没有就丢下女方送一个陌生女生去医院，搁谁估计也难以接受。

完了，宁拆十座庙，不毁一桩婚。她不会遭报应吧？不行，她得想办法补救。

"你在嘀咕什么呢？"

"呵呵。"葛漫漫干笑两声，停顿三秒，试探着问，"那个……你既然没女朋友，我帮你介绍一个呗。"

谢云舒的动作明显一滞。她不知是不是自己的错觉，似乎从他眼中看见一丝一闪而过的期待。

"是谁？"

葛漫漫心想有门，顿时来了自信，兴冲冲地道："就我一个同学，在报社上班，长得特漂亮，爸爸是大学教授，妈妈是……"

"不需要。"

不等她说完，谢云舒就不留情面地拒绝了。

"啊？为什么？"

谢云舒眼神凌厉，盯得葛漫漫直发毛。

"你要是怕女生太漂亮不安全，我这儿还有长相一般的……"

"我暂时不需要女朋友。"谢云舒冷声道。

她突然觉得周围的空气似乎有点不对劲，仔细看了看谢云舒的脸色，惊讶道：“你生气了？”

谢云舒不说话，兀自在她旁边的空床上躺下来。

“谢云舒？谢云舒？”

他侧过身躺着，背对葛漫漫，没有理睬。

不会吧，他真生气了？为什么？明明一开始说要给他介绍女朋友的时候，他还关心是谁，怎么接着又不需要女朋友了？难不成她说错什么了？没有吧。她挠挠脑袋，忽然觉着这个室友的想法有点让她捉摸不透啊。

葛漫漫下来得匆忙，也没带手机，就躺在病床上数点滴：一、二、三……

事实证明，数点滴的催眠效果不亚于数羊，还没数完一个手指头，她就睡着了。过了一会儿，有人在耳边叫她。她反应了一下，猜想大概是针打完了，谢云舒叫她回家，于是迷迷糊糊地从床上爬起来。

她刚下地，脚软绵绵的，像踩在棉花上，走了没两步，就向一边栽去。

谢云舒眼明手快捞了她一把。她睡得蒙蒙的，半睁着眼朝谢云舒说了一句“谢谢”。谢云舒伸出手，摸摸她的额头，发现烧退了不少，眉心的小山不禁放缓了一些。随即他瞧了一眼毫无顾忌地瘫在自己怀里的姑娘，摇摇头，背对她，在她面前蹲下来，不容置疑道：“上来，我背你回去。”

葛漫漫两眼失神，打了一个哈欠，不客气地趴上了谢云舒的背。

回去的路，谢云舒走得很慢，一步一步，好像一首安眠曲。她趴在他的背上困极了，努力睁了睁眼，只看见他白皙的脖颈和干净的领口，脑海中闪过一帧帧光怪陆离的画面，一会儿是医院病房里清冷中带着三分笑意的谢云舒，一会儿是大学宿舍楼下呆萌的江安眠。

她咂咂嘴，含含糊糊叫了一声：“江安眠。”

谢云舒顿了一下，低声笑了笑，说：“你再睡会儿，一会儿就到了。”

若有若无的话飘散在初秋清凉的夜里，那话里似乎带着一丝温度，落在她耳际边痒痒的，慢慢荡入她的心头。她在他背上蹭了蹭，埋头继续睡。

鼻翼间充斥着清清淡淡的栀子花香，耳边是他微微的呼吸声，她嘴角一弯，潜意识里有个声音在说：谢云舒一定是一个好男友。

Chapter 4
变成大胃王

上午十点，葛漫漫睁开眼，这一觉她睡得极香。

从床上坐起身，她发现衣服没脱，揉揉头发，挠挠耳朵，觉得有点不真实。

二十几个小时前，她在露营基地爬山；十几个小时前，她和唐楠楠一起在 Meet 吃大餐；而几个小时前，谢云舒陪她到楼下的医疗服务站打点滴。

她记得打完针要回来的时候困极了，谢云舒适时地在她面前矮下身，留给她一个后背。那后背宽阔、温暖，让她有种趴上去继续睡的感觉。然而理智告诉她，谢云舒只是她的室友，不能总是麻烦人家，于是她非常不好意思地拒绝了，结果后来发现先前的拒绝只是在做梦。

因为点滴挂得及时，葛漫漫的高烧已经完全退下去，来势汹汹的感冒也被扼杀在摇篮里。

换好衣服出来，谢云舒一早上班去了，屋子里只剩葛漫漫一人。

她慢悠悠洗漱完，“叮咚”一声，微信响起短促的提示音。她滑开手机，是一条好友申请，消息来自手机号码查找，备注是谢云舒。

葛漫漫没多想，顺手加上对方，不等谢云舒说话，她先发了一个害羞的表情过去：“昨晚的事，多谢啦！”

“没事，你退烧了吗？”

“嘻嘻，我已经没事啦。”

“那就好。”

葛漫漫回了一张“跪谢”的图片过去。谢云舒大概在忙，过了一会儿，才回复道：“我做了早餐，给你留了一份，热一下再吃。”

葛漫漫愣了一下，快速跑到厨房看了一眼。

白色的餐桌罩下有一碗蔬菜粥、两个鸡蛋，还有一盘精致的牛奶馒头。她抓了一个馒头咬一口，正要再发一串“谢谢”过去，手机屏幕上突然多了一条信息，是谢云舒发来的。

“你会热饭吧？”

小瞧人！葛漫漫嗅到一股鄙视的味道，白眼一翻，十指翻飞：“你可以侮辱我的厨艺，但不能侮辱一个吃播主播的厨艺。”

谢云舒：“呵呵。”

葛漫漫：“……”

她气不过，编辑了一通证明自己厨艺高的长篇大论，刚要点发送，谢云舒突然发来一张截图，那上面是她不久前的一条朋友圈：“以后再也不敢去嘉大附院了。”

谢云舒：“什么意思？”

葛漫漫：“……”

谢云舒：“嗯？”

葛漫漫：“……”

微信另一端，刚从手术台下来、还套着绿色无菌服的谢云舒，一想到葛漫漫窘迫的样子，忍不住嘴角一弯，疲惫的脸上露出一抹浅笑。

葛漫漫早听人说医生工作忙，直到和谢云舒做了室友，才知道医生到底有多忙。

早上八点上班，晚上八点之前绝对到不了家，什么小夜班、大夜班、三十六小时大长班，都是家常便饭。

一般情况下，谢云舒无论上不上夜班都会跟葛漫漫说一声。

这天，葛漫漫没有工作，吃过早餐就无所事事地刷了一会儿圈内好友的吃播视频，挨个点了赞。

下午，谢云舒发来微信，说他临时有台手术会忙到很晚，今晚就不回去了。葛漫漫回了一个“嗯”。

谁知这段对话过后，谢云舒接连三天都没回来，中间只给她发了一条微信说最近医院忙，就再没信息了。

葛漫漫给他发微信，他也不回，打电话他也不接。

晚上，葛漫漫一个人窝在沙发上看一部刑侦片，片子讲述的是一起犯罪嫌疑人在杀死被害人后，通过一部手机伪装成被害人，和被害人家人保持联系，直到一年后，才被警方逮捕归案的案子。

葛漫漫的想象力一向不着边际，此刻更是越看越觉得毛骨悚然。虽然她和谢云舒只是室友，可还是忍不住胡思乱想。第二天中午，她实在坐不住了，决定去谢云舒的单位探个究竟，想着万一失踪什么的，她也好赶紧报个案，争取早日抓到嫌疑人。

葛漫漫所在的鹿鸣小区离嘉大附院不远，骑单车，二十几分钟就到了。

嘉大附院的建筑物很整齐，直来直往的路很容易让人记住。

旧地重游的葛漫漫从东门进入，穿过停车场，就到了三号楼，坐电梯上去就是谢云舒所在的胃肠外科。

嘉大附院是嘉城市为数不多的三甲医院之一，很多时候人满为患。不过，胃肠外科好一些，相对急诊科和精神科来说，至少秩序井然。可今天不知怎么了，她刚从电梯里出来，就听见不远处传来一阵乱哄哄的喧哗声，看热闹的人一拨一拨地围过去，好像发生了什么事。

葛漫漫瞅瞅周围的环境，发现声音来源正好是住院医师办公室的方向。心莫名一紧，她快步跟上去。

住院医师的办公室位于走廊中间，左右以及对面都是病房。本就不大的空间，眼下里三层外三层地围了个水泄不通。一米六的葛漫漫被挡在人墙外，丝毫看不见里面的情形。

“你这样怎么对得起你儿子的一片孝心？”

“先看病要紧！”

“钱重要还是命重要？”

人群里传来你一言我一语的劝说声。

葛漫漫背着粉红色的双肩包，像一只兔子似的跳了半天，还是什么都看不见。她不得已想使出“见缝扎针”的本事，费了半天劲，硬是半步没挤动。

“都给我让开！”叫喊声破空而来，音色嘶哑中带着绝望。

她不知道里面到底发生了什么，只听见此起彼伏的惊叫过后，所有人犹如受到惊吓的蜜蜂，纷纷避让。

葛漫漫眼前豁然开朗，却被人拥着推到了最前方。她茫然抬头，一张熟悉的面孔闯入视线。

她眼睛一亮，三米之隔，谢云舒戴着手术帽，穿着绿色洗手衣。他应该是刚从手术台下来，身上还沾着星星点点的血迹。

“谢云舒！”她朝他挥挥手，叫了一声。

谢云舒看见她，动作一顿，视线一紧。

葛漫漫没看清谢云舒的表情，只觉心里陡然一松：呼，还好你没被绑架。她正要跑过去，余光却瞥见人影一晃，随即一道白光“嗖”地一下从胸口划过。

“小心！”

谢云舒大喊一声。葛漫漫低着头，看着胸口被划破了一道口子的风衣，一张小脸儿煞白如纸。她缓缓抬头，这才发现人群中一名四五十岁的男人正手拿一把水果刀，怒气冲冲地瞪着众人。

“都给我让开！”男人的目光在众人身上逡巡一圈，转身对谢云舒身旁的几名护士厉喝，“这病我不看了！退钱！”

“您冷静一下，您现在的病情很严重，情绪这么激动，很容易出事。”说话的护士看起来比其他护士年长一些，三四十岁的样子，胸前的牌子上写着：护士长。

“你别过来，把钱退给我就行！”男人刀锋一转，对准自己的喉咙，仿佛下一秒就会刺穿自己。

护士长连忙顿住脚，耐着性子解释：“我已经说了，您办完出院手续，钱才能退到您手上。”

“你现在就给我办出院手续，不退钱，我就死在你们医院，让大伙儿都看看你们医院是怎么坑老百姓的血汗钱的。”

听周围的议论声，葛漫漫大概搞明白了十之七八。这个拿水果刀的男人患了重病，需要很多钱，而他儿子瞒着他把房给卖了，交了手术费。他知道实情后，这病说什么都不看了，嚷嚷着让医院退钱。

护士长说：“您要出院必须主治医师签字才行，我只是护士，没权力给您开出院证明。”

男人扫到一旁的谢云舒：“他是主治医师，让他给我开出院证明。”

所有人都望向谢云舒，葛漫漫也不例外。

从刚才起，一直站在那儿的谢云舒一句话也没说，他盯着男人看了一会儿，沉默片刻后，冷声道：“你不是我的病人，不关我的事。”说完，径自往办公室里走去。

人群中响起低低的议论声：“就算不是自己的病人，你也不能这么冷漠。啧啧啧，现在的医生……”

葛漫漫在一旁听着，心里说不出的滋味，她总觉着谢云舒不是这样坐视不管的人。

男人没想到谢云舒这般反应，呆住了。就在这时，谢云舒突然回过头，一个跨步上前。男人吓了一跳，胡乱挥舞着水果刀。谢云舒俯身，灵活一躲，从男人胳膊下钻过去，趁机抓住男人的手腕，夺下水果刀。

“放开我！”

伴随着男人声嘶力竭的挣扎声，看热闹的群众也反应过来，刚才还骂骂咧咧的人一阵叫好。

谢云舒按住那个男人，朝护士长使个眼色。护士长叫人上前，给男人打了一针。这时，电梯口一个二十几岁的青年朝这边跑来，手中提着包子，嘴里叫着“爸”。于是，一场闹剧就此结束。

人群散开，护士长长地吐了一口气，吓出一身冷汗：“小谢医生，刚才多亏了你……呀，你的手受伤了。”

葛漫漫还没有从谢云舒刚才的机智举动中回过神来，听闻他受伤，心猛地一揪，大步走过来，问：“严重不严重？”

谢云舒一怔，心软了软，盯着葛漫漫看了半天，抬起右手：“没事，小伤口。”

护士长一脸不悦：“外科医生的手上可没有小伤口，我帮你处理一下。”

谢云舒推脱：“不用了，护士长，这点小伤我自己处理就行。”

葛漫漫抢白：“我帮你。”

护士长的视线落在葛漫漫身上：“这位是……”

谢云舒看了她一眼，想了一下措辞，说：“我朋友。”

“所以，你是来确认我有没有被绑架？”

办公室里，谢云舒已经脱下洗手衣，换回白大褂。他从柜子里拿出碘酒和纱布，葛漫漫帮忙拧开盖子，看他拿棉签蘸了一些碘酒涂在右手掌心的伤口上。伤口很长，大约有一个拇指的长度，所幸很浅。

“对呀，我没想到比绑架好不了多少。”她扯了一块棉白纱布，颤巍巍地覆在他涂了碘酒的伤口上方，却迟迟没包扎下去。

“你手抖什么？”

“我没想抖。”

没办法，她从小就这样，看到别人受伤比她自己受伤还疼，恨不得连心肝都颤起来。

“快点。”眼看伤口再次被空气中的细菌侵蚀，谢云舒无奈地抓住葛漫漫的手腕，往下一压。

“啊！”一声惨叫，不知道的人还以为受伤的是她。

“你不是说旁听过一学期护理学吗，吹牛的吧？”

“谁吹牛了，我当时为了追你们医学系的系草，可是花了大功夫。我还记得当时讲护理学的那女的姓王，叫王什么来着？”她噘起小嘴，为了自证清白，努力回忆着当年任课老师的名字。

“王琴？”

“对对对，她也教过你？超凶的对不对？”

“连王教授都没把你教出来，看来你的确不适合学医。”谢云舒难得今天话多，却丝毫没给她留颜面。

葛漫漫正在缠纱布，闻言，故意用力打个结：“我还不是怕弄疼你，你也太不讲理了吧！”

谢云舒疼得皱眉，瞧她气得小胸脯一起一伏的样子，低声一笑，虽然仍是一副云淡风轻的样子，但眉眼间的倦意渐渐显现出来。

这几天，谢云舒之所以失联，是接连做了三四台超高难度的手术，别说碰手机了，就连休息的时间都没有。一个小时前，他才从手术台上下来，到现在水都没喝一口，薄唇起了一层皮。他站起身，想倒一杯水，没想到腿一软又跌回椅子里。

葛漫漫瞧他一副体虚的模样，朝他翻一个白眼，拿起杯子走到饮水机前，倒了一杯热水。不过片刻的工夫，她再转身，谢云舒竟然坐在椅子上睡着了。她愣了一下，放下杯子，在他办公桌对面坐下来。

谢云舒属于言情小说里那种高冷总裁型，话少但性子不冷，也许正因为这样，说起话来才总给人一种三分笑的暖意。他靠在扶手椅上，垂着头，呼吸平稳。他的睫毛很长，初秋的阳光很好，从窗户照进来，在他眼睛下方留下两片漂亮的剪影。这么乖巧的模样，倒和刚才劈手夺刀的他判若两人。

葛漫漫托着下巴，静静地看着。她发现谢云舒的好看一点儿不亚于方黎。方黎从长相到穿着都是那种张扬的帅气，谢云舒正好相反，他的好看更让人想用“美人”这个词来形容，清冷却温柔，禁欲又内敛，总能在不经意间夺人心神。

她这么想着时，谢云舒醒了。他的时间观念很强，大约睡了十分钟，一睁开眼就发现她盯着他的脸出神，忍不住调侃：“你在干吗？”

葛漫漫有种做贼心虚的感觉，心跳得厉害，一时尴尬，端起桌子上的水，往谢云舒手里一塞，强行转移了话题：“我给你倒的水，再不喝就凉了。”

谢云舒用没受伤的左手接过，一口气喝了一大半。葛漫漫眨眨眼，盯着谢云舒逐渐红润起来的唇，莫名想起记忆里那股甜甜的、软软的味道。论起来，眼前的这张唇还是自己的初吻对象。

一念及此，葛漫漫的脸火烧似的热起来。天哪，这都什么乱七八糟的东西……她挥挥手，努力打散脑子里的画面。

谢云舒一脸怀疑：“你在想什么，脸这么红？”

葛漫漫：“……”

谢云舒还有工作，趁休息的空隙送葛漫漫下楼。

他帮她叫了出租车，开车前，他俯身敲了敲车窗，说：“我今晚回去。”

午后的风吹来，拂过他额前的碎发，一颤一颤，犹如心跳的频率。她偏过头，正对上他的视线，不由得呆住了。

他皱皱眉：“你看什么呢，听见没有？”

“啊？哦！我知道了，给你留门。”

谢云舒歪了歪头，往车窗里凑了一下：“我脸上有东西吗，你今天怎么一直在看我的脸？”

“别自恋了，谁看你了！”葛漫漫被当场戳穿，脸涨得通红，摇上车窗，用力甩甩脑袋，“师傅，前面红绿灯左转。”

医院门前，谢云舒看着出租车内葛漫漫的背影，嘴角扬起一抹愉快的笑意。

出租车上，司机问葛漫漫去哪里。

她刚想说“鹿鸣小区”，不经意看见风衣上的口子，一拍脑门，想到什么，拿出手机，找到谢云舒的微信。

“喂，我的衣服被你们医院的病人弄坏了，你得负责！”

听起来像找人掐架？不行！

“亲，人家刚买的衣服被你们医院的病人弄坏了呢，你负不负责赔的呀？”

太恶心了！绝对不行！

“谢医生，我的衣服被你们医院的病人弄坏了，你们医院负不负责赔啊？”

明显是废话。

算了，估计他这会儿又忙得连看手机的时间都没了，就当她出门没看皇历吧。

葛漫漫收起手机，心情突然就像一只泄了气的皮球，有气无力道：“师傅，前面购物广场停车。”

半小时后，葛漫漫像冰棍似的站在某家服装店内，顿时有种出门真没看皇历的感觉，她竟然遇见了单阳和他妈妈。

单妈妈是典型的传统女人，生了两个女儿，一个儿子。单阳上头还有两个出了嫁的姐姐，单妈妈平时一个人住在老家，一年来不了几次嘉城市，这么巧就被她碰上了。躲是躲不开了，她只好硬着头皮上。

“阿姨好。”

分手归分手，该有的礼貌还是要有的。

“这么巧。”单妈妈的嘴角下沉，似乎很不想看见她。

单阳站在一旁，疲惫的脸上有一瞬间惊喜。单妈妈适时瞪他一眼，他张张嘴，想说的话就留在了嗓子眼里。

“单阳，帮我把那条裤子也拿过来。”一个女声从试衣间里传出来。

单阳看了葛漫漫一眼，有些犹豫。

“你愣着干吗，还不快送裤子过去。”单妈妈推了他一把。

单阳不情愿地走过去，不过一会儿，试衣间里走出一个踩着高跟鞋的年轻女子，穿着店里最新款的长毛衫、阔腿裤，站在试衣镜前左右转两圈，朝这边走来。

葛漫漫的心一跳，这女的不是上次那个走路看手机，还撞翻她饮料的律师吗？今天到底是什么日子，真是冤家路窄。

“阿姨，您看这身怎么样？”

当葛漫漫还在心底碎碎念的时候，那个女子已经走到她身边，一副天真烂漫的模样，丝毫不像蛮不讲理的人。

“好看，显得洋气。”单妈妈笑着，嘴角都快咧到耳根，和刚才同葛漫漫说话的语气截然不同。

“那就这身了。咦，这位是……”

“哦，一个亲戚家的闺女，刚巧碰到了。”单妈妈极力回避。

一面之缘，女子早就忘了葛漫漫，笑着对她挥了挥手。

“阿姨，那你们先聊，我去付钱。”

“你别去，让单阳付。”

“阿姨，不用了，我自己付就行。”

啧……这一口一个阿姨，听得葛漫漫头皮直发麻。从小到大，她最受不了这种只会在长辈面前装纯良扮乖巧的人，鸡皮疙瘩起了一身。

“那个……阿姨，没什么事，我先走了？”

既然不招人待见，再寒暄也是尴尬，她不如赶紧离开。

“等一下。”

葛漫漫没想到，单妈妈会叫住她。

单妈妈回头看一眼正在付钱的单阳，然后拉着她来到店外一个隐蔽处，摆出一副客客气气的模样："你应该也看出来了吧，那个姑娘是单阳现在的女朋友，挺好的姑娘，在律师事务所上班，我很喜欢。"

嗯，单妈妈跟她说这个是什么意思，和她有半毛钱关系吗？

单妈妈丝毫没管她，继续自顾自地说："我们家单阳是一个好孩子，当初你们分手，他是有不对。可你也知道，我们单阳是小地方来的，也没什么大志向，好不容易在大城市里找到一份工作，对他来说，最大的幸福就是找一个安稳上班的姑娘，然后一起踏实过日子。"

葛漫漫实在受不了这么拐弯抹角的话，忍不住出口打断："阿姨，您有什么话直说就行。"

单妈妈顿了一下，似在酝酿情绪，随即脸一横："那我就直说了，我希望你不要再纠缠单阳。他是喜欢你不假，可娶媳妇儿这种大事，还得我这个当妈的点头。你做的那什么吃播毕竟不算一个正经工作。说是明星吧，电视上瞧不着；说是主持人吧，没人认识。你这要是搁我们老家，说白了就是无业游民，我是绝对不会同意你们复合的。"

"什么，我纠缠单阳？"葛漫漫险些以为自己听错了。

"我知道你们在一起这么多年，突然分手，你作为女孩子难免吃亏，可我以前就让单阳提醒过你，找一份正经工作……"

"妈！"单妈妈的话没说完，就被打断了，"我都说了，以后我会和李越好好相处，您这是干什么！"单阳从店里快步走过来，挡在葛漫漫面前。

事情很明显了，单阳大概和现女友相处不太愉快，单妈妈就把责任怪罪到她这个前女友身上，以为是她还在对单阳死缠烂打，扰单阳的心。

葛漫漫的心犹如扎了一根刺，既委屈又难受。她仰起头，倔强着不让自己哭出来："单阳，你告诉你妈，拼命到我家砸门，拼命打我电话的人是谁？到底是我纠缠你，还是你纠缠我？"

真好笑！别说她现在不是单阳的女朋友，哪怕是他女朋友，也轮不到这个和她非亲非故的女人来数落吧。

单阳低着头不说话。

单妈察觉到自己理亏，沉默半晌，拧着脖子说："那还不是你心里留着念想，如果真想分得彻底，为什么不搬家，办什么不换手机号码？"

"妈！"单阳低吼着。

单妈妈也意识到自己有些过分，不再说话。

"单阳、阿姨，你们去哪儿了？"

单阳的现女友从店里出来，左顾右盼地寻找单阳母子。

单妈妈见状，忙换了神色，拉着单阳朝声音来源处走去："来了，来了，我们在这儿呢。"

单阳被单妈妈拖着一步一回头，却终于没有回到葛漫漫身边。

超市一隅，葛漫漫靠着墙壁，缓缓滑坐在地上，抱着胳膊蜷成一团。

过了一会儿，手机传来"嗡嗡嗡"的振动声，屏幕来电显示是单阳的名字。她狠狠挂断电话，然后咬牙将对方的号码拖入黑名单。

单妈妈说得对，既然要分，那就分得彻底，索性连手机号码都拉黑，就这样老死不相往来挺好的。

有人心情不好，饭都吃不下去，葛漫漫恰好相反，越是不开心，越想胡吃海塞。

在烧烤店里，葛漫漫把能点的菜都点了一遍，羊肉串、蒜瓣五花、虎皮辣椒、土豆、茄子、香菇……直到打开APP，进了直播间，她的心情才好一些。

这次直播是临时起意的，没有提前在粉丝群通知，所以直播间比平时冷清些。

她一人点了三人份的食物，店里的桌子小，摄像机摆得近，广角镜头下，食物显得又大又多，十分诱人。

葛漫漫挑了一串蒜瓣五花。这家店的蒜瓣五花很有特色，不仅肉质有嚼劲，蒜瓣也辣得过瘾，一口咬下去，秘制调味蒜几乎要把葛漫漫呛哭，她眼泪止不住地在眼眶里打转，忙不迭地抽一张纸巾擦擦眼睛。

“漫漫今天好像心情不好。”

有粉丝看出她情绪不对。

一股委屈感涌上来，葛漫漫吸吸鼻子，努力冲镜头展现出一张笑脸：“谢谢小伙伴们关心，今天是发生了一些不愉快的事情，不过我还好，就是这家店的秘制蒜味道特别冲，呛得我眼泪都流出来了，哈哈。”

“谁欺负我们家漫漫了？来来来，组队去灭了他！”

“漫漫别伤心，游艇送上……”

“你心情不好，就使劲撸串，把坏心情都撸掉。”

直播间渐渐热闹起来。

虽然自己只是一个小主播，不像明星那样耀眼，但还是有那么多真爱粉。粉丝说话大都是跟风，可一句句安慰的话还是让她心头一暖。

没错，不开心就是要使劲撸串。她用力咬下一大口肉，用力嚼，好像这样就能把坏心情吞到肚子里。

桌上的食物一点点减少，直到把所有的串吃光，她才惊讶地发现自己竟然真的吃掉了三人份的食物，胃里的饱胀感十分强烈。

葛漫漫关掉直播，从店里出来，刚好到了上班族下班的时间，购物广场一下子热闹起来。

葛漫漫一边消食一边看衣服，逛了几家店，耳边的嘈杂声让她意兴阑珊，干脆打车回家。

谢云舒还没回来。

他不在的这几天，家里乱得不成样子，吃剩的外卖堂而皇之地摆在桌子上，外套随意搭在沙发背上，厨房的水池里还有她没来得及洗的碗筷，用葛妈妈的话来说“邋遢成这样，看以后谁敢要你”。

站在乱七八糟的房间里，葛漫漫甚至能脑补出谢云舒开门进来时脸上的杀气。

她放下包，撸起袖子，吸了一口气：好吧，为了明天的太阳，我就勉强收拾一下吧。

她刚拎起扫帚，手机响了，是一个陌生号码。

“您好，哪位？”

“漫漫，是我。”

是单阳打来的电话。

葛漫漫想都没想，“啪”的一声挂断。过了一会儿，又一个陌生号打进来，她犹豫了一下还是接了。

“漫漫，今天的事很抱歉。”

还是单阳。

葛漫漫没有说话，对着电话冷笑一声。

“漫漫，我的心情很差，你能不能陪我聊一会儿？”他的语气带着一丝哀求。

葛漫漫握着手机的手骨节泛白，半晌，淡淡道：“没事的话，我先挂了。”

仿佛结疤的伤口再次被掀开，葛漫漫心头撕裂般疼痛。

她把手机往茶几上一扔，再没心情收拾卫生，而是走进卧室，往床上一躺，蒙上被子，眼睛涨得难受。

她不是爱不起的人，可那毕竟是她曾经认定会在一起一辈子的人，走到这个地步，就算没有留恋，也难免伤心。

她闭上眼，慢慢睡着了。

谢云舒拨动钥匙进来时，屋子里一片狼藉。他一只手受了伤，系着绷带，见状眉头一皱，用另一只完好无损的手换下鞋子，脱掉外套，正要发作，突然“叮咚”一声铃响。

谢云舒低着头，茶几上放着葛漫漫的手机，屏幕亮着，有一条陌生号码发来的短信：“漫漫，今天的事实在对不起，我替我妈向你道歉。“

隐约猜到发信息的主人，谢云舒往葛漫漫房间看了一眼。

卧室房门半开，她窝在棉被里，瘦瘦小小的，只露出一个脑袋，眼睫上还挂着点点泪珠，在床头灯的照射下，显得楚楚可怜。

沉默片刻后，他脚步轻轻地走过去，用那只没有受伤的手帮她带上门，捡起了地上的扫帚。

葛漫漫睁开眼，发现眼睛肿了，鼓得高高的，只能睁开一条小缝。

早晨九点半，房间很静，楼下隐约传来大妈大爷们晨练的声音和早晨的鸟鸣。

葛漫漫还没从床上起来，习惯性拿起手机打开“快吃”，然后看了一眼数据，她愣了片刻，从床上弹起来。

发生了什么？她只是睡了一觉，涨了八百多个粉儿？不仅如此，她昨天的直播录屏竟然上了首页大推荐？

快吃平台有自己的签约播主，一般不会推荐像她这样的自由人，就算有，名额也很少，没想到她这么幸运。是因为昨天她一口气吃了三人份的食物吗？果然大家都喜欢大胃王吗？

葛漫漫打开QQ，粉丝群里大家正聊得火热，一夜之间还多了很多新面孔。

薄荷菌发来一条QQ：“你这是要火的节奏啊！”

葛漫漫：“（蒙了的表情）我这是走狗屎运了吗？”

薄荷菌：“（龇牙笑的表情）不错不错，说不定你是我们群继萌萌鹿之后第二个演员呢。”

葛漫漫：“（问号脸的表情）什么演员？”

薄荷菌：“你不知道？鹿妹子刚签了一部电影。”

葛漫漫：“（惊讶的表情）真的假的？”

薄荷菌：“鹿妹子昨晚发的微博，你没看见？”

葛漫漫点开微博，定位到萌萌鹿，对方置顶的就是一条电影宣传。看起来是一部低成本的网络大电影，男女主角都是她没听说过的小演员，萌萌鹿在里面饰演一个女配，虽然戏份不多，却是一个推动剧情的重要角色。

葛漫漫羡慕之余，在对方评论区留言道贺。

从萌萌鹿的话题里出来，她和薄荷菌又闲聊了一会儿，其间，有一个网名叫“玛雅莉意式餐厅”的人发来好友申请，备注是“求合作”。

葛漫漫加上对方。

玛雅莉意式餐厅：“您好，请问你是不是快吃上的漫漫主播？”

葛漫漫：“是的，您是……”

玛雅莉意式餐厅：“是这样的，我们这边是一家新开业的意式餐厅，目前想找一个吃播主播做下推广，价钱好说。您看有没有兴趣？”

葛漫漫：“大概什么时间？”

玛雅莉意式餐厅：“明后天店里有活动，您看今天有时间吗？”

葛漫漫：“您稍等，我看下时间表。”

大早上就有赞助商找上门，这就是传说中的情场失意、职场得意吗？

葛漫漫拿起床头的台历，看了下日程安排，今天对应的记事格子里还是一片空白。

手机一直传来“嗡嗡”的振动声，粉丝群有新粉丝加进来。

葛漫漫想了想，决定趁热打铁，再做一期视频，于是拿起手机回复：“有时间。”

QQ 号的主人是餐厅的经理，姓宋，聊了几句，葛漫漫感觉对方人不错。两人详细谈了一些合作细节，宋经理希望能以大胃王为噱头，葛漫漫同意了。对方支付宝付了订金，定好了时间，下午四点半。

现在才十点，离约定的时间还有六个多小时，葛漫漫决定起来熬点粥垫垫肚子。

从卧室出来，她才发现凌乱的客厅已经被谢云舒收拾好了——

吃剩的外卖不见了，昨天被她稀里糊涂丢在沙发旁的扫帚归了位，地面被拖得一尘不染。

想到昨晚自己在卧室呼呼大睡时，谢云舒却在客厅里收拾，葛漫漫就有些愧疚。不过愧疚感也就持续了三秒，三秒钟后她突然想到一个童话故事《田螺姑娘》，眼神不自觉飘向谢云舒的卧室。房门紧闭，想必这个时间点，谢云舒已经穿着白大褂认认真真地查房了吧。突然觉得这个反差萌还蛮可爱的，想到这儿，葛漫漫“扑哧”一笑。

谈妥一桩生意，葛漫漫的心情舒畅极了。她拿出手机，打开“唱吧”放了一首自己录的歌。

她的曲风和她的外形完全不搭。她体型偏瘦，小脸却肉肉的，笑起来眼睛弯成月牙，明明是小家碧玉，甜美婉约，却喜欢粗犷的曲风。一首自己翻唱的《套马杆》她循环了一早上。

她喜欢唱歌，嗓音也很好听，但在音律节奏上似乎缺了一点天赋。她的声音忽高忽低，忽上忽下，总之没有一句在调上的，以至于她平时去 KTV（歌厅）都不敢主动开口。她只在没事的时候用手机软件录几首歌，加密后存在手机里，趁没人的时候，拿出来自恋一下，释放下天性。

给我一片蓝天，一轮初升的太阳。

给我一片绿草，绵延向远方。

给我一只雄鹰，一个威武的汉子。

给我一个套马杆，攥在他手上。

“哪有跑调，明明很好听嘛！”她一边夸赞着自己的新作，一边站在厨房灶台前熬皮蛋瘦肉粥。她切好皮蛋和肉，和着米，加调味盐下锅。

突然，身后传来一声开门声。她猛然回头，只见谢云舒穿着睡衣从卧室里走出来，垂着头往沙发上一坐，一只手放在额头上。

“你没去上班？”

她本来以为家里没人，谢云舒突然出现吓了她一跳，差点把手里的锅扔掉。

“今天休班。”谢云舒说。

“什么！”

这么说，自己刚才的一言一行全部被他听见了？

谢云舒揉揉太阳穴，靠坐在沙发上闭目养神。

“唱吧”还在单曲循环，整间屋子里都回荡着她嘶哑、高亢的声音。

手机就放在谢云舒眼前，沙发前的茶几上，葛漫漫的脸羞得通红，却又不好意思过去。

“你怎么不多睡一会儿？”

给我一片白云，一朵洁白的想象。

给我一阵清风，吹开百花香。

给我一次邂逅，在青青的牧场。

谢云舒没有立刻回答。他睁开眼，坐起身，转过视线，盯着她，半晌才用下巴点点茶几上的手机：“你觉着我能睡着吗？”

给我一个眼神，热辣滚烫！

…………

“呵呵呵呵呵呵……”葛漫漫一时窘态毕现，连忙讪笑着跑过来拿起手机，摁掉“唱吧”，继续没话找话，企图赶紧翻篇，好使自己不那么尴尬，“那个，我在熬粥，要不要一起吃点？”

“好，你给我盛一碗。”

呃……要不要这么干脆，她只是随口一问。要知道，她总共就熬了一人份的粥啊。

“那个……”

谢云舒起身走进洗漱间，挤好牙膏。

“怎么了？”谢云舒皱眉。

“就是……”

“你到底想说什么？”

“哎呀，实话告诉你吧，其实我就只煮了一碗粥，刚才只是跟你客气一下！”葛漫漫一咬牙就说出了实话。

谢云舒愣了一下，含着牙刷，偏头一脸诧异地看着她。那一瞬间，她几乎能从谢云舒眼睛里看到自己红得跟苹果似的脸。

有风从静止的画面中吹过。半晌，谢云舒若无其事地转回视线："哦，那就给我盛半碗吧。"

不好意思，谁能告诉她，是她表达得不够直白，还是他谢云舒的理解能力有问题啊？

“只有半碗，多了没有。”葛漫漫噘着嘴，把锅倒了个底朝天，每人也只勉强分到二分之一碗。

隔着餐桌，谢云舒看着葛漫漫生气的可爱模样，撑着下巴，忍不住笑了一下："半碗，够了。"

“你快尝尝，怎么样？”

夺粥之仇被忘到九霄云外，葛漫漫满眼期待地等着谢云舒的评价。

谢云舒端起碗，只喝了一小口粥，就起身走进卫生间。

葛漫漫一脸茫然地坐在餐桌旁，直到洗漱间里传出漱口声，她才气呼呼地道："谢云舒，你什么意思？"

一碗粥而已，就算她厨艺差，能难吃到哪里去？何况她经常自己煮粥喝，自认为水平还可以。

谢云舒出来时，脸上表情怪异，指指她面前的粥。

葛漫漫突然有点心虚，却还是端起碗喝了一大口，刚咽下去，她就猛地咳嗽起来。

盐放多了！都是因为谢云舒，刚才她只顾着尴尬，心不在焉，加了两次盐。

“水！水！水！让开！”

葛漫漫推开谢云舒，冲进洗手间，打开自来水，半天才缓过劲。她慢动作抬起头，谢云舒正靠在洗漱间的门框上，抱着胳膊，低头似笑非笑地看着她。

“味道如何？”

葛漫漫翻了一个白眼：“干吗，我口味重不行啊？”

谢云舒摇摇头，无奈地走进厨房，熟练地淘米、切菜、下锅。半小时后，两碗“真正”的皮蛋瘦肉粥摆上了桌。

盯着面前那碗浓稠度恰好、香味诱人的粥，葛漫漫咽了口口水。

“我今天只是发挥失常，我对我的厨艺还是很有信心的。”

“知道了。”

“你这皮蛋切得大小不一，也不怎么样嘛。”

“知道了。”

“还有你这个……”

“再说下去，粥就凉了。”

谢云舒打断葛漫漫的废话，给了她一个台阶。

葛漫漫撇撇嘴，端起粥喝了一口：火候适宜，皮蛋弹滑，肉粒鲜香，好吃！

她抬头看了谢云舒一眼：“我是不会白吃你的粥的。”

谢云舒正喝粥，闻声抬起头看她，那眼神似乎在说：呵呵，你白吃我的饭的次数还少吗？

葛漫漫怕他真说出什么气死人不偿命的话，抢白道：“这样吧，你把你的脏衣服给我，我帮你洗，就当报答你的‘一饭之恩’。”

“你认真的？”谢云舒颇感意外。

“当然，一言既出，驷马难追。”葛漫漫把碗一撂，拍着小胸脯保证。

“这样的话。”谢云舒漂亮的眼睛眯成一条缝，嘴角一弯，人畜无害地笑了笑，“我这儿正好有件衬衫该洗了。”

等一下，他这个表情为什么让她有种不好的预感？

果然……

吃过早餐，谢云舒从屋子拎出一件衬衫。

谢云舒在生活方面是一个十分细致的人，一般情况下，脏衣服绝对不会过夜，但因为昨天他的手受了伤，为防感染才没有碰水。

葛漫漫接过衣服，看到衬衫胸前有一小片油渍，她凑上去闻了闻，一股子饭菜的味道，自然而然地以为是吃饭的时候不小心弄上去的，忍不住打趣道："呦，谢医生这么爱干净，还能吃成这样？"

谢云舒回头扫了她一眼，一脸平静，道："哦，昨天下班的时候，一个病人吐我身上的。"

"啊？不是吧！"

"嗯，那患者刚做完胃镜，跟他说了两个小时内只能吃流食，患者偏偏不听，吃了些蔬菜和米饭，吃完不久就难受得不行，结果就吐了我一身。蔬菜和米饭都还没被消化，外形几乎都还没变，只是被腐蚀得软绵绵的。最糟糕的是这个患者得了糜烂性胃炎，胃液呈咖啡色，黏稠状，弄得整间病房里一股恶臭味。"

"唔。"葛漫漫胃里一阵翻腾，忙不迭把衣服扔进洗衣机，趴在洗手池边干呕两下，"行了，你别说了。"

谢云舒暗暗一笑，随即淡定地退回来，把衬衫从洗衣机里拿出来，往葛漫漫手里一塞："衬衫要手洗，不然很容易变形。"

葛漫漫连忙躲开。

这个人不是有洁癖吗？这种被"污染"了的衬衫不该扔掉吗？而且，这么恶心的话题，他为什么可以说得这么从容？

"你还洗不洗，不会反悔了吧？"

"我洗！"

葛漫漫咬牙切齿地瞪了谢云舒一眼，盯着无辜躺在地上的衬衫欲哭无泪，伸出去的手几次缩回。最后，不知她从哪里翻出一个塑料夹子，往鼻子上一夹，拧着脑袋捡起衣服，迅速扔进洗衣盆，搓两下便缓两口气。

谢云舒站在一旁，一脸看戏的表情，过了一会儿，他伸手取下她鼻子上的粉色塑料夹，一脸阴谋得逞的表情："好了，刚刚我逗你玩的。这上面的油渍是昨天吃饭的时候，我不小心弄上去的。"

搓衣服的手蓦地一顿，葛漫漫以极慢极慢的速度转过脑袋，一脸和善地朝谢云舒友好一笑，下一秒，盆一甩，手一甩，她大步跨出洗漱间。

哼，没想到你是这样的谢云舒!

不知是不是为了给葛漫漫赔罪，谢云舒中午做了好几样菜，有红烧冬瓜、青椒肉丝、西红柿炖牛腩、虾皮鸡蛋羹。

虽然都是一些家常菜，可再普通的食材在谢云舒手中总能做出星级餐厅的味道。要不是她知道谢云舒的工作单位，甚至都觉着谢云舒是一个厨子。

因为下午还有个大胃王直播，葛漫漫没打算吃午饭，可盯着这些色香味俱全的饭菜，她实在没忍住，每样都吃了一口，然后就放下筷子不动了。

“饭菜不合胃口？”谢云舒问。

“没有啊。”以防被说教，葛漫漫没敢把要做大胃王视频的事情告诉谢云舒。

“你在减肥？”

“没有啊。”

然而，她还是没有逃脱被说教的命运。

谢云舒停下手中的筷子，一本正经道：“你知不知道，不吃饭很容易降低大脑功能，比如人在饥饿时，就会出现头晕、注意力不集中、记忆力衰退等障碍，长此以往，就会影响智力，导致智力下降。”

葛漫漫听得头昏脑涨，跑回卧室换衣服。

谢云舒还没吃完饭，见她背上背包，问：“你要出门？”

“是的。”

“你去哪儿？”

葛漫漫没想到谢云舒会追问，随口跑火车道：“我和朋友约好出去吃午饭。”

“没减肥？”谢云舒一脸怀疑。

“没有。”怕露出马脚，葛漫漫连忙背上包，推门出去。

“葛漫漫。”关门前，谢云舒叫住她。

“什么事？”她心虚地回头。

“没事。”谢云舒犹豫了一下，最终缄了口。

门缓缓闭合，一墙之隔，谢云舒微微弯起嘴角，喃喃自语：“你这样就很好看。”

葛漫漫和宋经理约的时间是下午四点半，因为出门早，她就在附近的商场溜达了一圈。

餐厅开在高新区一座购物广场里，名字叫玛雅莉，是一家意式快餐店，装潢时尚，灯光柔和，给人一种温馨舒适的感觉。

“您好，请问宋经理在吗？我是来这儿做推广的吃播主播。”走进餐厅，葛漫漫直奔前台。

“您稍等。”服务员穿着统一规格的西式工作服，语调亲切，朝她微笑点头，走进后厨。

过了一会儿，宋经理从里面出来，是一名三十余岁的女人，穿着高跟鞋，气质出众，两人就吃播的细节又确认了一遍。

葛漫漫找座位坐下，粗略翻了菜单。这间餐厅菜品实惠，走的是中低端的亲民路线，性价比较高。

从早上到现在只吃了一碗粥和几口菜的葛漫漫，早就饿得前胸贴后背，果断把喜欢的食物都点了：海鲜焗意面、烤全鱿、花蛤汤、三文鱼沙拉、四味肠……

食物摆得满满当当，葛漫漫端过一盘焗饭，迫不及待地拿起勺子，混合着香料煮出来的米饭，色黄味美，吃一口，满满的幸福感。

推广效果不错，已经有不少小伙伴发弹幕，询问餐厅地址。葛漫漫一边重复着餐厅地址，一边大口嚼着食物，引得粉丝们直流口水。

焗饭。

四味肠。

意面。

吃到鸡排的时候，葛漫漫已经撑得不行，拿着叉子食不知味地往嘴里送。

虽然这次吃播以大胃王为主题，但保守起见，葛漫漫只点了三人份的食物，可即使这样，桌上还剩一份手工比萨和一份花蛤汤。

看着剩下的食物，葛漫漫有种欲哭无泪的感觉。她本来的食量不算大，昨天心情不好，吃下三人份的食物不觉得什么，可眼下吃三人份的食物，对她来说简直难于登天。

怎么办？她要不要实话跟小伙伴们说自己吃不下去了？可那样，小伙伴会不会脱粉？好不容易涨了粉，她还打算乘胜追击，签约一个好平台呢。

“我感觉播主吃不动了呢！”

“加油！”

“这才吃了多少。”

“不要糟蹋食物啊！”

弹幕躁动起来，一些粉丝嚷嚷着取关，风向对她十分不利。要不她忍一忍吃下去算了？

葛漫漫端过比萨，烤得焦酥的饼胚上涂满奶酪，粉嫩的培根包裹其中，是她最喜欢的一种口味，但现在她每咬一口都味同嚼蜡。

“食物应该给人带来幸福和快乐，身怀痛苦吃掉食物是对食物的侮辱和糟蹋。”

当葛漫漫实在咽不下去的时候，弹幕里突然蹦出这么一句话，ID（账号）是肉团卷卷。

葛漫漫对这个 ID 有印象，是她的一个老粉，在她开始做吃播的时候就关注了她，只是从来没给她送过礼物，也很少发弹幕说话。

葛漫漫的粉丝大多年纪不大，喜欢从众，肉团卷卷说完话，风向很快就变了。

“肉团卷卷说得有道理。”

“对呀，播主吃不下就不要吃了。”

“你不要对自己那么残忍。”

最终，葛漫漫还是没有吃完，所幸宋经理人很好，依然按照谈好的价格付了她报酬，只是因此掉了一百多个粉儿，让她有点不开心。

从餐厅出来，葛漫漫坐公交车从高新区回到市中区。

谢云舒刚吃完晚餐，正在洗碗。

葛漫漫放下包，打开电视，坐在沙发上摆弄手机。

谢云舒收拾完厨房，回屋穿了一件外套，过来问她："我去楼下超市买点东西，你要不要一起出去走走？"

葛漫漫的肚子正胀得难受，想了想，说："好。"

八点一刻，天完全暗下来，小区里的灯都亮了。

两人沿着主干道往超市走，经过篮球场时，看见几个十七八岁的少年正在打篮球，他们身上穿着嘉城一中的校服，晚风吹落汗水，是再肆意不过的青春。

葛漫漫看着他们，忍不住感叹："哎，我真羡慕他们，还是高中生好，无忧无虑，多幸福。"

谢云舒没有说话，良久，缓缓开口："如果有机会让你回到高中时代，你愿意回去吗？"

葛漫漫摇摇头："还是算了，我仔细想想高中生活还蛮辛苦的，尤其高三的学生，有那么多作业要做，还要面临升学压力，也挺痛苦的。"

"所以，有些你自以为羡慕的东西，其实只是羡而不慕，你憧憬它们表面的光华，却没有沉下心来想清楚那到底是不是你内心想要的，很多人往往因为看不清这点而陷于盲目，忘了初心。"

"你在说什么？"葛漫漫没听懂他的意思。

谢云舒张张嘴，犹豫一下，最终一笑而过："没什么，大概是当局者迷，旁观者清吧。"

葛漫漫歪着头，觉着今天的谢云舒有点奇怪。

当她百思不得其解的时候，耳边传来一道破风声。她抬起头，等发现那个朝她笔直砸来的篮球时，已经来不得躲闪了。

她下意识抱住脑袋，预想的重量并没有落下来，耳边传来一下轻盈的跃动声。她再睁开眼，那个篮球被谢云舒稳稳接在手中。他从容地站在那里，受伤的手插在休闲裤的口袋里，另一只手的手腕微动，那个篮球便如精灵般在他指尖旋转起来。

“哥，麻烦把球扔过来。”

“好的。”

谢云舒大声应着，声音里有少有的少年感。他从口袋里掏出受伤的手，脚下轻轻一跃，巧妙地避开掌心的伤口，与另一只手合力将篮球推了出去。

路灯昏黄，远处是逐渐模糊的篮球和少年们的欢呼声，眼前是谢云舒挺拔而灵活的身影。晚风吹来，他发梢飘动，从这个角度看去，白皙的面颊微微凹陷，一双眼睛闪烁着少年的光。她看着他，不禁呼吸一滞：怎么我读大学的时候没发现，原来他长那么好看。

“你想什么呢？”

直到谢云舒在她眼前挥了挥手，她才回过神来，眯起眼睛：“没什么，我觉得你刚才扔球的样子很帅。”

谢云舒愣了一下，随即有点哭笑不得：“被你这么夸，我是该高兴还是该难过呢？”

“你这是在质疑我的审美吗？”葛漫漫不服气，叉起腰，“你们医学院2008级研究生，系草方黎，听说过吧？我当年看上他的时候，压根儿不知道他是系草，还有……”

“等一下。”谢云舒打断她，“你追过方黎？”

“啊？追……追过吧……”葛漫漫有种不好的预感。

“那……”谢云舒顿了一下，忽然低头看着她的眼睛，“你知不知道，当年你们播音系有个胆儿挺大的女生也追过方黎，当时事情闹得挺大的，搞得全校都知道了。”

…………

她站在那儿，眼睛睁得大大的，结结巴巴道：“不，不，我不记得了，不是我们一级的吧。”

谢云舒："是吗？"

葛漫漫一颗心跳得狂乱，忙不迭避开他的视线，转移话题："我们快走吧，一会儿超市该关门了。"说着，她转身快步走开。

他竟然还记得这件事！

"你走那么快做什么？"背后，谢云舒悠闲地跟着，望见葛漫漫通红的耳根狡黠一笑。

因为这件事葛漫漫失眠了，她躺在床上，思来想去。谢云舒无论是来者不善还是确实不记得她，现在她唯一的应对措施都是按兵不动。

不想了，上厕所，睡觉！

从厕所回来，葛漫漫顺道称了体重，这一称不打紧，她竟然胖了五斤！

完了，这下她彻底失眠了。

她本来还打算循序渐进，把自己变成大胃王，现在好了，大胃王没变成，先成一个大胖子了。

不行，她必须想一个办法，一个既能敞开吃还不会胖的办法。对了，她记得萌萌鹿以前似乎用过一种催吐药，不过薄荷菌说这种方法不能常用。

葛漫漫正纠结着，脑海中忽然浮现出单阳妈妈的话："你做的那什么吃播毕竟不算一份正经工作。说是明星吧，电视上瞧不着；说是主持人吧，没人认识。你这要搁在我们老家，说白了就是无业游民。"

她胸口升起一口气，一咬牙：不管了，先试试吧，总之，她一定要努力签约一个经纪公司，做出一番成绩证明自己，然后告诉某些人，她选的路没错。

第二天，葛漫漫就去了楼下药店买催吐药，没想到药店工作人员说这种药是处方药，须要有医生开的处方才能购买。

催吐药一般适用于宿食停滞不化、胃胀痛不适的症状，因为具有一定的刺激性，所以一般要经过医生诊断后，拿着医生开的处方才能买到。

马路边，葛漫漫翻着知乎，认真做了一番功课后，决定装病去医院门诊碰碰运气。

离这儿最近的医院是嘉大附院，今天是星期五，谢云舒不出门诊，方便起见，葛漫漫决定还是去嘉大附院。

三个小时后，葛漫漫拿着挂号牌站在门诊室外，等了这么久，终于轮到她了。

排在她前面的大爷进入门诊室后，葛漫漫又在心里把剧情演练了一遍。

Plan（计划）A：她捂着肚子进去，然后装出很痛苦但又不会太严重的样子说："医生，我前天吃完饭就一直肚子胀，感觉食物没消化，想吐又吐不出来，你能不能给我开点催吐的药，把食物吐出来？"

如果说到这个份上，医生还不给开药，那她就启用 Plan B——适当出点毛爷爷，贿赂下医生。如果还不行，那她只有祭出 Plan C——走为上计，再想别的办法。

嗯！完美！

然而实际上，葛漫漫自以为毫无疏漏的万全之策，连医生的面还没见着就被搅乱了。因为排在她前面的那个大爷出来时，她在门外分明看见里面一个熟悉的人影。

"下一个！"

声音不大，站在门口的葛漫漫刚好听清，她暗叫一声：不好。

如果刚才还有怀疑，那现在可以说毫无疑问，这个声音的主人绝对是谢云舒。

好吧，她改变战略，跳过 Plan A 和 Plan B 直接进入 Plan C——趁着没被发现，赶紧逃。

然而悲惨的是，还没跑出两步，葛漫漫就被迎面而来的好心护士逮个正着："哎哎哎，小姑娘去哪儿啊，门诊室在那边呢。"

“呵呵，谢谢啊。”

葛漫漫都能想象到自己现在的表情，一定比哭还难看。她硬着头皮进去门诊室。

门诊室内陈设简单，左边是一张医用床，铺着雪白的床单，除此之外，就只有一张办公桌。此刻，谢云舒穿着白大褂，正坐在办公桌后面的椅子上埋头书写，听到关门声，他停下笔抬起头来。

四目交接，谢云舒平静的眸子骤然一紧。

葛漫漫低着头，不敢看他的眼睛，磨叽半天，问：“你不是星期一出门诊吗？”

“同事请假，我临时换班。”

“哦。”回答完这句，葛漫漫就垂下头去不再说话。

谢云舒眉眼紧皱，脸上没有一丝笑意：“你怎么了，哪里不舒服，为什么会来医院挂号？”

“我……”被问到关键处，葛漫漫支支吾吾，捂住肚子，“我刚感觉肚子有点胀，不过现在好多了。那个，没什么事我先走了，外面还有好多病人等着呢，呵呵。”

“站住！”谢云舒一声令下，葛漫漫不知怎么回事，莫名其妙像被人施了咒，脚似粘在地上，动也动不得。

“床上，躺好。”简短的命令。

葛漫漫脑袋一片空白，只顺着谢云舒的话乖乖躺好。

“你把上衣掀起来。”

“这……这样不好吧？”

葛漫漫的心怦怦直跳。

“没什么不好，我是医生，你是病人。”

谢云舒神色淡淡，抓起桌上的听诊器走过来。

葛漫漫吓了一跳，连忙从床上坐起来，神情慌乱：“虽……虽然你是医生，我是病人，但我们毕竟是室友，你这样我会不好意思的。我反正也没什么大事，就是有点肚子胀，想吐又吐不出来，要不这样，你给我开点瓜蒂散得了。”

“瓜蒂散，催吐的药？”

“对呀，我吐出来就舒服了。”

谢云舒察觉到她的异常，上下打量她，瞧她面色红润、精神抖擞，丝毫没有生病的迹象，突然想到什么，目光一凛：“你在做大胃王吃播，所以想买催吐药？”

“不，不是。”葛漫漫没想到谢云舒会猜到这一层，她被当场戳穿，尴尬至极，忙不迭往门口逃去。

不等她拉开门，谢云舒已经跨步追过来，“啪”的一声，刚被拉开一条缝的门重新闭合。

“啊啊啊！”

葛漫漫的耳朵被震得生疼，转过身，撞上谢云舒冷冽的双眸。

他一字一句说得慢而重：“葛漫漫，不要再到医院装病，医生没你想的那么蠢。还有，吃播是给人带来快乐的事情，你不要侮辱了这个行业。”

她从未见过这样的谢云舒，严肃、冷峻、愤怒。他的胳膊笔直地抵在门上，眼睛死死地盯着她。

她本就长得瘦小，站在那儿像一个做错事的孩子，身体紧贴着门，眼睛里慢慢蓄满泪水。良久，她仰起头，对上谢云舒的视线，大喊：“你懂什么，你又没有被人瞧不起过。”

谢云舒心头一颤，目光倏忽软下来，想说什么，却听门外传来敲门声。

“谢医生，您没事吧？”

许是意识到自己把话说得重了，谢云舒有一瞬间分神，葛漫漫抓住机会，推得谢云舒一个踉跄，拉开门，头也不回跑开了。

“葛漫漫！”

他急忙追出去，然而那道瘦瘦小小的身影早已迅速消失在拥挤的走廊上。

护士走进来，看了一眼谢云舒，叹了一口气，说：“谢医生，患者实在不配合就算了，何必动真气，万一被患者投诉，不是得不偿失吗？”

谢云舒没有说话，掏出手机连拨了三遍葛漫漫的手机号码，一直都是对方不方便接听。

她拒接了。

谢云舒的神情黯淡下去，看了一眼手表，翻开通讯录，定位到一个号码，拨通。

“方黎。”

“怎么了，谢医生，手又痒了？”一个听起来慵懒随意的声音传来。

“不是。”谢云舒往桌边一靠，神情疲惫地揉了揉太阳穴，“有时间吗？你帮我一个忙。”

Chapter 5
你 真 好

葛漫漫从医院出来就接到了谢云舒的电话，她盯着屏幕上的名字愣了两秒，随即挂断。

她打电话给唐楠楠，几声令人焦躁的等待音后，电话才接通。

“你在哪儿呢？”

唐楠楠最近换了工作，作为新人，她不敢上班时间玩手机，只好躲在厕所里接电话。

“亲爱的，我在上班，有什么事吗？”她压低了声音。

葛漫漫拿开手机，看了眼时间，重新放回耳朵上：“你们公司不是朝九晚五吗？你还没下班？”

“唉，别提了。”唐楠楠长叹了一口气，“我们公司没个具体的点下班，只要老板在，那就是上班时间。”

“不是我说你，上家公司待遇多好，你非要跳槽，跳到一个更有前途的公司也就算了，偏偏跳去一家名不见经传的小公司，你是不是傻？”

“我这儿不是离林旭住的地方近，方便照顾他嘛。”

葛漫漫还想说什么，唐楠楠又压低了嗓子：“我先不跟你说了，集合开会了。”

“咔嚓”一声后，听筒里传来“嘟嘟”的忙音。

本想找好友出来谈谈心，这下看来没机会了，她无奈地调头回家。

一路上，葛漫漫的脑子里全是谢云舒怒气冲冲的模样。

在她的印象里，谢云舒是那种外表看起来冷冷淡淡，内心却十分温柔的人，极少对什么人什么事有情绪波动，更不会生气。

医院是救死扶伤的地方，医生是一个攸关生死的神圣职业，却被她拿来亵渎，也难怪谢云舒会生气。

秋末早晚的温差大，中午出来时，她只穿了一件开衫毛衣，这会儿太阳落下去，傍晚的风吹来，她禁不住打了个寒战，心头那股冲动消了不少。

她拿出手机，盯着左下角三个未接来电，想着要不要给谢云舒回一个电话，犹豫半天，她决定给谢云舒发一条信息，斟酌又斟酌，尽量把语气放轻松。

“谢医生，在吗？下午的事是我不对，我不该跑去医院胡闹啦！可是，我既然挂了你的号，怎么着也算是你的病人吧，你那样凶我，小心我投诉你哟！嘿嘿！”

她点击发送，等了一会儿，没有回复。她关掉屏幕，隔半分钟又打开，仍然没有回复。再隔一分钟打开，还是没有回复。

难道因为她挂了他的电话，他对她记仇了？

刚发送出去的信息如风中孤叶挂在半空中，最后一个“嘿嘿”显得尤为愚蠢，葛漫漫盯着对话框，一跺脚，心里不爽。

突然，手机响起，葛漫漫心中一喜，很快嘴角的弧度又沉下去，是方黎打来的电话。

“黎学长。”葛漫漫有气无力。

“嘿，我和你说一个好消息！”电话另一头传来兴奋的大叫。

葛漫漫耳膜一疼，连忙拿开手机，揉揉险些被震聋的耳朵，半是好奇半是敷衍道："什么好消息？"

"你猜？"方黎卖了一个关子。

葛漫漫没兴趣和他打哑谜，语气蔫蔫："你就别拿我寻开心了，我现在没心情。"

听出她情绪异常，方黎在电话那头顿了一下："怎么了，你心情不好？"

上大学的时候，葛漫漫追过方黎，不过后来她被拒绝了。两人真正熟悉起来是在方黎那一级的毕业典礼上。当时有个"马兰花开"的游戏，抽十五名观众上台，主持人喊到几，就几个人抱成一团。而被抽到的十五个人里，正好有她和方黎，巧的是，最后胜利的两个人恰好就是他俩，奖品是一家五星级酒店的双人自助餐。那时她已经和单阳在一起，未免引起不必要的误会，方黎很大方地把餐券给了她。后来她觉得不好意思，便和单阳一起回请了方黎一顿饭，这么一来二去，两人才熟悉起来。

方黎为人仗义随和，愿意为了朋友赴汤蹈火，葛漫漫对他的感情也从喜欢变成了对好哥们的依赖。只是，今天的事情她不想说，不想提谢云舒，更不想提两人之间发生的小摩擦，仿佛那是她的小秘密，那种只能和闺密分享的小秘密。

"没什么，还是说你的好消息吧。"葛漫漫迅速转移了话题。

"你不是一直想认识 Meet 的神秘厨师吗？我顺口提了提，没想到他竟然同意了，还给了我一个微信号，让你能随时联系他。"

若是往常，葛漫漫早就兴奋得疯了，可今天不知道为什么，她总觉着心里闷闷的，有什么事压在心头，对其他事完全提不起兴趣。她淡淡道："哦，等有时间吧。"

"你在忙？"

葛漫漫刚上了一辆公交车，找了空座坐下来："没有啊，我在回家的路上，暂时对这件事没兴趣。"

"你是葛漫漫吧？"

方黎惊讶得下巴差点掉在地上，要不是对葛漫漫的声音熟悉到了一定程度，他死都不敢相信这句话能从葛漫漫嘴里说出来。要知道，她可是 Meet 大厨的死忠粉，当初为了从他这里要一张大厨的背影照，她不知费了多少心思。

公交车缓缓行驶，葛漫漫莫名觉得心烦意乱，敷衍了几句就挂断了电话。过了一会儿，她又拿出手机给方黎发了一条信息："你把大厨的微信号发过来吧。"

方黎给的微信号有点怪，是用 QQ 号注册的，没有绑定手机，头像还是空白的。

她发了好友申请过去，直到到了家，她也没收到对方验证通过的信息。

谢云舒还没回来，她掏出钥匙拧开房门，一头钻进了房间，把鞋子一踢，包一扔，往床上一趴，然后拿起手机，别说谢云舒的回复，就连 Meet 厨师的好友验证都没有通过。今天这是怎么了，事事不顺心。

倒是吃播群突然热闹起来。葛漫漫洗了一个澡，再出来时，群里的聊天记录已经 999+。她用干毛巾包好头发，盘腿坐在沙发上。

薄荷菌发来信息："漫漫，要不要参赛？"

葛漫漫一头雾水，翻阅聊天记录，才知道原来一家叫"蛋挞吃播"的平台正在举办一个大胃王线下比赛，在规定时间内，谁吃得最多就获胜。比赛时间定在十天后，大赛评选出前三名，奖品丰厚，第一名还会直接签约平台所属的经纪公司，并且有机会接拍公司投资的影视剧和商业广告。

经纪公司名叫"临墅传媒"，是一家刚成立不到一年的新公司，势头很旺，接连运营了几个小新人，人气都还不错。萌萌鹿签约的也是这家公司，最近爆出参与拍摄电影的新闻，所以在吃播圈子里名声还算不错。

薄荷菌："我已经报名了，你要不要报名？"

葛漫漫打开笔记本，盯着巨大的宣传页犹豫了。

其实这种比赛就算进不了前三名，也会赚到一些人气，可以说稳赚不赔。只是不知道为什么，她把鼠标点在报名页面上犹豫了。

如果谢云舒知道自己跑去参加这种比赛，一定会生气吧？或许还会骂她不遵医嘱，甚至瞧不起她。

房间的门开着，墙上的挂钟指向九点。她朝玄关处望去，灰蓝色的男士拖鞋安安静静地躺在架子上，地板上有几个脏脚印，一路延伸到客厅。

回来的时候，一楼水管坏了，弄得整个楼层都湿湿的，她不小心踩了几脚。进屋时本想在门外的脚垫上踩干，但转念一想，她又赌气似的走进屋，故意在地板上踩了一串脏兮兮的脚印。一想到谢云舒推开门青红不定的脸色，她就忍不住想笑，那滋味简直和报了仇一般痛快。

薄荷菌：“人呢？”

QQ发来消息提示音，葛漫漫回过神儿，回复道：“在呢，亲爱的，我就不报了吧，肯定没戏。”

薄荷菌：“好吧，那就让我一个人孤军奋战吧。”

说完，她发了一张截图过来，锃光瓦亮的地板上立着十几桶矿泉水。

葛漫漫：“这是什么？”

薄荷菌：“这是我跟一个网红吃播主播学的，他每次参加大胃王比赛，在赛前半个月为了把胃口尽量练出来，都会拼命喝水。比如，第一天喝五公斤，第二天喝六公斤，这样逐次增加，据说他的最高纪录，能在两分钟内喝完十四公斤水呢。”

葛漫漫：“他这对自己太狠了吧。”

薄荷菌：“唉，没办法，三百六十行，行行不容易，为了签约，拼一把呗。”

葛漫漫：“你也别太拼了，比赛嘛，重在参与，就你那小身板，估计也拿不到名次。”

葛漫漫发完这条消息，对方迟迟没有回复。她意识到是不是自己说话过头了，连忙写："我开个玩笑，你没生气吧？"

良久，薄荷菌回复："没有，你就等我的好消息吧。"

虽然这么说，但葛漫漫还是感觉薄荷菌有些不开心，两人随便聊了几句，薄荷菌就下线了。

葛漫漫关掉笔记本，躺在床上心不在焉地打游戏。

刚才薄荷菌明显因为她的话不高兴了，可她并没有恶意，她只是不想薄荷菌因为比赛伤了身体，她是真的把薄荷菌当成朋友才会那么说的。

想到这儿，葛漫漫突然想起谢云舒在门诊室说的话，他说：吃播是给人带来快乐的事情，你不要侮辱了这个行业。

当时，这句话宛如一根刺扎在她的心头，她觉着那是他对她的轻视、不理解，可她并没站在谢云舒的角度去考虑。

身为医生，他自然会把病人的身体放在第一位，所以他会不会只是在旁敲侧击地关心她的健康？可他是医生，就像老师教训学生，医生警告病患，这种话明明可以直接对她说，为什么要拐弯抹角？难道因为他是她的室友，所以会不好意思，还是纯粹就是她想多了？

次日一早，葛漫漫被一通电话吵醒了。

窗帘关着，清晨的阳光晒在白色的纱料上，泛着柔柔的黄色。

来电显示是司佳羽，司佳羽是薄荷菌的本名。

"漫漫，出事了。"

薄荷菌的声音听起来有些焦急，葛漫漫的心一沉，一个激灵从床上坐起来："怎么了？"

"是鹿妹子。她术后感染，现在市人民医院重症监护室里躺着，医院已经下了好几次病危通知书了。"

"萌萌鹿，陆梦萌？"

"是的。"

葛漫漫脑子一片混沌，怎么扯到萌萌鹿身上了？还有，萌萌鹿前几天不是还发微博说接拍了电影，怎么会突然病危？

薄荷菌说自己最近为了十天后的比赛，正在拼命练习，昨晚喝了五公斤纯净水，结果夜里跑了十几趟厕所，几乎没睡。她觉着这么拼命喝水不是一个好办法，就想到了萌萌鹿。因为当初萌萌鹿也是参加大胃王比赛才被公司挑中的，她便想问问对方有没有其他办法。于是，一大早，她就给萌萌鹿打电话，谁知接电话的人竟然是萌萌鹿的母亲。在得知她是萌萌鹿的朋友后，萌萌鹿的母亲第一反应竟然是哭着向她借钱。她吓了一跳，询问之下才得知萌萌鹿前几天在一家私人医院做了手术，因为手术环境不合格，导致术后感染，已经转院进了 ICU（重症监护室）。

萌萌鹿家的条件本就不好，ICU 病房一天一万块地烧钱，她的母亲这是没办法了，才会见人就开口借钱。薄荷菌心软，但又不敢一个人去医院，这才打电话给葛漫漫。

葛漫漫也是心软之人，她们和萌萌鹿之间虽然算不上好朋友，但因为萌萌鹿年纪小，性子也好，大家平时对她多像小妹妹般照顾。起初她来嘉城市，还是葛漫漫帮她联系房东租的房子。她懂得感恩，还因此请葛漫漫吃了好几次饭。葛漫漫和薄荷菌一合计，决定去医院看看她。

从卧室里出来，葛漫漫才发现谢云舒彻夜未归，微信也没回，她有点失落，但因为和薄荷菌约好了一个小时后见面，她也没时间多想，匆匆洗漱完，换好衣服就下楼了。

葛漫漫买了一个肉夹馍边吃边走，一个小时后，两人在市图书馆碰了头，然后一起打车去市人民医院。

两人在 ICU 病房前看见了萌萌鹿也就是陆梦萌的母亲。她是一个很朴实的女人，皮肤虽然很白，却异常干枯，脸上布满褶皱，身形消瘦，得知葛漫漫和薄荷菌的来意后，她就哭了。

ICU 病房只能在规定时间内探视。此时，陆母站在病房外，呆呆地望着病床上插满各种医疗管子的女儿，半头的白发尤显凌乱。

薄荷菌扶陆母在病房外的椅子上坐下。陆母拉着薄荷菌的手为电话里的事道歉，她说自己也是没办法了才会病急乱投医，说出借钱的胡话。她知道她们都挣钱不久，没什么大钱，不该为难她们，可是 ICU 实在太烧钱，再不交齐费用，医院就要赶人了。

葛漫漫跑去给陆母倒了一杯热水。

薄荷菌开口："阿姨，到底发生了什么事？"

陆母半天不说话，眼睛红红的，又落下泪来："都怪我，要是我当初阻止她，不让她辍学来嘉城，就不会发生这种事情。"

萌萌鹿原名叫陆梦萌，生在一个偏僻的小县城，虽然家庭条件差了些，却也是在父母的关爱下长大的。两年前，她父亲在工地干活时，不小心从高处摔下来，瘫痪了。家里主要经济来源断了，只靠陆母一个人，根本无力支撑陆父的医药费和陆梦萌的学费。陆梦萌不忍心母亲那么累，才决定只身一人来城市赚钱。正巧那时她了解到吃播行业门槛低、赚钱快，就进了圈子。不久后，她发现现在所签的经纪公司"临墅传媒"举办比赛，便靠着声音甜美、长相可爱，顺利签约了。只是她没想到的是，经纪公司竟然为了让她保持身材，做小肠切除术。

"什么！"薄荷菌一脸诧异。

关于这种手术，薄荷菌略有耳闻。人的身体主要靠小肠吸收营养，传说一些国外的主播，尤其是日本的主播，为了保持身材，不惜做手术切除大部分的小肠，这样食物不经过小肠直接进入直肠，营养得不到吸收，自然怎么吃都不会胖。但是这种手术毕竟有悖人伦，大部分正规医院都不会接受，只能在一些不正规的私人医院做。

说到这儿，陆母抹抹眼泪，又是一阵啜泣："我们家梦萌就是被人家骗了，当初签合同，收益二八分，我们家梦萌根本拿不到几个钱。他们还威胁我们梦萌做手术，说如果不签手术同意书，就等于不遵守合同，要付一百万违约金。我们家梦萌害怕，才瞒着我做了手术，没想到那家私人医院的手术环境根本不合格，做完手术没几天，刀口就感染了。到现在，他们公司连一个说法都不给，打电话也不接，别说承担住院费了。"

“岂有此理，没想到临墅传媒这么不要脸！我居然还报名参加他们组织的比赛！”薄荷菌气得跺脚。

“阿姨，您别着急，既然电话打不通，咱们就直接去公司！”

“直接去公司？”

“对！”葛漫漫查了查地址，说，“临墅传媒大概在市中区的老街附近，离这儿大约十公里。今天是周五，明天是双休日，我们最好今天就去。现在十二点半，公司人员差不多还有一个多小时上班，我们现在过去，起码先要一个说法。”

三人简单地吃了午饭，薄荷菌留下来照看陆梦萌，葛漫漫和陆母打车去了市中区的老街。

穿过林立的写字楼，一排低矮的平房出现在眼前。那是一些老旧的民用房，因为不影响城市整体设计，有幸被留了下来，居住在这里的多为一些不愿离开的老人和来城市打拼的农民工。

葛漫漫低头看了一眼手机地图，沿着这条铺满落叶的水泥马路走下去，就是临墅传媒的办公楼。说是办公楼，其实只是一座老式的二层小楼，南墙上挂着一面帆布纸做的广告牌，上面写着“临墅传媒影视经纪公司”几个大字，因为风吹日晒，颜色有些暗淡。

公司大门是一扇朝左右敞开的栅栏式铁门，里面有一个不算大的院子，四周稀稀疏疏种了些花草，大概疏于打理，大有枯死的迹象。

葛漫漫和陆母在铁门外下了车，沿着破损严重的石板路，来到一扇玻璃门前。刚进门，葛漫漫就闻到了一股奇怪的胶皮味。她环顾四周，眼前是一个类似前台的地方，四周墙壁和天花板都贴了崭新的壁纸，但从壁纸连接的空隙，仍可以清楚地看到墙皮剥落的痕迹，想来这所房子应该有些年头了。

“你们找谁？”冷冷的女声倏忽响起。

葛漫漫吓了一跳，这才注意到前台坐了一个年轻女孩，烫着大波浪卷的酒红色头发，化着浓重妖艳的妆，因为一直瘫坐在办公椅里剔指甲，不仔细看是很难注意到的。

比起办公楼，这地方似乎更像传销窝。葛漫漫心里有些打鼓，她看了眼身旁的陆母。陆母一眼茫然地扫视着周围的环境，泛红的眼睛朝她投来依赖的目光。

不行！陆母的女儿还在ICU等钱救命，她不能退缩！

葛漫漫深吸一口气，冷静道："我们找你们老板。"

"有预约吗？"

葛漫漫犹豫一下，说："有。"

"哦。"女孩这才不情不愿地坐起身，滑到电脑前，支着下巴懒懒问道，"叫什么名字？"

葛漫漫胡诌了姓名，女孩翻了半天："没有啊。"

葛漫漫的心怦怦直跳，面上却尽量表现得自然："我是朋友推荐来应聘平台主播的，昨天直接联系的老板，我想大概是老板忘记说了。"

"那你直接联系老板吧。"

葛漫漫的脑子转得飞快："哦，对了，昨天是朋友帮我联系的，我没老板的手机号码，你就通融一下吧。"

女孩将信将疑地看了葛漫漫一眼，重新瘫坐回椅子里，冷眼道："那不行，公司有规定，没预约的人不能随便进。"

葛漫漫还想说什么，一旁一直隐忍不语的陆母突然冲上来，往前台上一趴，激动道："我是陆梦萌的妈妈，你们骗我女儿做手术，把我女儿害成这样，还躲着不出来，就不怕天打雷劈吗？"

葛漫漫急忙拉住陆母："阿姨，您别着急。"

女孩吓了一跳，慌忙从椅子上站起来，躲开数步："你们是来干什么的？"

既然扯破了脸皮，葛漫漫也不打算拐弯抹角下去，往前跨了一步，说："想必贵公司签约主播萌萌鹿的事儿，你也听说了，我们这次来就是想找公司要一个说法，如果你们老板一直躲着不出来，我们就只好在这儿等着了。"

“你们再不走，我报警了。”

葛漫漫犹豫了一下，随即抱臂在胸，扬起下巴：“好啊，我求之不得，你现在就叫警察来抓我们，顺便查查贵公司到底有没有经营资质。不过，我看这办公场所怕是悬吧？”

女孩怔了一下，半天不说话，和葛漫漫对峙一会儿，抓起前台座机拨了几个号：“王经理，你过来一下，前台这边出了点事。”

半小时后，一名年轻男子从前台侧门出来，穿着布满褶皱的西装，上衣敞着，领带随意散着，头发有几根翘了起来，一副刚睡醒的样子。

葛漫漫上下打量着男子，越发觉着这个公司不正规。趁男子没说话之前，她先发制人：“既然事情发生了，一味躲避肯定不是办法。我们不是来打架的，但我妹子现在病床上躺着，还没脱离危险，公司必须给一个说法。反正我们都是做直播的，不行我们直接请粉丝评评理。”

葛漫漫说着，作势拿出手机。

男子正在系腰带，闻言抬起头，脸上闪过一丝茫然。

前台往男子耳边凑了凑，耳语几句。

男子脸色一变，见葛漫漫一脸怒气未消的样子，从前台出来，堆起笑：“两位消消气儿，这件事公司高层正在研究，只是最近有些忙，还没来得及联系你们。这样吧，两位先到里面休息片刻，老板正在楼上和客户谈合同，稍后就过来。”

那经理说话客气，葛漫漫自由职业做久了，社会阅历少，不知如何应对，反倒觉得自己的言行有些过激，一时软下来。

两人随王经理从一旁的扶梯来到三楼的一间办公室。办公室的门有些旧，门鼻上挂着老式锁头，里面倒还不错，翻新过。办公桌旁有一台饮水机，饮水机对面放着沙发，沙发是黑色的，表皮有些脱落，右边还有一扇小门，小门外连着一个小阳台。

“那麻烦两位在这儿稍做休息，我去催催老板。”

王经理引葛漫漫和陆母进屋坐下，走出去，顺手带上门。

过了一会儿，陆母坐不住了，问：“闺女，你说公司会老老实实赔我们钱吗？”

“放心吧，阿姨，有合同呢，跑不了的。”

陆母突然想到什么，一跺脚：“对了，当初梦萌说，公司为了方便档案管理，把她手上那份乙方合同收回去了。”

“收回去了？”葛漫漫略一思索。

“对，那是不是咱们就口说无凭了？”陆母揪着衣角，脸色苍白，“哎呀，公司会不会根本不承认聘用过我们家梦萌啊？”

“不怕！”葛漫漫见陆母一脸慌乱的样子，连忙安慰道，“只要公司给陆梦萌发过工资，银行有过转账记录，咱们就有理有据。”

“哦，有的，有的。”陆母面上一松，一颗心咽回肚子里。

时间一分一秒过去，屋子里静悄悄的，透过右手边的玻璃小门，葛漫漫能看到阳台上的防盗窗，阳光照进来，反射着刺眼的光。不知过了多久，葛漫漫闻到一股呛人的烟味，是从门缝处传来的。

她想出去看看，手放在把手上，微微一拧，纹丝不动。她的心一沉，手腕使劲，依然没有打开。

她们被人反锁在房里了！

这时，楼下传来一阵骚动声，紧接着有人叫道：“着火了！二楼着火了！”

葛漫漫脸色瞬地一白，陆母也慌了神，过来帮葛漫漫开门，可怎么都打不开。

吵嚷声越来越大。

“快灭火啊！”

“不行了，烧起来了！”

“快出去！”

火势似乎失去控制，楼里的人四散逃走，楼道里传来刺耳的尖叫声和凌乱的脚步声。

“来人啊，来人啊！”葛漫漫拍着门板，大声叫喊。

片刻后，有人在门外停住：“来了，来了！”是王经理的声音。

“快开门，放我们出去。”葛漫漫大叫。

王经理慌乱地翻着身上的口袋，问：“你们看看桌子上有没有一把银色的钥匙。”

“没有啊。”葛漫漫奔到桌子前，颤抖的手胡乱翻找着，可除了一堆没有用的文件，什么都没有。

“钥匙没了，对不住了！”王经理重新翻一遍口袋，还是没找到，最后一咬牙，朝楼梯跑去。

“你不能走！喂！喂！喂！”葛漫漫拼命叫喊，然而门外的脚步声越来越远。

大火烧起来，有烟从门缝里钻进来，葛漫漫拉着陆母冲到阳台上。

从阳台看去，大家蜂拥着朝外面跑去，她抓着防盗窗的栅栏朝他们嘶喊，然而在混乱中，根本没人注意到她们。

她当机立断，拿出手机拨打119，报了地址。随后，她再次滑开手机拨号页面，犹豫一下，拨下一串数字。

那是她曾经烂熟于心的数字，也是她狠心拉黑、发誓再也不会碰触的数字，那是单阳的手机号码。

如果可以，她真想一辈子都不再看见这个负心人，可她实在没有办法了，火警赶过来至少要十几分钟，单阳的公司就在老街前面的写字楼，他从后门跑过来的话，最快三分钟就可以到达。

电话接通后，不等单阳说话，葛漫漫哑声嘶喊：“单阳，我在老街的临墅传媒，这儿失火，我被困住了。”

“怎么回事？”

“我很害怕，你能过来吗？”

她努力忍住啜泣，单阳在电话那头顿了一下，说：“好，我这就过去。”

五分钟后，单阳出现在楼下。

“漫漫！”

“单阳，救救我，我被锁住了……”烟雾越来越多，她挥舞着手臂，扯着嗓子向他求救。

他看见了她，面色焦急，往前冲了几步，因为火势太大又退回原点。

“单阳！”

她的脑子里一片空白，一颗心因为看到了最后的希望疯狂地跳着。她声嘶力竭地叫着他的名字，然而退回“安全圈”的他却再未靠近半步。

“你坚持一下，消防车马上到。”

二楼火势渐大，一声巨大的爆炸声之后，巨大的火舌从三楼阳台的窗户“呼”地蹿出来。葛漫漫被热浪逼得退后一步，望着远处的单阳，她的心蓦地凉下去。

火势这么大，他不敢靠近，无可厚非，不是吗？

一旁的陆母止不住哭泣。

葛漫漫说：“阿姨，对不起，都怪我，要不是我带您来，也不会发生这种事。”

陆母什么话都没说，只是歇斯底里地叫着陆梦萌的名字，说着“妈妈对不起你”之类的话。

那一瞬间，她忽然想起高中班主任说过的一句话：在这个世界上，你唯一信得过、靠得住，唯一肯为你牺牲性命的人，只有你的父母。

喉间的灼痛感越发强烈，空气中的温度越来越高，她绝望极了，跪在那儿，仿佛死了一般。

就在这时，手机铃声突兀地响起，她没看清是谁，机械地滑了一下。

十分钟前，谢云舒从手术台上下来，来到休息室，他连手术服都没来得及换下来，就一脸疲惫地往椅子上一坐，眯了一会儿。然后他打开柜子，拿出数据线，给手机接上电源线。五分钟后，手机开机，“嗡”的一声振动，是葛漫漫发来的未读信息。

“谢医生，在吗？下午的事是我不对，我不该跑去医院胡闹啦！可是，我既然挂了你的号，怎么着也算是你的病人吧，你那样凶我，小心我投诉你哟！嘿嘿！”

他嘴角上扬，低声一笑，随即翻开通讯录，拨通她的电话：“喂，抱歉，昨天……”

他的话没说完就被打断。听到熟悉的声音，葛漫漫先是一怔，随即空洞的眼眶里蓄满泪水：“谢云舒……”

他听出她声音里浓重的哭腔，心一颤，蓦地直起身子：“怎么了，发生什么事了？”

“失火了，我出不去了……喀喀喀……”她沉默了一下，缓缓吐出一句话，旋即便是一阵剧烈的咳嗽声。

“你现在哪儿？”谢云舒“噌”地站起身。

葛漫漫说了地方。谢云舒几乎如风一般地跑出去，急冲向车库。他脸色惨白，声音却异常冷静：“消防车应该很快就到，你看看周围有没有水，把衣服濡湿，塞住门缝，用湿毛巾捂住口鼻，尽量低下身子，我马上到！”他看了一眼手机电量，百分之十七，顿了一下，说，“如果你害怕，就不要挂断电话，记住了吗？”

“嗯，知道了。”

谢云舒说完，葛漫漫立刻观察房间，发现办公桌后面的椅子上搭了一件军绿色的男式薄风衣，饮水机里还有大半桶纯净水。

她迅速关上玻璃小门，拿起办公椅上的那件风衣放在饮水机出水口淋湿，然后俯下身把它塞在办公室门下面的缝隙处，以阻挡更多的浓烟钻进来。随后，她从背包里取出一条叠得整整齐齐的围巾，浅蓝色的棉布料子，上面画着漂亮的长颈鹿图案，末端坠着可爱的流苏。她将围巾展开，对折到合适的厚度，同样放在饮水机下濡湿，然后递给陆母，让陆母捂住口鼻。

做完这些，她才取出两张湿纸巾，捂住自己的嘴巴，蹲在地上，等待救援：“喀喀……我按你说的做完了。”

“嗯，你低下身子，尽量别说话。”

手机一直保持在通话状态，她按了免提。谢云舒应该已经从医院出来，开车往这边赶来，路上大概有不少车，扬声器里不断传出疯狂按喇叭的声音。

“谢云舒，你到哪儿了？”

“平安路。”他回答简短。

“你昨天干吗去了，一直不回我微信？”

“抱歉，昨天我接到一个紧急任务，一直忙到现在才下手术台。手机自动关机了，没看见你的信息。”

“嘿嘿，我还以为你生气了呢，我就觉得你才不是那么小气的人。”

她面上谈笑自若，其实心里害怕极了，只是怕自己表现得太明显，陆母会更害怕，她只好忍着，不停地和谢云舒说话。

“你现在到哪儿了？”

谢云舒听出她声音里的颤抖，放轻了声音：“我快到了，别怕，有我在，你不会有事的。”

她怔了一下，鼓起嘴巴：“谁害怕了，我一点都不怕。”

谢云舒没有出声。

葛漫漫丝毫没有停下的意思，继续没话找话：“对了，我刚打电话给我前男友了，你见过的，单阳，他现在就在楼下。可是火太大了，他上不来。”她尾音里的哽咽声很重。

谢云舒愣了一下，旋即回过神，猛地一打方向盘，超过前面的一辆越野车，沉默片刻后，敛声道：“好了，你别说话了，小心被呛到。”

“咯咯……你真是乌鸦嘴。”又一阵咳嗽，他还想说什么，耳边突然传来一声嘹亮的警笛声。她呆了呆，从地上站起来，声音激动，“是警笛声，我听到警笛声了，咯咯……”

谢云舒的神情稍微舒展，看一眼手机电量，还剩百分之五：“好了，从现在开始你闭紧嘴巴，我的手机快没电了，先挂断电话。等消防车停下，你就去阳台上呼救，让消防员注意到你，记住了吗？”

“我记住了。”听着谢云舒沉稳的叮嘱和悠扬的警笛声，葛漫漫慌乱的心逐渐平复下来。

挂断电话，葛漫漫按照谢云舒说的话来到阳台上。防盗窗已经被火烧成黑色，她站在那儿，拼命挥舞着胳膊。

“别怕，消防车到了！”单阳看见她，双手捧在嘴边大喊。

消防车急拐弯，片刻后停在楼下。消防队员训练有素，一个接一个下车，拉起警戒线，扯出水枪，打开阀门，漫天水势直冲而下。

很快火势在高压水枪下归于平息，三层小楼被烧得黢黑一片，墙壁门窗冒着白色的水烟。

葛漫漫和陆母站在阳台上，激动地抱在一起。然而当她们以为得救的时候，脚下突然发出一声闷响，她低下头，发现两人站的地方竟然出现了一条细细的缝隙，心一沉，她急忙拉着陆母退回办公室。

后脚刚踏进办公室的门，背后轰隆一声巨响，楼下随之传来一阵惊呼声。她回头望去，半个阳台已经坍塌，挂在半空中。她刚沉下来的心再次提到嗓子眼。

这座三层小楼因为年久失修，经历这场大火，已经变成一座摇摇欲坠的危楼。

楼下，不顾消防员的阻拦、正要强行冲过警戒线的单阳看见这一幕，猛然收住脚。

与此同时，一辆白色大众疾驰而来，一个漂移刹车停在人群外。

车门打开，谢云舒从车上下来，大步穿过人群。他还穿着绿色手术服，戴着手术帽，异样的装扮吸引了周围人的注意。

单阳也看见了他，脸色倏忽一变：“你怎么来了？”

谢云舒径直从他身边走过，瞟都没瞟他一眼，眼睛直直盯着断裂的阳台，面色凝重，眉心蹙成一团。

消防队员以为谢云舒是随120来的工作人员，没加以阻拦。

为首的指挥员看见他，正要过来沟通，却见他二话不说掀起警戒线，往危楼里冲去。

危楼上，葛漫漫和陆母一人贴着办公室的一处墙角。葛漫漫没看见谢云舒和他的车子，不知道他到了，也不知外面发生了什么，只听见消防员大喊：“同志，危险！这座楼随时有坍塌的危险，你不能进去！同志，那位同志……”

葛漫漫听见消防员的喊声，心头一喜，安慰吓得神情呆滞的陆母：“阿姨，你听，是我男朋友，他来救我们了！”

三层小楼里响起急促的脚步声，越来越近，越来越近。他进门厅了，上楼了，一层，两层，他拐进三楼走廊了……

盯着办公室的那扇门，葛漫漫脑中浮现出一张张七彩的照片，每一张都是她和单阳的过往。校庆主持人选拔赛上的相识、足球场大杨树下的表白、毕业典礼上的相拥……每一点每一滴都在这一刻显得无比清晰。

然而……

“葛漫漫！”

焦急的呼喊声传来。

是谢云舒。

一瞬间，仿佛记忆被一支涂改笔遮盖色彩，所有美好的画面瞬间褪色暗淡，然后如肥皂泡般“啪”的一声消失不见。

原来不是单阳。

“我们在这儿。”陆母见葛漫漫迟迟不出声，回应出声。

脚步声急奔而来，忽而顿住。

门外响起一阵窸窣的撬锁声。

葛漫漫依旧盯着那扇门，然而此刻却像丢了魂，呆呆站在原地，周遭一切寂静。

她不知时间过了多久，“吱嘎”一声响，办公室的门被人从外面推开，熟悉的面容出现在视线里。

因为跑得太急，胸口剧烈起伏，他没有戴口罩，却戴着做手术时的蓝色无菌帽，头发一根不落地束缚在帽子里，额头上的汗水渗出来将帽子边缘浸透，没有护士为他擦汗，他抬起胳膊随意一抹。

在单调苍白的景色中，他清瘦而焦灼的面容异常清晰，慌乱的视线迅速扫过房间，落在她身上。

谢云舒的神情明显一松。

头顶是簌簌而落的瓦砾，他穿过滚滚烟尘，疾步朝她走来，拉起她的胳膊，将她拽进怀里，另一只手绕过她的后颈，护在她的头顶上。

葛漫漫张了张嘴，想说什么。

谢云舒的目光投向另一个角落，飞快地看了陆母一眼，示意陆母前面先走。随即他揽起葛漫漫，猫下身子，一边走一边说："这里太危险了，先出去再说。"

她从失魂中醒来，躲在他的庇护下，抬头去看他的样子。他皱着眉，目光锁定前方。她比他矮一个头，抬眼能看见他泛着青色的下巴。他的侧颜轮廓分明，配着白皙的皮肤不失坚毅。

从步梯下来，她能感觉到地面在颤抖，下到二楼时，楼梯晃动一下，她的脚步随之一顿。

"啊——"她尖叫一声，下意识抱紧他的腰。

陆母回头看了她一眼。

"快走，别停！"谢云舒急声道。

葛漫漫不知道自己是怎么走出去的，她就这么抓着谢云舒的衣角，机械地移动着脚步。直到从里面出来，跑到外面的街上，她才发觉两条腿像跑了全程马拉松般疲惫。

身后一声响，葛漫漫回头望去，二楼房顶轰然断裂，片刻后，她所在的三楼办公室整个塌陷。

周围人倒吸一口气，半空中，临墅传媒的牌子被压断了，一大半悬在废墟中摇摇欲坠。

葛漫漫傻呆呆地望着眼前的场景，后怕之余，浑身一松懈，便软软地瘫坐在地上。

"漫漫！"

人群中，有人朝这边跑来。

谢云舒看见单阳，不动声色地松开拽着葛漫漫胳膊的手，往后退了一步，摘下湿透的手术帽窝成一团，塞进口袋里。

“你没事吧？”单阳在葛漫漫面前半跪下身，凑到她眼前问。

葛漫漫似乎没听见，只盯着眼前的废墟发呆。

单阳抬起头，看向谢云舒，说：“谢谢。”

谢云舒正抱着手臂，倚靠在车头，闻言，看了单阳一眼，不屑地扯扯嘴角，别过头去，没有理他。

“漫漫，漫漫，你别吓我，你没事吧？”

见葛漫漫没反应，单阳抓住她的肩膀晃了晃。

谢云舒在一旁看着，默默翻了一个白眼，走过去打开车后座的门，在葛漫漫面前站住脚：“走吧，先回去吧。”

葛漫漫终于有了反应，仰起头看着那道逆光的修长身影，委屈道：“我站……站不了，腿软了。”

谢云舒无奈一笑，俯身拉她一把，将她打横抱起，绕到后车座上，小心翼翼地将她放进去。

单阳站在一旁看着这一幕，瞪着一双眼，气得脸色都变了，却是张着嘴，一句话也说不出来。

“同志，等一下。”谢云舒安顿完陆母上车，正要打开驾驶室的门，突然被消防队长叫住，“你是嘉城大学附属医院的医生？”

谢云舒低头看了看手术衣上的医院标志，点点头：“是。”

“你叫什么名字？”

“谢云舒。”

“被困的两个人是你妈和你老婆？”

单阳在一旁听着，脸色一黑。

谢云舒淡淡：“我朋友。”

“普通朋友？”消防队长一副难以置信的表情。

谢云舒低头笑了一下，不置是否。

“你知不知道你刚才的行为非常危险，一来妨碍我们救援，二来也对自己的生命安全不负责任。你身为医生，应该更明白这个道理。”消防队长板着脸说。

谢云舒听着消防队长的训话，不做辩驳，只低头称是。

消防队长是救援工作的第一责任人，谢云舒这么一闹，吓得他心惊胆战，满肚子火气，本想狠狠教训谢云舒一顿，没想到谢云舒这般低姿态，一肚子气无处发泄，训斥了两句，就让谢云舒走了。

经历浩劫归来，陆母急着回医院见女儿。

谢云舒开车到市人民医院先放下陆母，葛漫漫灰头土脸，又刚受完惊吓，便打电话跟薄荷菌说了一声，没有下车。

从市人民医院拐出来，沉默了一路的葛漫漫哭出来，起初是低低的啜泣，随后越哭声音越大，最后盖过了车里的广播。谢云舒没有说话，就这么听她放声大哭，直到她哭累了，渐渐停下来，他才不自觉地低笑一声。

“你笑什么？”觉得被人嘲笑，葛漫漫嘟起嘴，狠狠瞪了他一眼。

“那你又哭什么？”他笑着问。

“我还以为我死定了。”她一脸委屈。

“是吗？不是你在电话里侃侃而谈的那会儿了？是谁说一点都不怕的？”她刚劫后余生，他却一点都不懂得怜香惜玉。

“你……”她红着脸，鼓起腮帮子，半晌后又泄了气，“我怕陆妈妈看见我害怕会更害怕嘛。”

“所以你就一直忍着？”

“对呀，不然呢？”

他看了她一眼，眉宇间闪过一丝难以掩饰的心疼。

“谢云舒，谢谢你，还有……”葛漫漫顿了一下，抬起头，抹抹眼泪，歪头傻傻一笑，“你真好。”

车里开着暖风，广播里放着柔缓的轻音乐，窗外，树叶已经变成金黄色，从枝头飘飘荡荡地落下来，砸在车顶，发出细微的声响。他猛地一脚踩在刹车上。

“怎……怎么了？”葛漫漫吓了一跳，抓着安全带，惊魂未定。

谢云舒因车子的惯性往前冲了一下，趴在方向盘上，半天才直起身。他偏转视线，看着她怔了一会儿，修长的手指着前方的红色信号灯，轻笑道：“我差点闯红灯。”

葛漫漫：“……”

快到下班时间，谢云舒的工作已经忙完，他打电话给科室主任请个假，就直接载着葛漫漫回家了。

刚到家，她就接到单阳的电话。

“你到家了吗？”单阳问。

葛漫漫看到这个号码本来还有些不知所措，可听到他声音的瞬间，不知为何，一切都释然了。

“到了，今天的事谢谢你。”她的声音平稳。

“对不起。”他闷声说。

葛漫漫知道他在为什么道歉，她不怪他，那样大的火势，那样危险的情形，换成她，也许同样会胆怯。所以，她是打心底感激他，感激他还记挂着她，感谢他能在她遇到危险的时候来到她身边，即使他什么也没有做，但那担心的表情不是假的，他还喜欢着她，只可惜这喜欢在性命和单妈妈的意愿面前显得那么微不足道。

“没关系。”她说。

电话那头的人沉默了。

“对了，单阳，你的微信我加回来了，以后我们还做朋友吧。你有什么事，随时联系我，能帮忙的我一定帮忙。”她笑着说。

“葛漫漫……”他声音哽咽，想说什么，终于没说出口。

葛漫漫既不好奇也不着急挂断，而是脱了鞋子盘腿坐在沙发上，欠欠身，拉过茶几上的果盘，捻起一颗发蔫的葡萄放进嘴巴里，“呸呸”两口吐掉皮，说：“上次见你女朋友，我感觉她和你还蛮般配的。你们什么时候办喜酒，记得通知我。”

谢云舒正在一旁拖地，闻言，看了她一眼。

单阳没说话，很久以后，涩涩一笑：“好，没什么事，我先挂了。”

挂断电话后，葛漫漫盯着手机屏幕愣了一会儿，释然一笑。

她打开微信，发了一条朋友圈：“单身，求约。”

不过十分钟，获评无数，葛漫漫一一回复。

薄荷菌：“你竟然单身了？这么突然！”

葛漫漫回复薄荷菌：“嗯，经历这场大火，我想通了很多。”

唐楠楠：“亲爱的，约起！”

葛漫漫回复唐楠楠：“滚，跟你家林旭玩去。”

黎学长：“我给你介绍一个呗。”

葛漫漫回复黎学长：“呵呵，学长的心意我领了，您的朋友没一个靠谱的。”

黎学长：“我给你的微信加了吗？”

葛漫漫回复黎学长：“我加了微信，对方还没通过。”

黎学长：“……”

谢云舒收拾完卫生，坐在沙发上玩手机，刷了一会儿，问：“你知道微信怎么同时登录两个微信号吗？”

“我没玩过，不知道。网上有方法，你搜搜看。”

“好的。”

“你还有小号？”葛漫漫转过身，胳膊撑在沙发背上，饶有兴致地看向谢云舒，一副发现新大陆的样子。

“一个工作号，一个私人号，来回切换太麻烦。”谢云舒连眼皮都没眨一下。

“好吧，勤劳的白衣天使。”葛漫漫摇摇头。

“白衣天使是指护士。”谢云舒白了她一眼。

“是吗？”葛漫漫戳了戳下巴，视线落在谢云舒细长的睫毛上，想了想，说，“那你就是比白衣天使还好看的白衣上帝。”

谢云舒：“……”

浴室里烧着洗澡水，客厅里，两人一人一边玩手机。

突然，葛漫漫盯着手机屏幕，眼睛一睁，大叫一声：“我看到你了！”

谢云舒正在研究一个手机怎么登两个微信号，闻声，看了她一眼，一脸莫名其妙：“你看到谁了？”

“你。”葛漫漫迅速爬到谢云舒身边，把手机屏幕横过来，点开一个视频，“有人把下午火灾现场的视频传到网上了，大家都在议论你呢。”

谢云舒凑近一看，现场的视频录得很清晰，包括他冲进危房以及最后他被消防队长训话的场景。

“被困的两个人是你妈和你老婆？”

“我朋友。”

视频下面有上万条评论，一部分网友抨击他扰乱现场作业，身为医生对生命不负责，更多的网友是在赞扬他的勇气，还有一部分网友猜测视频中的葛漫漫和谢云舒是什么关系。

葛漫漫拿着手机，一边往下滑，一边和谢云舒一起看评论。

一个网友说：“我才不信这医生跟那姑娘只是朋友关系呢，说不定暗恋人家好久了。”

两人同时看到这条评论，葛漫漫“扑哧”一下笑出声，谢云舒却是耳根微微一红，站起身，冷冷讥笑：“现在的网友都这么无聊吗？”

“你又生气了？”葛漫漫以为他因为网上的负面评论气到了，想说些什么话劝慰他，但还没开口，就被他的手机铃声打断了。

“喂，主任。”

听称呼，是谢云舒的领导。葛漫漫听不见电话里说了什么，只听谢云舒一直在认错，脸色也越发难看。

“发生什么事了？”挂掉电话，葛漫漫担忧地问。

谢云舒看着她沉默了一会儿，耸耸肩：“今天医院的人手不够，我不是请了一会儿假吗？刚被骂了一顿。”

“真的？”葛漫漫质疑道。

“真的。”谢云舒点头。

“那你刚才没生我的气吧？”

“为什么生你的气？”

“因为我害你被网友骂呀。”她怯怯地低下头。

谢云舒站在那儿，一只手放在口袋里，另一只手伸出去摸了摸她的头，温柔一笑：“在你眼里，我就那么容易生气吗？”

葛漫漫点点头：“是呀，昨天在医院你才生完气，上次我跟你说给你介绍女朋友，你也生气。”

谢云舒怔了怔，摇摇头：“昨天是因为你胡闹，不爱惜自己的身体，我才生气的好吗！上次是因为……”

话语戛然而止。

葛漫漫歪着头，一脸茫然地看着谢云舒：“上次是因为什么？”

谢云舒看了她一会儿，摇摇头，无奈地弯起嘴角：“好啦，没什么，是我小肚鸡肠，喜欢生气，我改好吧。”

Chapter 6
我 喜 欢 你

火灾视频被网友传到网上，很快引起相关部门的注意，不久后便爆出临墅传媒因为办公场地不合格、无经营资质被查封的消息，没收的违法所得首先用于赔偿陆梦萌的医药费。

而陆梦萌也脱离了危险，从 ICU 转移到普通病房。圈内好友无不为之高兴，群里提议明天下午一起去医院探望陆梦萌，葛漫漫第一个响应。

然而第二天一早，葛漫漫还没出发，大学室友群就先炸了。她刚醒来，就发现自己被室友艾特了无数遍，大家都在讨论那段火灾现场的视频。

最眼明手快的舍友发来截图：“火灾现场，谢云舒抱葛漫漫上车，还是公主抱。”

最八卦的舍友发来语音：“这不是江安眠吗？你什么时候和他勾搭上了？”

最想象力丰富的舍友发来信息：“这算是旧情复燃吗？”

在报社工作的蒋菲菲发来吐槽："你怎么不早说你和谢云舒这么熟，我这儿有则新闻都拖好久了，采访对象是他的病人。我死乞白赖求他好几次了，他就是不同意我采访。"

葛漫漫盯着一堆乱七八糟的聊天记录，脸莫名发烫。

"你们瞎说什么，我们只是室友。"

输完这句话，葛漫漫想了想，把后面的"室友"二字改成了"朋友"，不然她真不知道这群疯女人能脑补出什么样的偶像剧。

"对了，谢云舒被医院通报了，你们知道吗？"蒋菲菲发来信息。

葛漫漫正打开手游，一边做任务，一边领今日份的经验值。看见这条信息，她想起他昨晚接到的那通电话，立马退了出来："怎么回事？"

"我表妹在嘉大附院当护士，她听护士长说的。谢云舒因为扰乱救援工作，给医院造成了负面影响，院里决定对他做出通报批评，这是内部消息，正式的通报文件还没出。"

"被通报了会怎样？"葛漫漫追问。

"会影响年终考核，进而影响职称评定吧。"蒋菲菲说。

"我知道了。"

葛漫漫和蒋菲菲聊完就去洗漱了。洗漱完，她准备去厨房下点面条时，发现谢云舒做了早餐，还给她留了一份。

蔬菜豆腐汤、蒸红薯、小酱菜。既营养又润肠。

看着丰盛的早餐，葛漫漫却一点儿胃口都没有了。她回屋翻了一会儿美食杂志，心里乱糟糟的，一个字也看不进去。

她越想越愧疚，最后决定亲自去医院找院长说明情况，既然通报文件还没下，那就有回转的机会。

她和吃播好友们约好下午一点半去医院探望萌萌鹿，现在是九点半，她争取在中午之前办完这件事。

事不宜迟，葛漫漫换好衣服，打车直奔目的地。半小时后，她已经站在门诊楼下。

嘉大附院是嘉城市为数不多的三甲医院，慕名而来的人多，门诊不论什么时候都人满为患。

葛漫漫站在喧闹的大厅里，茫然了片刻，走向导医台。

“请问院长办公室怎么走？”

导医台站了一个穿粉色工作服的护士，不等她给葛漫漫指明方向，背后响起一个清冷的声音：“你去院长办公室做什么？”

“谢医生好。”护士朝葛漫漫身后挥挥手。

谢云舒笑着点点头。

葛漫漫转过头，拍着胸口嗔怪：“吓死我了，你怎么会在这里？”

“我不应该在这儿吗？”谢云舒不知从哪里冒出来的，他穿着白大褂，胸口挂着圆珠笔，大概有了上次的经验，怕她再搞出什么幺蛾子，迅速敛了笑意，“你不会又来这儿胡闹吧？”

“当然不是！”葛漫漫矢口否认。

“你找院长做什么？”谢云舒一针见血。

导医台的小护士一脸好奇地看着两人。葛漫漫看了她一眼，拽着谢云舒退到一个不起眼的角落，然后低着头，迟迟没有开口。

“怎么了？”

她张张嘴，几次犹豫，才弱弱地问：“我听人说，因为昨天的事儿，院里要通报批评你，是吗？”

“你是因为这件事来找院长的？”谢云舒有些意外。

“对呀，这对你来说不公平，你明明是为了救人，当时要不是你及时冲进去，我早就被砸死了。我要去找院长理论，我是当事人，我说的话总该可信吧。”她噘起小嘴，一副不服气的样子。

谢云舒静静地看着她，良久不说话，过了一会儿，抬起手，在她的额头弹了一下。

“干吗，好痛！”她捂着额头大叫。

“傻瓜！”他目光温柔，发出一声低笑，“这不是可信不可信的问题。这件事的经过，视频已经拍得很清楚，就像大家看到的，耽误片刻你们都会有危险。可这件事我的确有处理不妥的地方。网友们的负面情绪也总要有人埋单，这不仅仅是为了我自己，更是为了嘉大附院。”

她虽然没有多少社会经验，可谢云舒说的道理她懂，这不过是消除负面影响最常见的公关战术罢了。

“但是他们说，这会影响你职称晋升……”

“你连这个都知道？”谢云舒饶有兴致地看着她，会心一笑，“放心吧，我的临床技术硬着呢，这点小事对我产生不了什么影响。何况，职称这东西虽然确实能从一定程度上证明医者的水平，但归根结底，医者从医是为了治病救人，而不是一味地追求职称晋升。”谢云舒说这些话的时候表情很认真，也很坚定。

那一刻，葛漫漫突然想起大二那年，有一次路过嘉城大学礼堂，偶遇医学院新生宣誓仪式的场景。

那时，她从礼堂侧门路过，看见一排排脸孔稚嫩的新生穿着白大褂，握起拳头，手捧誓词，整齐而庄严地宣誓：健康所系，性命相托。我志愿献身医学，热爱祖国，忠于人民，恪守医德，尊师守纪……

当时，身外“局外人”的她在门外听得心潮澎湃。她记得那段誓词很长，后来她还专门找来读过，甚至暗暗发誓自己以后一定要找一个学医的男朋友。也许正是如此，后来的她才会拼了命地去追方黎。

时至今日，她记不起那段誓词到底是什么内容了，可“健康所系，性命相托”这八个字却一直牢牢记在心里。那是年少的热血、一生的坚持，就像她眼前的这个人，这八个字是他眼角的疲惫，亦是他眉间的执着。

“可是……”

她还想说什么，却被谢云舒打断了。

“好了，没什么可是的，快走吧，这儿是门诊，感冒发烧的人多，我可不想你先被传染再回去传染我。我一会儿还有一台手术，不能陪你多聊了。”谢云舒说着，拽着葛漫漫的胳膊将她拖到大厅门口，随后将她往外一推，转身往电梯走去，走了一半，他又回过头，大声道，“听话，你别再去找院长了。”

“我知道了。”她心不甘情不愿地回应着。

事没办成，葛漫漫没精打采地往外走去。她低着头，穿过一条人迹稀少的鹅卵石小路时，突然被人从背后一拉。

“哎呀！”

力道不大，葛漫漫吃亏在不设防，一下子摔倒在草地上，疼得龇牙咧嘴。她翻个身，正准备爬起来，一条手臂从天而降，一个“地咚（用手臂将人围在地上）”，对方将她按回地上。

“是你。”

葛漫漫只能躺在地上，一脸茫然地看着眼前这个逼身而来的女孩子。

她记得这个女孩，应该是谢云舒的病人，叫沫沫。上次她做完胃镜请谢云舒去餐厅吃饭时，她们见过面。

女孩子十五六岁，穿着病号服，脸颊瘦瘦的，没有一点肉，只有一双眼睛像一只小豹子般，凌厉极了。

“喂，你是谢医生什么人？”

葛漫漫眨眨眼：“你是说谢云舒？”

“少废话，你是不是谢医生的女朋友？”

“啊？”葛漫漫蒙了一下，半天才回过神，“当然不是！”

“是吗？”女孩一口质疑的语气。

这什么情况？谢云舒的脑残粉？葛漫漫想站起身，刚抬下身子，就肩膀一重，被女孩重新推回地上。

“你别想骗我！”女孩的嗓门很大，横跨在葛漫漫身上，又俯身往下压了压，死死盯着葛漫漫。

女孩皮肤苍白，身材很瘦，脖颈处的锁骨突得老高，蓝色的病号服套在身上，松松垮垮的。

天哪，她这是惹上了哪路神仙啊？反抗吧，她怕伤到女孩，不反抗吧，这万一被人看到，她也太丢人了。

“我没骗你，我真不是谢云舒的女朋友，不信你去问他。”葛漫漫欲哭无泪。

“真的？”

“真的。”

女孩没有说话，沉默片刻后站起身，抱着胳膊，扬起下巴，得意扬扬地道：“哼，我就知道，谢医生怎么可能看上你这么笨的女人。”

啥？她这么笨的女人？

呵呵，对方一上来就让她摔一个大马趴不说，连声姐姐都不知道叫，还骂她笨？这就算是孩子，也是熊孩子，就算是病人，也是熊病人。

葛漫漫从地上爬起来，拍拍身上的土，叉起腰，正要教训对方两句。谁知，女孩突然转过身，指着她大声道：“喂，笨女人，我现在郑重警告你，谢医生是我的，你不许跟我抢，否则我一定饶不了你！”

说完，女孩挥挥拳头，扬长而去，留下葛漫漫一脸茫然地站在原地。

这算什么，自己被当成假想敌了？可是为什么是她呢，就因为她刚和谢云舒说了一会儿话？有没有搞错，整天围绕在他身边的女医生和女护士不是更像情敌吗？

葛漫漫抓抓脑袋，半天也没想明白。想起下午还要去市人民医院探望陆梦萌，她得赶紧去跟大家集合，索性摇摇头，把这件事丢在脑后。

中午十二点，大家在约定的地点集合，总共来了十个人，大家一起去附近超市买了些慰问品，步行来到市人民医院。

陆梦萌已经从 ICU 转到普通病房，刀口恢复得不错。葛漫漫一行人推门进来时，她正靠坐在床上和陆妈妈说话。

陆妈妈拿着水果刀正在削苹果，时不时抬起头，和女儿聊几句。

陆妈妈看起来精神很好，脸上洋溢着笑意，和之前萎靡不振的中年妇人判若两人，见葛漫漫一行人来了，她忙起身招呼。

葛漫漫叫陆妈妈别客气。陆妈妈一见到葛漫漫，眼眶就红了，拉着葛漫漫的手不住地道谢，说多亏了她，要不然陆梦萌的医药费至今还没着落。

陆梦萌劫后余生，见到众人，亦是惊喜，眼角眉梢都挂着笑意，对大家说着感谢的话。

众人第一次见陆梦萌素颜的样子，单眼皮，眼睛不大，但皮肤很白，比化妆时显得稚嫩很多，怎么看都是十七八的样子，大家这才意识到红极一时的萌萌鹿还是一个孩子。

葛漫漫等人大多大学毕业后才入行，最小的都要比陆梦萌大五岁。大家得知事情的前因后果，忍不住劝陆梦萌回去把书读完，有了知识，才不会那么容易被骗。就像之前的临墅传媒，根本没有经营资质，只是打着经纪公司的幌子，专骗陆梦萌这种年纪不大、什么都不懂的女孩。

陆梦萌性子坦荡，并不避讳这个话题，只是看着大家一张张关切的脸，鼻尖一酸，心头一热。

陆妈妈长叹了一口气，说陆梦萌成绩很好，一直是班上的尖子生，要不是前年父亲出事，也不会辍学。其实陆妈妈早就后悔让女儿出来赚钱了，经历了这次的事件，更是在心里打定了主意，等女儿出院，她就带女儿回老家，说什么也让女儿把书读完。

这是别人的家事，众人没有发言的权力，聊了几句，就转移了话题。走之前，葛漫漫拿出六千块钱交给陆妈妈，说是大家一起凑的，虽然不多，但也是一点心意。陆妈妈推脱不过，收下了。

从医院出来，一行人决定聚个餐，征求多数人的意见后，便去了市中心购物广场一家川菜馆。

川菜馆装饰古朴，生意火爆，大家要了包间，葛漫漫和薄荷菌挨在一起坐。

每人点一道菜，毛血旺、麻辣香水鱼、香辣虾、麻婆豆腐……轮到葛漫漫时，眼前忽然浮现出谢云舒的身影，穿着白大褂，拿着病历，一脸严肃地警告她少吃辣。

脑海中好像有两个小人在吵架，谢云舒叫她吃清淡点的菜，葛漫漫叉着腰要点辣子鸡。

“点好了吗？”小伙伴们在一旁催促她。

“好了，好了。”葛漫漫一掌过去，把脑海中的谢云舒拍倒在地，咯咯一笑，“辣子鸡丁！”

吃川菜怎么能少了啤酒，于是众人又加了两打啤酒。

不久前，葛漫漫经历了火灾，那时她还以为自己死定了，没想到现在还能和小伙伴们聚在一起吃喝玩乐，她兴奋极了，喝了不少酒。

“咱们这么干喝太没意思了，不如我们玩个游戏吧。”酒过三巡，葛漫漫提议。

“玩什么？”众人问。

“‘真心话大冒险’？”薄荷菌附和。

“好！”大家纷纷赞同。

葛漫漫拿起一个空酒瓶，放在餐桌上：“先说好，不许耍赖，谁耍赖就罚酒。”

“快点开始吧，我都等不及了。”有人按捺不住道。

“我要转了，一、二、三！”葛漫漫微微用力，空酒瓶飞快地旋转起来，越转越慢，越转越慢，最终指向一个瘦瘦的男生。

男生选择了大冒险。

葛漫漫玩这个一向比较损，她想了想，让男生到外面大厅中深情拥吻墙壁一分钟。结果可想而知，男生白着脸出去，回来时脸红得跟猴屁股似的。

气氛活跃起来，问题和冒险内容也越来越刁钻。玩了一把又一把，这一次，轮到了起哄声最大的葛漫漫。

“真心话还是大冒险？”亲吻墙壁的男生幸灾乐祸地从凳子

上站起来，倒举空酒瓶，对着葛漫漫做麦克风状。

“真心话！”葛漫漫知道男生想报复回来，故意选了真心话。

“上次在火灾现场，把你从房子里救出来的男医生是你的什么人？”

男生很擅长抓兴奋点，这个问题一出，大家的胃口瞬间被吊了起来，空气中弥漫着一股八卦的浓郁香味。

“谢云舒，我室友。”葛漫漫淡定回答。

“室友？”周围人纷纷朝她投来暧昧的眼神。

“别误会，就一个普通朋友，别回头乱说，毁了人家清白。”葛漫漫警惕地指着众人。

“哇哦！”

“肯为你豁出命的普通男性室友？”

“听说你最近单身了，和这室友有关系？”

“我们要听真心话！”

在场众人跟着起哄，葛漫漫无语，摆摆手：“麻烦你们能不能别想象力这么丰富，下一把，下一把。”

大家意犹未尽，葛漫漫已经开启新一轮游戏。然而半分钟后，包间内又响起一阵热烈的喝彩声。

没错，还是葛漫漫。

瞧着众人眼中重新升腾起的八卦热浪，葛漫漫连发问的机会都不留给他们，当机立断：“大冒险！”

众人一脸失望。

葛漫漫得意一笑：“来吧，让我做什么？”

一个女生反应飞快：“大冒险是吧，那你就打电话给你室友，告诉他，你有重要的话要对他说。”

房间内静了一下，随即爆发出一阵叫好声，还有两个男生吹起了口哨。

葛漫漫一脸不知怎么会把自己坑进来的茫然模样。

众人继续起哄：“怎么了，你不敢说就证明你们之间……”

呜呜呜，这是现世报吗？刚才被葛漫漫起哄过的人，一个个都朝她怪笑起来。

也不知是不是这啤酒的后劲太大，明明没什么，葛漫漫的脸却红了起来。虽然知道大家是开玩笑，可她还是努力否认。可是，不解释还好，越解释越像有什么了。最后，她脑袋一热，站起身，猛灌一口酒，抹抹嘴："好，我今天就满足你们的八卦心，陪你们玩到底。"

她已经醉得眼神迷离，找了半天才找到手机，翻到谢云舒的电话号码，毫不犹豫地拨了出去。

"喂？"听筒中传来谢云舒简短的疑问声。

"嗨，亲爱的室友，你在哪里呀？"葛漫漫按了免提，抱着手机站在椅子上，手指贴在唇边，朝众人摆出一个噤声的动作。

谢云舒刚下班，正在地下车库，准备回家。闻声，他开车门的手一顿："你喝酒了？"

"我喝了一点，你不会骂我吧？"葛漫漫歪着头，嗲声嗲气地说。

谢云舒皱起眉，隔着手机都能想象到葛漫漫喝得醉醺醺的样子，深吸一口气，压抑住正要发作的火气，问："你现在哪儿？"

葛漫漫报了川菜馆的地址后，故意发出一声惊疑："咦，你是要来接我吗？"

谢云舒一只手拿着手机，一只手发动车子，握住方向盘："我大概半小时后到。"

众人听闻后，全部默声张大嘴，一脸八卦状。

葛漫漫从椅子上跳下来，乖乖坐好，娇声道："好，我在这儿等你，有重要的话要对你说。"

电话那头的人顿了一下，随即放柔了声音，说："你等着我，别乱跑。"

挂断电话后，包间内一下子沸腾起来。

一个女生说："可以啊，看不出你还有奥斯卡影后的潜力！"

酒劲上来，葛漫漫真的醉了，一拱手：“承让。”

薄荷菌和大家交换一个眼神儿：“咱们这么做是不是太过分了，我觉着他好像真的有点喜欢漫漫呢。”

葛漫漫呛了一口茶水：“别逗了，他这人眼中，除了病人还是病人。上次我跟他说要给他介绍一个女朋友，他直接生气了。再说，他这人有洁癖，还有饮食安全强迫症，你要说他拿我当仇敌，我倒还觉得有可能。”

“那他为什么连命都不要地冲进火场救你呢？”薄荷菌问。

“大概因为我以前是他的病人吧。”葛漫漫说。不知道为什么，她这么想时胸口闷闷的。

包间内安静下来，大家酒足饭饱，倦意袭来，也没了看八卦的兴致。看看时间，不知不觉那么晚了，于是大家都收拾东西，三三两两地离场了。

谢云舒还没到，薄荷菌本想留下来陪葛漫漫等一会儿，无奈薄荷菌住得远，晚上坐公交不方便，只好搭朋友的车一起回去。

包间内便只剩葛漫漫和一堆残羹冷炙。葛漫漫无聊，趴在餐桌上，不知怎么就睡着了，直到有人在她耳边叫她的名字。

“葛漫漫，葛漫漫……”

她睁开眼，发现谢云舒到了。他站在她的一侧，微微俯身，刘海低垂着，半遮着眉眼。他穿了一件白色圆领毛线衫，外面套了一件黑色长款风衣，很随意，也很儒雅。

有人关了包间里的吊灯，只留下边角的几盏小灯，昏暗的灯光照过来，谢云舒整张脸沉浸在昏黄的光线中，显得异常柔和。

葛漫漫一身酒气，揉揉惺忪的睡眼望着他。

谢云舒淡淡一笑：“路上堵车，我来晚了。”

葛漫漫喝得醉醺醺的，走路东倒西歪。他扶她出去，车子就停在路边的临时停车位。快到车旁的时候，谢云舒犹豫了一下，问：“对了，你说有重要的话要对我说，是什么？”

“嗯？”葛漫漫偏过头，看了谢云舒一眼，半天才反应过来。

瞧着谢云舒一脸认真的模样，顿时玩心大起，两只胳膊攀上谢云舒的脖子。

“哦，对，我是有重要的话要对你说的，就是……”她咧嘴一笑，露出两颗顽皮的小虎牙，“我喜欢你。”

谢云舒正扶着她走到副驾驶座前，闻言，不小心踩到马路牙边，重心一斜，背靠在车门上，一动不动。葛漫漫被他扶着，也随之一个趔趄，往他怀里一跌。

“哎哟！”她一脸狼狈地从他怀里抬起头，一只手撑在他的胸口上。

他僵在那儿，眼睛陡然睁大，前面是亮如白昼的大厦，后面是车流如梭的公路，月光那么美，那么朦胧，星光那么缥缈，那么漂亮，可他眼里除了她，似乎什么都没有。他们就这么望着对方，谁都没有动，仿佛时间在这里静止了一般。

“你……”谢云舒张了张嘴，想要说话，却被生生打断。

“噗，哈哈哈……”葛漫漫突然笑起来，一双无邪的大眼忽闪着看着他，“我逗你玩呢，我们刚才在玩‘真心话大冒险’，他们非让我给你打电话。”

她从他怀里踉跄地爬起来，想着刚才他一脸惊恐的表情，笑到直不起腰，丝毫没注意到他越发阴沉的眉眼。

良久，谢云舒也直起身，冷冷道：“上车。”

“什么？”他的声音变得很低，葛漫漫没听清他的话。

谢云舒有些不耐烦，一个跨步过来，拽住她的胳膊，拉开副驾驶座旁的车门，把人往里一推，粗鲁地拉开安全带，狠狠一扣。

“你弄疼我了。”葛漫漫捂着胳膊抗议。

谢云舒没有理她，从另一边上车，“砰”的一声，关上车门。

车子没有立刻启动。驾驶室里，谢云舒安静地坐着，头靠在座椅上，闭着眼。

葛漫漫忽然意识到什么，拽了拽安全带，朝谢云舒身边凑了凑，小脸红扑扑的：“你不会生气了吧？”

谢云舒不说话。

“我刚和你开玩笑的。”

谢云舒还不说话。

“我保证以后再也不跟你开玩笑了还不行吗？”

谢云舒仍不说话。

葛漫漫有些慌了，她最怕惹别人生气，吓得酒都醒了大半，小手捏着他的袖口，带着五分醉意，嗲声道：“别生气嘛，我错了还不行吗？”

“你哪里错了？”谢云舒颤了一下，闭着眼，冷声道。

“我错在不该跟你开玩笑。”

谢云舒又不说话了。

葛漫漫见软的不行，只能来硬的：“哼，你还好意思生气，你知不知道，我今天从你们医院出来的时候，差点被你一个脑残粉摔死。”

谢云舒缓缓睁开眼，却还是没有说话。

葛漫漫见这招有反应，斜眼偷瞄他一眼，继续道：“对了，我想起来了，是一个女孩子，好像叫沫沫。”

“她呀。”谢云舒的眉毛动了一下，神情稍稍缓和。

“嘿嘿，你不生我的气了吧？”葛漫漫傻傻一笑，脸上带着一抹酡红。

谢云舒转头看她一眼，嘴角一挑，无奈一笑：“我懒得理你这个酒鬼。对了，你和沫沫是怎么回事？”

果然，对于谢云舒这样的工作狂魔，病人就是解决他和她之间矛盾的灵丹妙药。她装出一副委屈巴巴的可怜样子：“不说不生气，那女孩太没教养了，冲上来就问我是不是你女朋友，还说我要是再靠近你，就让我好看。”

谢云舒听完，扶额一笑：“放心吧，她不会对你怎么样，那孩子就是嘴巴凌厉了些，心软得很。”

“你倒是很了解她。”

“是啊。”谢云舒叹了一口气，目光忽而变得悲悯，“挺可怜的一个孩子，家里人一直不肯签手术同意书。”

“她得了什么病？”葛漫漫问。

谢云舒没有回答她。

葛漫漫知道谢云舒在为女孩难过，晃晃他的胳膊：“好了，你别难过了，我倒有一个办法能让她顺利做手术。”

谢云舒疑惑地看她一眼：“什么办法？”

葛漫漫一身酒气，一脸坏笑：“既然那个女孩子那么喜欢你，不如你去跟她扯个证，这样，等你成了她老公，不就可以名正言顺给她签字了？”

谢云舒看着她，眼睛里的光渐渐黯淡，刚刚缓和的神情又是一沉。

呃……完了，她忘了这人开不起玩笑了。

谢云舒翻一个白眼，随即毫无征兆地发动车子，猛地一脚油门，“嗡”的一声，车速飙升。

由于惯性，葛漫漫整个人往后一摔，头闷声撞到绵软的座椅背上，大叫一声：“啊！我的脑袋！”

葛漫漫第二天早上十点多才醒过来。

厨房里，昨天早上她出门急没来得及洗的碗筷还原封不动地泡在水池里。她有些奇怪，谢云舒是有深度洁癖的人，按他的性子，早该收拾干净了才对。

葛漫漫一拍脑袋，回忆起昨天发生的事。

她虽然喝醉了，但还没醉到断片的地步，昨晚从川菜馆出来后发生的一切历历在目。她竟然又调戏了谢云舒！想当初，他就是因为被她强吻才得自闭症的吧？昨天她那样耍他，不会勾起他什么不好回忆吧？瞅瞅漂满油渍的水池……难道，他还在生她的气？

葛漫漫连忙打开微信，掂量一下，发了一个微笑表情过去。

没有回复。

她隔了半小时再发："你干吗呢？"

还是没有回复。

又隔了半小时，她又发："今天你很忙？"

仍然没有回复。

葛漫漫随手刷一下朋友圈，一个熟悉的头像出现在视野中，谢云舒竟然突然发了朋友圈！

"今天的午餐。"配图是西红柿炒鸡蛋、红烧茄子，还有一份白米粥。

不就是餐厅普通的米加菜吗？他这是故意的吧，不回她信息，还发朋友圈证明自己在线？这是赤裸裸地在朝她宣战？

葛漫漫气得把手机往沙发一摔，哼了一声："幼稚！"

她洗刷完碗筷，拿起手机，又觉得确实是自己有错在先，应该先服个软，遂打开聊天框，编辑："谢医生，别生气啦，昨天是我不对啦……"

一如既往，没有回复。

葛漫漫思索一番后，眼睛一亮，继续编辑："谢医生，我一个朋友说她经常胃疼，你说她有没有必要去医院看看呀？"

一如所料，没有回复。

与此同时，办公室里，谢云舒"咔嚓"一声截下一张和葛漫漫的聊天记录，发送给方黎。

方黎："你真要跟她冷战啊？"

谢云舒："嗯。"

方黎："不是吧，昨晚她到底做了什么，把你气成这样？"

谢云舒打字的手顿了一下，最终什么也没写。

葛漫漫在家无聊，刷了一部三集的系列电影，在这期间，她给谢云舒发了十几条信息，直到电影全部结束，她也都没收到一条回复。

挂钟指向两点钟的方向，葛漫漫从醒来到现在什么东西都没吃，肚子却胀胀的，一点也不觉得饿，感觉昨天吃的食物还没消化似的。

下午跑了两趟厕所，她觉得胃里越来越难受，犹豫再三，终于忍不住又打开微信，给谢云舒发了一条信息："谢云舒，我好像有点胃疼。"

果不其然，又没有回复。

痛感越来越明显，无奈之下，葛漫漫下楼买了一瓶止疼片，吃过药之后，她感到舒服了一些。

到了傍晚，药劲大概下去了，又有些疼，她正犹豫着要不要再吃一片止疼药时，胃里突然一阵翻涌。

她趴在马桶边吐了一通后，发现昨天吃的食物几乎没怎么消化，全部吐了出来。

从卫生间出来，胀痛的感觉终于消失了，折腾半天，葛漫漫拿了一个热水袋放在肚子上，躺在沙发上睡着了。

她醒来时，外面的天已经黑透了，屋里没开灯，路灯昏黄的光照进来，隐约能看清家具的轮廓。

葛漫漫从沙发上爬起来，想去开灯，刚站起身，肚子突然一阵剧痛，腿一软，直接趴在地上，缩成一团。

葛漫漫咬着牙，想重新站起来，可稍微动一下，就仿佛有无数把利刃在切割着她的肚子。她从没经历过这般疼痛，比上次溃疡发作还要痛。

她艰难地摸过沙发上的手机，解锁，滑屏，拨号120。这么简单的一道工序，她几乎用尽全身的力气。

她疼得浑身颤抖，咬紧牙关报了小区地址和自己的情况，接线员说马上派车过来。

挂断电话后，等待的过程异常煎熬。墙上的时钟发出嘀嗒嘀嗒的走动声，一秒，两秒，三秒……

眼前一片漆黑，身边一个人都没有，她只觉得疼痛在蔓延，从胃部到小腹，直到肩部、背部。她连咬住牙齿的力气都没有了，只在心里默默数着，一秒，两秒，三秒……希望时间过得快一点，再快一点。

门外响起插钥匙的声音。

这个时间，应该是谢云舒回来了吧。一念及此，不知为何，葛漫漫鼻子一酸，竟哭了出来。

“吱嘎——”

房门缓缓打开。她睁开眼，努力仰起头，楼道里光线充足，借着外间的光能看见一道挺拔的身影。

谢云舒穿着黑色风衣，手里拎着购物袋，大概还在生她的气，脸绷得紧紧的。突如其来的黑暗让他有些不适应，他微微皱眉，抬手按亮客厅的灯。

耀眼的光瞬间充斥整个房间，葛漫漫躺在地上，正对头顶的吊灯，下意识闭上眼睛。

谢云舒正要换鞋进屋，目光掠过房间，忽然看见地上缩成一团的人影，瞳孔陡然一缩，脸色“唰”地一变，手中的购物袋闷声落地，紫红的葡萄、橙黄的梨子、青绿的苹果叽里咕噜滚了一地。

“葛漫漫！”

他几乎飞到她身边，俯身跪在地上，看着她满脸泪痕的样子，心猛地一缩，柔声道：“别哭，你告诉我哪里疼？”

北方十月末，木料地板透着寒凉，葛漫漫侧身躺在地上，纯棉的睡衣被冷汗浸得湿透。她看着谢云舒，迷离的眼神亮了一下，声音微弱：“我哪里都疼。”

谢云舒狠狠皱起眉，观察她的面色片刻，拉开她捂着肚子的手，试探着按了一下。

“疼——”葛漫漫触电似的倒吸一口气。

谢云舒的心蓦地一沉。

楼下响起救护车尖锐的警笛声，三分钟后，工作人员从电梯里出来。

房门没关，一名医生和一名护士提着医疗箱快步进来。医生二十七八岁的样子，穿着白大褂，刚进门就脚步一顿：“谢云舒？”

谢云舒抬起头，对方身上穿着印有嘉城大学附属医院字样的工作服，是他的同事许亦白。许亦白和谢云舒是读研究生时的同学，当年两人一起进的嘉大附院。

谢云舒见许亦白进来，急忙起身让了一步，许亦白只是惊讶了一下，便立刻俯身查探起葛漫漫的情形。

初步诊断后，许亦白松了一口气，一边帮随车护士放下担架，一边随口问道：“什么情况？”

担架展开，谢云舒小心翼翼地把葛漫漫抱到担架上。他的动作很轻，生怕加重一丝她的痛苦：“腹痛波及肩背，面色苍白，出冷汗，脉搏快，有轻微休克现象，有溃疡病史，目测是急性胃穿孔。”

谢云舒答得飞快，许亦白转过头，无语地看他一眼：“这我当然知道，我是问你怎么会在这里？”

谢云舒神情焦灼，眼睛一刻未从葛漫漫身上离开。他无心跟许亦白闲扯，摆摆手，不耐烦地道：“这事以后再说！先回院里！”

许亦白惊了一下，谢云舒在院里是出了名的好脾气和遇事冷静，可这一次，他分明从谢云舒眼里看到了“慌乱”两字。

救护车里，谢云舒的脑子一片空白。他看着许亦白和护士为葛漫漫量血压，上监护仪，他却什么忙也帮不上。他不是没跟车出过外勤，急诊部一向缺人，他身为主治医师，时常被安排去前线支援。他曾经一天出过五六趟车，可从没有一次像现在这样，觉着车内的空间这么逼仄，监护仪的响声这么刺耳。

“谢云舒？谢云舒？谢云舒？”

“嗯？怎么了？”

许亦白叫了他好几声，他才回过神，话一出口，才惊觉声音都是哑的。

“这是你什么人啊？”许亦白指指葛漫漫。

谢云舒没有说话，目光锁紧了葛漫漫。葛漫漫意识模糊，闭着眼，苍白的小手一直抓着谢云舒的手腕。

“到哪里了？”谢云舒掀开窗帘往外看了一眼，随即往驾驶室里探了探身子，喊道，“张师傅，麻烦再快点。”

“谢医生，没法快了，下班的点，堵车。”

看到这一幕，一旁的许亦白和护士对望一眼，心照不宣地笑了笑。

许亦白轻咳一声，撞了一下谢云舒的肩：“这手术你做？”

“什么？”谢云舒有些茫然。

“胃穿孔，你是专家啊。”

谢云舒怔了一下。葛漫漫因为疼痛，嘴唇惨白，呼吸短促，细长的发丝被汗水浸湿粘在脸上，显得异常虚弱。他盯着她看了一会儿，手莫名发起抖来，忽地泄了一口气，垂首低声道：“我不行。”

谢云舒的回答似乎超出了许亦白的预料。许亦白诧异，一把抓住谢云舒颤抖的手，不解道：“你怎么了？胃穿孔而已啊。”

是啊，他怎么了？他有天赋，有实力，子承母业，是母亲最骄傲的儿子，是老师最得意的弟子。领导都说，假以时日，他一定能成为科里的一把刀。他什么疑难杂症没听过，没见过，小小的胃穿孔而已，一个小小的手术就解决了，甚至不过一顿饭的时间，为什么他就胆怯了呢？

“到了！”

出神间，救护车已经停在嘉大附院的门诊楼前。有急诊护士过来接车，一项一项检查过后，确诊是胃穿孔，须要立即手术。

谢云舒把手术拜托给了许亦白。

“谢云舒，别走……”进手术室前，葛漫漫有片刻清醒，她拽着他风衣的袖子不放，不知是因为疼还是害怕，竟又咬唇哭起来。

谢云舒看着她隐忍的模样，只觉得胸口撕裂般地疼。

“你要不要一起进来？”许亦白问。

谢云舒攥起拳，犹豫片刻，最终狠狠心，掰开她的手，俯身在她耳边说：“我不走，我就在外面陪着你。”

手术室的门缓缓闭合，这是他这辈子第二次以病人亲属的身份站在这扇门外，不一样的人，却是同样的煎熬。

“谢医生，麻烦签个字。”

一名护士拿着手术同意书走过来。葛漫漫的父母联系不上，手术又紧急，他是唯一能为她签这份手术同意书的人。

他接过笔，直接翻到最后一页，写上他的名字——谢云舒。

这是他第一次在手术同意书的亲属一栏中写自己的名字。

按正常程序，应该由主刀医生为他一条条解读，可对他来说不需要，因为那上面的每一个字都深深刻在了他脑子里。

他随手翻了一下，目光忽地落在手术可能出现的意外和危险性的那一条上：麻醉意外，药物过敏，术中心跳呼吸骤停，导致死亡或无法挽回的脑死亡。

他签过那么多次手术同意书，看过那么多次这条危险须知，从来没有一次像现在这样，觉得这一条如此触目惊心。胃穿孔手术已经很成熟，这种意外发生的概率在千分之三以下，可就这一次，他害怕极了。

方黎接到谢云舒的电话赶过来时，谢云舒正坐在手术室外的公共休息椅上等待。

方黎刚从酒吧出来，身上还带着淡淡的烟味。深秋的天气，他穿着金属铆钉的牛仔褂，成排的耳钉在白炽灯下闪着放肆的光。

凌晨一点，手术室外空荡荡的，只一道落寞的背影。方黎从走廊拐过来，一眼就看见了谢云舒。他一路小跑，在谢云舒身旁停下，撑着膝盖，上气不接下气：“怎么回事？好端端的她怎么会胃穿孔？”

谢云舒坐在那儿，低头看着地面，一只手按在额头上，另一只手握着手机。手机屏幕亮着，停留在他和葛漫漫的微信聊天对话框上。

“谢云舒？”见谢云舒没反应，方黎推了推他的肩膀。

谢云舒被方黎推得动了一下，还是没有抬头，半晌，低声像是自言自语：“她给我发了信息的。”

“啊？”方黎没听懂这句话的意思，从谢云舒手里抽过手机，看了一眼他和葛漫漫的聊天记录，其中一条是葛漫漫发送给他的，内容是“谢云舒，我好像有点胃疼”。发信息时间是昨天下午三点十九。然而，十个小时过去了，那条信息仍然孤零零地挂在那儿，没有得到任何回复。

手术室的灯还亮着，方黎看了一眼，叹了一口气，在谢云舒身旁坐下，揽过谢云舒的肩膀拍了两下：“既然事情已经发生了，你再怎么自责也没有用，好在手术及时，也不是什么大病。”

谢云舒没有动，沉默许久才开口，声音沙哑：“我当时还以为她又在骗我，就没有回复她，如果我当时不跟她置气，也许她现在就不会挨这一刀了。”

方黎摇摇头：“不是我说，你也真是的。我跟你说过没？葛漫漫的酒品差得很，喝醉了什么玩笑都开得出来，你跟一个喝醉的人生什么气？”

谢云舒没有说话，闭上眼，使劲咬了咬牙，头垂得更低了。

方黎看了眼手表：“行了，你别内疚了，一会儿唐楠楠就来了，就你这样，不被看出猫腻才怪！”

谢云舒终于有了反应，他抬起头，看着方黎：“唐楠楠，你跟她说了？”

“要不然呢？”方黎耸耸肩，“葛漫漫刚做完手术肯定需要人照顾，就算你是她的室友，也是一个男的不是？你是想牺牲自己，色诱你们院的小护士来伺候她上厕所呢，还是您谢大医师想亲自帮她拎着吊瓶去厕所？”

谢云舒：“……”

Chapter 7
你怎么那么坏

手术结束在凌晨两点半。

意识恢复，葛漫漫迷迷糊糊睁开眼，刀口处传来隐隐的刺痛，周遭充斥着浓重的消毒水味，入目一片纯白。她躺在轮床上，护士推着她出了手术室。

“漫漫！”

唐楠楠和方黎围上来。唐楠楠来得匆忙，没化妆，一张素颜脸，头发随意一扎，看见葛漫漫，眼眶有些湿润。方黎仍是一副玩世不恭的表情，手插在上衣口袋里，一边嘴角上挑：“你认得我是谁吗？”

葛漫漫目光迟钝，努力牵动嘴角：“唐楠楠，还有黎学长，你们怎么都来了？”

“漫漫，受苦了。”

葛漫漫刚做完手术，鼻间还插着胃管，身上连着监护仪，一张小脸蜡黄蜡黄的。唐楠楠看了心疼，声音里带着一丝伤心。

“还好，我进去睡了一觉而已。”怕大家担心，葛漫漫勉力扯出一个笑，尽量说得轻松。

“不就是一个胃穿孔手术嘛，你别搞得她刚给你生完孩子似的行吗？”方黎瞥了一眼唐楠楠微红的眼睛，不由得吐槽。

唐楠楠被方黎的话逗得哭笑不得，眼眶更红了。方黎无奈地摇摇头，掏出一包纸巾递给唐楠楠：“再哭，小心重感冒。”

唐楠楠接过纸巾，擤擤鼻涕，话音中还带着感冒没完全康复的浓重鼻音：“谢谢。”

许亦白比葛漫漫早一步出来，和谢云舒交代了一些手术情况。谢云舒听完后，明显松了一口气，见葛漫漫从手术室出来，站在一边，静静看着她和方黎、唐楠楠聊了几句，才缓缓走上前。

“葛漫漫。”

谢云舒叫了声她的名字。唐楠楠和方黎往两边让了让，葛漫漫闭了闭眼，脑子还没反应过来，就见一张苍白中带着笑意的脸。

葛漫漫仰头望着谢云舒，四目相对，忽觉心头一阵委屈。她想动，但手脚麻木，动一下都异常艰难，只一双眼莫名酸涩，不知怎么的，两行温热的泪就顺着眼角滑落下来，打湿了手术帽。

她动动沉重的胳膊，碰了碰他的手。

“谢云舒……”

“我在。”

他握住她的手。因为刚做完手术，她的手没有一丝温度，冰凉的体温仿佛一条嗜血的毒蛇，缠绕在他的掌心，蔓延到他的心尖，随着心跳，一下一下地吮吸着他的血。

“你怎么那么坏，我给你发信息，你都不理我。”她抽泣着，声音起起伏伏，好像受了欺负的小孩子。

“对不起。”谢云舒心尖一颤，目光倏忽一闪。

葛漫漫越哭越厉害。许亦白走过来，看看谢云舒，又看看葛漫漫，叹了一口气，一本正经地道：“你再这么哭下去，刀口就要被撑开了。到时候二次缝合，你身上留一个大疤，影响你们婚后的夫妻生活，我可不负责。”

这句话说完，周围突然一片死寂。

半晌，谢云舒使劲咳嗽两声："喀喀……"

许亦白看了谢云舒一眼："怎么了，难道我猜错了，你们还不是……"

"喀喀喀……"谢云舒不说话，用疯狂的咳嗽声打断许亦白。他死死瞪着许亦白，仿佛下一秒就要把许亦白解剖了。

许亦白茫然挠头，方黎在一旁憋笑憋得耳钉都在颤抖。

葛漫漫的脸一红，低声道："许医生，谢云舒只是我的室友。"

许亦白："……"

唐楠楠："什么情况？"

麻醉医生和护士来送葛漫漫回病房，麻醉医生交代唐楠楠，两个小时内不要让葛漫漫睡觉。

目送轮床离开，许亦白已经换好衣服出来，他穿着白大褂，搓着护手霜走过来，很随意地拍了一下方黎的肩膀："方老板，最近生意挺忙啊，上次聚会也没见你的人影。"

方黎是许亦白在嘉城大学读研时的同学，两人虽然跟着不同的导师，但方黎有段时间和许亦白住在同一间宿舍。两人虽然算不上多铁的哥们，但关系还不错，眼下好久不见，不由得热络起来。

"唉，你还不知道我，三天打鱼，两天晒网，勉强混口饭吃。"

"你就别谦虚了，你现在可是咱们这一级混得最好的一个。你这要算勉强混口饭吃，那我们可就真的连饭都吃不上了。"

谢云舒站在一旁不说话，许亦白和方黎扯了一会儿嘴皮，拉过谢云舒的手腕，看了眼手表："现在四点多，我没什么事了，值班室那里还有几瓶雪碧，要不咱仨喝两杯去，顺便听方老板聊聊发家史？"

方黎性子爽快："好啊，反正明天 Meet 不营业。"

"你呢？"许亦白转头问谢云舒。

谢云舒没有回答，从刚才起，他就一直盯着一个方向失神。

“嘿！你愣什么呢？”许亦白伸出手，在他眼前晃了两下。

谢云舒蓦然回神，又愣了一下，才说：“你们去吧，我明天还要出门诊，回休息室睡一会儿了。”说完，他快步消失在走廊里。

谢云舒推开病房门的时候，唐楠楠正在拼命找话题和葛漫漫说话。

两人间的病房，窗帘紧闭，靠窗的床位上住了一个四五十岁的阿姨，做完手术不久，刀口疼得厉害，哼哼唧唧没睡着。

病房里关着灯，只有葛漫漫的床头亮着一盏小夜灯，柔和的光线打在她苍白的脸上，令她显得异常虚弱。

因为麻醉药物还没代谢干净，葛漫漫的脑袋晕乎乎的，眼皮打着架，有一句没一句地和唐楠楠聊着天，一旦闭眼的时间长些，就被唐楠楠无情地叫醒。

“谢医生？”唐楠楠看到谢云舒进来，站起身。

病床旁边，有一张类似于火车硬座宽窄的陪护床，谢云舒指指旁边的陪护床，说：“我看着她，你去睡会儿吧。”

“这……”唐楠楠内心疑惑了一下，却也没想太多，抓起包，“那我去买点吃的，谢医生想吃什么？”

谢云舒笑了一下，说：“随便。”

病房重新安静下来。

谢云舒搬了一个马扎坐在没有安置陪护床的一边。

葛漫漫昏昏欲睡，稍微眯了一下眼，又猛然睁开。

“怎么了？”谢云舒问。

“你跟我说说话嘛，不然我一会儿就睡着了。”

“你想睡就睡吧，明天刀口疼起来，想睡都睡不着了。”谢云舒的声音软软的，话语中带着丝丝缕缕的心疼。

“可医生说我现在还不能睡觉，不然就有可能醒不过来了。”葛漫漫闭了一下眼睛，又马上睁开。

谢云舒抿嘴轻笑。

“你笑什么？”

谢云舒看着她，说：“我还当你天不怕地不怕呢，原来这么怕死。”

葛漫漫又眯了片刻，半晌，低低道：“那当然了，我可不想死，我还有好多心愿没有实现呢。我还没有去过西藏，还没有站在布达拉宫前虔诚地许愿，还没有站在梦想的舞台上，还没有遇见那个对的人……”

她絮絮说着，谢云舒的表情越发温柔，床头灯的光铺展开来，一层一层化在他眼睛里，弯弯的，像一泓清浅莹亮的银河。他看了一眼监护仪上的数据，贴到她耳畔，小声说：“困就睡吧，有我看着你呢。”

他的声音又浅又轻，宛如夏夜的安眠曲，让她安心。她再没有说一句话的力气，闭上眼，抓了抓他的手，示意他，她要睡了。

“睡吧，我知道了。”谢云舒说完这句，葛漫漫立刻歪头睡去，甚至没来得及松开抓着他的手。

她的力气很小，他却连抽出来的力气都没有，只觉整条胳膊酥酥麻麻的，坐在那儿，带着笑意，仿佛初冬时节的暖阳，眼睛一眨不眨地望着她。

唐楠楠买了几样小吃回来，看见睡得正熟的葛漫漫，吓了一跳，正要叫醒她，却被谢云舒一个噤声的动作阻止了。

“让她睡会儿吧。”

“什么？”

“你也去睡会儿吧，我看着她，不会有事的。”

谢云舒的声音很小，唐楠楠往前走了几步，侧过耳朵才勉强听清。

她想到谢云舒是医生，让他看着葛漫漫睡一会儿，自然再好不过，就没推脱。她往旁边陪护床上一躺，闭上眼，小睡起来。

时间一分一秒过去，漆黑的夜色缓缓褪下，朝阳升起，病房内变得亮堂起来，走廊里渐次响起人来人往的脚步声。

早上七点半，葛漫漫还没醒，许亦白进来查房，看到犹如一尊雕像般守在床边的谢云舒时，吃了一惊。他走上前，拍了拍谢云舒的肩膀，一脸难以置信："你不是去休息室睡觉了吗？别告诉我，你看了她一夜？"

"没有。"

"你吓了我一跳。"许亦白吐一口气。

"也就三个多小时吧。"谢云舒淡淡道。

"有区别吗？"

谢云舒没有说话，还在看着葛漫漫。

许亦白瞧一眼谢云舒熊猫似的黑眼圈，问："你今天不是还要出门诊吗，一夜不睡撑得住吗？"

谢云舒仍旧没抬头，轻描淡写道："我们之前忙的时候，三天三夜不下手术台，不也没问题吗？"

"那不一样，那是没办法，现在是……"说到这儿，许亦白顿了一下，突然想到什么，看看葛漫漫，再看看谢云舒，张大嘴巴，狂点几下头，随即露出一个了然于胸的怪笑，"哦，我懂了！懂了！"

谢云舒懒得理他，看一眼腕表，起身叫醒唐楠楠，然后指着监护仪上的某个数据，告诉唐楠楠："三个多小时，应该没什么问题了，不过以防万一，你还是注意着点，如果这个数字掉到九十以下，你就立刻叫醒她，明白吗？"

"明白。"

"那就辛苦你了，我先去门诊，一会儿再过来。"

"好的。"

谢云舒走到门口，又回头看了一眼葛漫漫，这才转身快步离开。

唐楠楠站在那儿，摸摸凌乱的头发：奇怪，这句"辛苦你了"，不应该她说吗？

许亦白刚查完靠窗的病床，拎着病历夹出去时，路过葛漫漫的病床，顿住了脚步，看了一眼熟睡中的葛漫漫，摇摇头，一脸浮夸地唱道："人生这个谜，几人能猜对，爱情这杯酒，谁喝谁醉……"

唐楠楠："这人怎么回事？"

葛漫漫是被痛醒的，麻药劲儿下去，刀口火辣辣地疼。

唐楠楠为了分散葛漫漫的注意力，一直和她聊天，早饭拿凌晨的夜宵对付了两口，中午连饭都没吃上。

葛漫漫的父母发来视频通话。

谢云舒拨了一晚上葛爸葛妈的电话，今天上午才接到回话，就把葛漫漫突发胃病的事跟她的父母说了一下。

视频接通，葛妈妈半身出现在手机屏幕中，是一个很有气质的女人，化了妆，穿一件格子大衣，脖子上系了一条围巾，皮肤白皙。

"乖女儿。"

听见妈妈的声音，葛漫漫心里一阵委屈，立刻红了眼眶。然而，不等她酝酿完情绪，葛爸爸的脑袋就出现在屏幕里。

和葛妈妈不同，葛爸爸的穿着打扮有些土，头发少得可怜，衣着严谨，一副老干部的形象，偏偏笑起来还有些可爱。

"让我跟女儿说一会儿话。"

"去去去，我还没说呢。"

画面一通摇晃，电话那头传来"你不让我，我不让你"的争吵声，以及轻灵悦耳的圣诞歌曲声，葛漫漫看着视频中陌生的环境，问："爸、妈，你们在哪儿呢？"

一阵东摇西摆的模糊影像后，葛妈妈和葛爸爸终于重新出现在画面里。葛妈妈说："这不是快到圣诞节了吗？你爸非要带我来英国感受一下西方人的新年。"

葛妈妈说着，把摄像头调转一个方向，是伦敦的特拉法加广场。透过巨大的落地窗，葛漫漫能看到宽阔的广场上，装点华丽的圣诞树高耸入云，周围身穿大红圣诞服，头戴圣诞帽的人们正在举行圣诞骑行赛。

葛妈妈是一名舞台剧演员，年轻时腿受过伤，退休早。葛爸爸是大学教师，因为身体不好，去年办了病退，偶尔去学校代代课，大部分时间待在家里。自从两人不上班后，夫妻俩就天南海北地玩。有一次，葛漫漫头天晚上跟他们通话时，他们还在南半球的埃及，第二天他们就到了北半球的塞尔维亚。

葛漫漫刚酝酿起来的情绪被葛爸爸和葛妈妈一通旅游直播瞬间浇灭了，她摇摇头，一副“我大概是充话费赠的”的表情：“爸、妈，我这刚做完手术，还在床上躺着，你们就跑出去玩，这样合适吗？”

“放心吧，妈刚跟你那个医生室友通过话了，托他照顾着你一点。人家说你这就是一个小毛病，几天就好了，别放在心上。”

呃，好吧，不必大概了，她现在非常确定自己就是充话费送的。

“你这个傻孩子，说什么呢！”

葛妈妈骂了她一句，她嘿嘿一笑，又和父母聊了一会儿，才满心羡慕嫉妒地祝爸爸妈妈玩得愉快，然后挂断视频。

方黎和许亦白聊了一夜，天快亮的时候才在许亦白办公室眯了一会儿，没想到着了凉。唐楠楠和葛漫漫见他气色难看，连打带骂地把他赶去门诊吊水。他回来的时候，手里竟拎了几样炒菜和一大包零食。

葛漫漫躺在床上抗议：“黎学长，你故意的，明知道我不能吃东西，还买零食诱惑我。”

方黎一拍脑门，贱贱一笑：“哎呀，我忘了，你刚做完手术，不能吃东西。怎么办，我白买那么多了。”

唐楠楠中午没吃饭，快饿晕了，翻开塑料袋，眼睛一亮：“哇，是糖炒栗子耶，方老板不介意我帮你解决了？”

方黎眼睛一亮：“好啊，我求之不得。哦，对了，我还买了饭，还热着，你中饭没吃，先把它吃了。”

“这是江南小城的炒菜？”唐楠楠惊讶。

江南小城是一家家常菜馆，还是他们仨之前一起发现的。菜馆不大，但味道不错，被唐楠楠评价为最有妈妈味道的炒菜。那次之后，唐楠楠每周都要去那里吃一次，只是现在搬到高新区，离得远了，才好久没吃了。

“我想吃就去了，吃完想起来，你也爱吃，就点了几份你常吃的菜回来。”方黎漫不经心道。

“你跑那么远就为了吃一顿饭？”唐楠楠一脸狐疑。

“怎么，不行啊？我可是嘉城市排行第一的餐厅老板，吃饭能将就吗？”方黎似有片刻窘迫，随即跷起二郎腿掩饰。

“是排行第一的餐厅的老板，不是排行第一的餐厅老板。”葛漫漫纠正他。

“有区别吗？”方黎翻了一个白眼。

葛漫漫和方黎斗了一会儿嘴后，一起看唐楠楠大快朵颐。葛漫漫术后禁食，不能吃东西，瞧唐楠楠狼吞虎咽的样子，舔舔舌头：“楠楠，你知道这一块红烧肉中含有多少热量吗，你知道吃这一块肉能长几斤肥肉吗？”

唐楠楠茫然抬头：“啊？”

葛漫漫笑得得意，正要继续危言耸听，方黎瞥了她一眼，鄙视道：“呵呵，你这是吃不到葡萄才说葡萄酸。唐楠楠比你瘦多了，要我说，再胖点才更好看。唐楠楠，你吃你的，别理这只酸狐狸。”

“嗯，我看出来了。”唐楠楠夹一块红烧肉在葛漫漫面前晃了晃。

“你俩合起伙来气我是吗？”葛漫漫鼓起嘴巴。

三人说说笑笑，时间过得很快。

傍晚，方黎的感冒加重，头疼得厉害便先走了。

晚上，护士来巡房，让葛漫漫做好心理准备，今晚是术后第一夜，又是阴天，刀口会有些疼。护士还叮嘱唐楠楠，说如果病人睡不着，就陪病人说说话，分散注意力，实在熬不住，就找医生开一针镇痛剂。

谢云舒一天没出现。白天，他在门诊忙了一天，快下班的时候来了一个需要紧急手术的病人，他从手术室出来时刚好九点整。

因为晚上要值班，他换下手术服，没吃饭就去查房了。查到葛漫漫时，已经晚上十点，唐楠楠刚巧出去打水，不在房间内。

谢云舒走进来时，门响了一下，葛漫漫下意识抬头。四目交接，仿佛战场归来的战友，两人都愣了一下，相视一笑。

“今天白天感觉怎么样？”谢云舒拎着病历，走到葛漫漫床前。他的眼圈有些黑，步伐却很轻松。

“有点疼。”

葛漫漫仰头看他，不知道为什么，明明才一天没见面，她的心底竟有一种久别重逢的愉悦感。

“衣服掀开，我看一下刀口。”

“啊，许医生呢？”

“他今晚不在，我值班。”

“哦，好吧。”

葛漫漫迟疑了一下，极不情愿地掀开被子，慢吞吞地向上拉了拉病号服，露出上腹的白色纱布。

谢云舒站在那儿，瞧见她透红的耳朵，暗暗一笑，然后从口袋里掏出一把一次性镊子、一只医用手套，拆开，戴好，俯身，又小心翼翼地往上扯了一点她的衣服。

葛漫漫有些尴尬，开玩笑做掩饰道：“伤口缝得好看吗？将来我老公不会嫌弃我吧？”

谢云舒抬起头，意味深长地看了她一眼，低着头，神情严肃地盯着她的刀口，一本正经地摇摇头：“有点煞风景，一般男人怕是会接受不了。”

“啊？”葛漫漫本来只是说笑，听完谢云舒的话，笑容僵在脸上，“那怎么办？”

“好办。”谢云舒站起身，“找一个不嫌弃你的。”

葛漫漫靠在床头，一时疼痛、委屈、后悔各种情绪错杂而来，视线也跟着模糊起来。

谢云舒本想顺着她的话逗逗她，没想到她当了真，一时有些慌乱，连忙摘了手套，伸手帮她抹抹眼泪：“我开个玩笑，你怎么还哭了？好了，我不逗你了，伤口缝得很漂亮。”

葛漫漫眨眨眼，这才反应过来，气呼呼地道：“你骗我，我不理你了！”说完，她像一个小孩子似的扭过头去，哼了一声。

谢云舒无奈一笑，低眉在病历上写起字来。

她闹了一会儿别扭，又忍不住转回视线。谢云舒一米八几的个子，穿起白大褂来格外好看，病房的灯还没关，白炽灯照下来，将他整个人笼罩其中。他周身微微发亮，仿佛黑暗中的一团柔光。

她想起几个月前，被他从火锅店捡回医院后醒来时的场景，那时也像现在这样，她躺在病床上，他穿着工作服站在她旁边，只是那时的他还不是她现在认识的这个谢云舒。那时的他感觉陌生一些，疏离一些，也不会跟她开玩笑。缘分真是一个奇妙的东西。

“疼得厉害吗？”谢云舒敛了笑意，合上病历本。

“还……还好。”葛漫漫犹豫了一下，吞吞吐吐。

“那就好，很晚了，你早点休息吧。”他帮她把床放平，看她躺好才转身离开。

“谢云舒……”葛漫漫猝不及防地伸出手拉住他的袖子，嘴唇动了动，想说什么。

“还有什么事吗？”谢云舒停下来，回眸。

“那个……你能不能……”葛漫漫似在考虑什么，被子下的手轻轻触碰一下刀口，想说什么，最终摆摆手，“算了，没事啦没事啦，你走吧。”

谢云舒疑惑地看了她一会儿，揉揉她的头发：“伤口疼是好现象，说明在恢复。今晚我会一直在值班室，你有事打我电话。”

“好的。”

谢云舒出去时，唐楠楠刚巧打水回来。两人擦肩而过，谢云舒朝她微笑点头，唐楠楠则带着审视的目光多看了谢云舒两眼。

唐楠楠本来打算多陪葛漫漫几天，可公司一直打电话催她回去，她过意不去，让葛漫漫早点休息，她明天一早回公司。

午夜，喧闹的医院寂静下来，外间走廊上传来稀稀拉拉的脚步声，唐楠楠躺在中间的空床上睡着了。

黑暗中，葛漫漫刀口处传来一阵又一阵的痛感，怎么也睡不着。

她不好意思叫醒唐楠楠，便坐起来，拿出手机翻开微信，视线停留在好友“厨神”上。

那是前段时间方黎给她的Meet厨师的微信，直到几天前她的好友申请才被通过，她备注为“厨神”，两人至今还没来得及聊上一句。

葛漫漫：“在吗？”

五分钟后。

厨神：“在。”

葛漫漫呆了呆，本来抱着试一试的心态发了信息，没想到竟然收到了回应，她连忙从微博退出来，打开聊天对话框。

葛漫漫：“大神！您竟然在线！我是您的粉丝，我叫葛漫漫，是方黎的朋友。”

厨神：“我知道。”

葛漫漫：“我超喜欢您做的河豚料理，还有松果粥，还有水晶虾仁饺。您是怎么做到的？日料就不说了，松果粥和虾仁饺这种普通的食物您也能做出不一样的味道，而且让人吃一次这一辈子都忘不掉。”

葛漫漫一脸粉丝见到偶像的表情，“哐哐哐”一通表白，激动得手机都快拿不住了，对方却宠辱不惊。

厨神：“虽然夸张，但还是谢谢你。”

葛漫漫：“没有夸张！真的！”

一直以来，葛漫漫都想请教Meet厨师一些烹饪方面的问题，现在突然又不知该从何问起，思考间，一条信息跳出来。

厨神：“这么晚了，还不睡？”

葛漫漫愣了一下，原以为Meet的神秘大厨性子高傲冷漠，不喜欢和人交流，现在看起来，对方还挺平易近人的。

葛漫漫：“我刚做了一个小手术，刀口疼，睡不着。”

厨神：“很疼吗？”

葛漫漫："是呀，我从小就对痛觉特别敏感。"

发完这句，对方迟迟没有回复信息，左上角"您的好友正在输入"几个字时隐时现，过了好久，终于蹦出来一句。

厨神："你跟医生说了吗？"

葛漫漫："没有。"

厨神："你去找医生开针镇痛剂吧。"

葛漫漫："我不想去。"

厨神："为什么，你对镇痛剂有误解？其实镇痛剂并没有那么大的副作用，而且术后镇痛有很多好处的，比如能促进肠道排气，减少心急缺血的发生概率，再比如最简单的，能保证睡眠，促进术后恢复。"

葛漫漫："（爱心表情）哇，你说得好专业，好像一个医生呢！"

厨神："我听方老板说过。"

葛漫漫："嗯，你说的这些方黎也跟我说了，不过我担心的不是这个。"

厨神："那你担心什么？"

葛漫漫："是因为我的主管医生不在，值班医生是我的朋友啦。"

厨神："既然是朋友，不是更方便吗？"

葛漫漫打字的手稍微停顿一下，写道："之前我在网上看过一则新闻，说是一名医生给一名患者开镇痛剂，结果闹出了医疗事故，最后那个医生直接被医院开除了。"

厨神："你怕出医疗事故？"

葛漫漫："嗯，您不知道，前段时间我害他被通报批评，我可不想他再出事了。"

一分钟后。

厨神："你在担心他吗？"

葛漫漫："对呀。"

另一边安静很久。

厨神："这种事故的发生概率是万分之一。"

葛漫漫："不怕一万就怕万一嘛，算啦，我忍忍就过去了，好好一人，总不会被活活痛死吧。"

厨神："……"

和 Meet 厨师聊完微信已经后半夜了。葛漫漫闭着眼，努力忘记疼痛，却怎么都做不到，躺在那儿什么姿势都难受。

因为夜间有护士来回巡房，病房的门并没有关，而是半掩着，留有一条缝隙。

过了一会儿，走廊里响起一阵极轻的脚步声。

有人推门进来。

葛漫漫睡不着，抬头看了一眼。那人逆着光，她的视线追随着他在自己病床边停下。

"你怎么来了？"

谢云舒伸手打开床头灯，面色平静地回答："护士说你疼得厉害。"

"啊？"葛漫漫这才看到谢云舒一只手端了一个医用托盘，里面放着一支药剂和一支一次性针筒，"我没跟护士说啊。"

"是没说，但你叫得太惨，护士听着不忍心。"

"有吗？"奇怪，她明明已经很克制了呀。

"有。"谢云舒斩钉截铁，一边把托盘放在床头柜上，一边拿起一次性针筒，就要撕开外面的塑料包装。

"别，我不打针，一点都不疼。"葛漫漫见状，连忙从床上坐起来，想按住谢云舒的手，谁知不小心牵扯到身上的刀口，忙不迭一阵龇牙咧嘴，开始呻吟，一只手攥着床单，好一会儿才缓过来。

谢云舒也不说话，就静静站在那儿，一脸"有本事继续装"的不屑神情看着她。

她顶着一张惨白的小脸，抬头偷偷看他一眼，又立刻别开视线，半天才尴尬道："好吧，是有点疼。"

打完针，葛漫漫很快睡着了。

五点半，唐楠楠的闹钟响了。

因为嘉大附院在市中区，离唐楠楠公司所在的高新区有一段距离，打车过去要一个多小时，她只好早起一会儿。

葛漫漫睡得正香，唐楠楠不忍心叫醒她，给她的微信发了一条信息，独自离开了。

秋冬季节，昼短夜长，天亮得晚，唐楠楠从住院楼里出来，外面还漆黑一片。因为是阴天，天上没有星星，也没有月亮，一阵冷风袭来，唐楠楠打了个寒战，裹紧了身上的大衣。

医院南门正对繁华的闹市，比较好打车，天还没亮，院子里没几个人，唐楠楠怕黑，心里不由得打起鼓。刚走出医院大门，她正要往出租车区走去，突然一个人影朝他挥了挥手。

“嘿，这里！”

“啊！”唐楠楠吓了一跳，穿着高跟鞋，险些崴到脚。

“别怕，别怕。”来人显然没预料到自己会吓到她，连忙掐灭了手里的烟头，摆着手，连声道，“是我，方黎。”

唐楠楠缓缓松开抱紧脑袋的手，瞪大了眼：“方老板，你怎么来这么早？”

“我睡不着，早来了一会儿，你要回公司？”

唐楠楠笑了笑：“对呀，昨天不是说好了吗？我白天回公司上班，你陪着漫漫，我下班再来。”

“对。”方黎低着头，摸摸脖子，不好意思地笑笑。

“那我先走了。”

“等等。”方黎叫住她。

“怎么了？”唐楠楠转身，疑惑地看着他。

“我送你过去吧。”

“这太麻烦了吧。”

方黎的车就停在路边，不等她说出拒绝的话，他已经走到车前，打开了副驾驶座旁的门：“天这么黑，你一个女孩子不安全。”

唐楠楠左右望望空旷的街道和公路上三三两两的车辆，心里确实有些发毛，就厚着脸皮没再拒绝：“那就麻烦方老板了。”

“哈哈，不麻烦，不麻烦。”

车辆穿过市区，路边的绿化带匆匆掠过，车里开着暖风，没有音乐，安静的氛围让唐楠楠有些不自在。

“感冒好些了吗？”唐楠楠问。

“小毛病，睡一觉好多了。”方黎抽了一张纸，无所谓地擦把鼻涕，“倒是你，感冒刚好，没被我二次传染吧？”

“没有。”她笑着摇摇头，似乎想起什么，悠悠开口，“你跟谢医生以前就认识吧。”

“他是我大学同学。”

“那他是一个什么样的人呢？”

方黎有些惊讶，扭头看了她一眼：“你怎么突然问起他？”

唐楠楠犹豫了一下，说：“我觉着他好像对葛漫漫挺不错的。”

方黎愣了一下，随即笑开：“哈哈，他们是室友嘛。”

“不对，那种感觉不像只是室友。”唐楠楠看着他，还在等待刚才那个问题的答案。

方黎见逃不过去，意味深长地笑了笑，说：“这么说吧，虽然谢云舒这个人算不上什么光明正大的君子，但我敢拿我跟 Meet 的信誉跟你保证，他绝对不是坏人。”

“啊？”显然这个答案吓到了唐楠楠。

“哈哈哈。”方黎大笑一声，“别操心啦，说不定是你多想了呢？”

前方红灯，方黎拉起手刹，闻了闻身上的烟味，从储物盒里翻出一瓶 Juicy Couture（橘滋）的男士香水往身上连喷几下。

“你好像很关心葛漫漫，没记错的话，你俩认识时间不长吧。”

“不到三年，我妈妈去世后，漫漫是对我最好的人。那时候，如果不是她，我都不知道自己现在哪里。她就像我的家人，她永远永远都值得最好的人。”

脚下的油门不由得踩轻了些，方黎侧首，发现唐楠楠眼中闪着泪光。

其实，有时候唐楠楠的性子和葛漫漫很像，单纯又愚笨，为了不让大家担心，很少在朋友面前展现自己脆弱的一面。这样子的她，他至今为止只见过两次。

“你这么说，小心林旭吃醋。”方黎夸张地笑笑。

唐楠楠愣了愣，也破涕为笑，说起林旭，她眼中亮起耀眼的光：“对了，我和林旭下个月初订婚，你跟漫漫来参加我们的订婚宴吧，当我的娘家人。”

方黎握了握手中的方向盘，眼中闪过一丝凄凉：“好啊，到时候哥多给你叫几个人，凑个十来桌姊妹桌，让林旭看看咱们唐家人不是好欺负的。”

唐楠楠开心道：“好啊，叫他老是凶我。”

“他经常凶你？”

她漂亮的眸子黯淡一下：“也没有太经常了。他是做设计的，客户一次次不满意，他一次次改稿，肯定心烦呀。不过，他平时对我还是很好的。”

说到后半句，她眼中重新燃起热切的光芒。

方黎没有说话。

天光渐次亮起，到达唐楠楠公司楼下的时候，七点二十五分。因为是小公司，不管什么朝九晚五的规定，老板要求七点半之前必须签到。

车子停稳，唐楠楠从车上下来，早饭都来不及买，就往楼里冲去。

方黎关上车门，靠在车边，看着唐楠楠渐行渐远的背影，眼中升起一抹温柔的情绪。他抽出一支香烟，点燃，用力吸一口，吐出一个烟圈，嘴角挑起一弯落寞的笑。

哈，不光明正大的，何止谢云舒一个人。

方黎在医院陪了葛漫漫一早上，下午有事不在。

葛漫漫抱着手机刷了半天吃播视频，越看越饿，无奈还在禁食中，不能吃东西。所幸许亦白说她已经可以喝水。在方黎离开前，她特意让他帮她把保温杯灌满。

淡蓝色的保温杯放在右侧床头柜上，绘着漂亮的少女图案。葛漫漫伸手去拿，挺直了胳膊，还差一个拳头的距离。她缓了一口气，忍着刀口的疼，又努力往前伸了伸胳膊。

十厘米，三厘米，二厘米，一厘米，指尖无力地擦过保温杯光滑的瓶身，留下一丝冰凉的触感。

就差一点了，难不成非得让她下床？要知道，她每次下床有多痛苦。她咬紧牙关，眼睛锁定目标，可还是够不到。

就在这时，一抹淡蓝的色彩闯入视线，小巧可爱的保温杯被握在一只修长而清瘦的手里。

她抬起头，撞上谢云舒略微浑浊的眸子。

他穿着白色线衣，胳膊上搭着送她来医院时的黑色风衣，好似猜出她的疑惑，他把保温杯往她手里一放，嗓音低哑："我今天休班。"

她是知道他今天休班的，而且她想问的也不是这个问题。只是不等她回过神，他已经绕到一旁的陪护床上躺下，盖上衣服，声音疲惫："我睡会儿，有事叫我。"

她愣愣地看着他一连串的动作："你怎么不回家？"

谢云舒背对着她，含含糊糊道："太麻烦。"

"那你怎么不去休息室睡？"

她问完这句，再没有得到答复。她眨眨眼，第一次见识到真正的"秒睡"功力。

靠窗的大妈中午出了院，病房内，除了她和谢云舒，再没有其他人。她坐在床头，抱着保温杯，看着他微微蜷曲的清瘦身影，不知为何，突然间竟不想移开视线。

那天她连夜手术，他陪了她一整晚，第二天他接着出门诊、上手术台，昨晚他值夜班，一夜没睡觉，今早和许亦白交完班本来是要休息的，可是他的一个病人突发意外，他又忙了一早晨，直到刚才才真正闲下来，就马不停蹄地来看她。她想，这大概就是医者父母心吧。

葛漫漫自从做完手术就没吃过东西，肚子空空的又口干舌燥，只能使劲儿喝水，满满一个保温杯的水很快见了底，随着最后一滴水的耗尽，她纠结起来。

医院每层都配有饮水机，从病房走到饮水机那儿，只需要半分钟。可她做完手术不到三天，伤口还在疼，除了上厕所，一步路也不想多走。

下巴碰触着杯子，盯着熟睡的谢云舒想了一会儿，葛漫漫掀开被子，小心翼翼地下了床。

她轻手轻脚地拉开病房的门，一只手拎着保温杯，一只手拎着身上的引流袋，一步一咬牙地朝走廊中间的饮水机走去。

这个时间，走廊上的人不多。突然，一串银铃般的笑声和一声高亢的呼喊声响起，是从拐角处的步梯间传来的。

“哈哈哈，你来抓我呀，抓到我就让你采访。”

“你站住。”

那个笑声有些熟悉，葛漫漫下意识抬头，一张稚嫩的面孔迎面跑来——是上次在医院小径上威胁她的那个女孩，个子不高，身材很瘦，穿着病号服，从楼梯间跑出来，像风一般从她身边掠过，边跑还边回头看着什么，咧着嘴，笑得顽劣。

女孩的身影很快消失在走廊尽头，葛漫漫茫然回头，抬眼处，一个背着大黑包的年轻男子朝她这个方向风驰电掣地跑来。

走廊不算宽，放上饮水机，左右不过一米多的距离。葛漫漫匆忙看了一眼四周，根本来不及躲闪。

那人身上背着一个黑包挎包，包里装了一台摄像机。许是因为匆忙，背包的拉链半开着，麦克风没有完全收起来，露在外面的麦筒正好钩住葛漫漫身上的引流管，刀口传来一阵刀割般的疼，似有什么从身体里抽离出来，葛漫漫惨叫一声。

“啊啊啊——”

病房内，谢云舒听见声音，蓦地睁开眼，猛地回头看了一眼旁边空无一人的床位，心一沉，迅速翻身下床，冲出病房。

走廊上，葛漫漫浑身无力，半边身子靠着墙，垂首弯腰，手捂在肚子上。引流袋掉在地上，里面装着少量液体。她长发未扎，散乱地垂下来，遮住整张脸。

谢云舒眼神忽然一紧，几乎是飞过来的。

“怎么回事？”

见此情形，谢云舒行动迅速而沉稳，一边做简单询问，一边在她面前单膝跪地，检查下引流袋脱落留下的伤口，然后撩起她的长发，别到耳后，露出一张苍白的小脸儿，观察着她的面色。

葛漫漫疼得嘴角发抖，脸色苍白，大概过了三分钟，她才稍微缓过点劲，抬手指向一个方向。

数步之外，一个手足无措的年轻人站在那里。他背了一个黑色挎包，里面放着事件的罪魁祸首，一台摄像机，包上印着嘉城日报的字样，看起来像一个记者。

“又是你？”

谢云舒语气冰冷，迅速扫一眼周围和歪在地上的保温杯，立刻明白了事情的经过。

“对不起，我……”

那个年轻人看着葛漫漫，神情有些古怪，然而不等年轻人说完道歉的话，办公室里的护士闻讯赶来。见状，护士忙打电话通知葛漫漫的主管医生许亦白，许亦白刚下手术台不久，接到电话就赶了过来。

葛漫漫被带到一间处置室，房间很小，有一张床和一些简单的医疗器械。许亦白让她躺到床上，把上衣扣子完全解开。

葛漫漫瞥了一眼谢云舒，迟迟没有动作。

谢云舒在一旁站着，浓眉深锁地看着她，好一会儿才反应过来，帮她拉上帘子，尴尬地退到后面，走开几步。

他斜立在一张办公桌前，岔开胳膊，抵着桌子边，眼睛盯着地板，右手食指不自觉地敲击着桌面，直到许亦白说“没事”，他才长舒一口气，站直了身体。

葛漫漫穿好衣服，从帘子后面出来，正对上谢云舒一双压抑着怒意的琥珀色眸子：“你是白痴吗，听不懂中文吗？我不是说了有事叫我。”

看着他严肃的模样，葛漫漫莫名有些心虚，挠挠脑袋，牵强一笑：“我只是去打个水。”

“打水？”谢云舒怒极反笑，嘴角一弯，忍不住大吼出声，“你知不知道，刚才的情况可大可小，万一刀口撕裂或者感染，你知道有多危险吗？”

葛漫漫被他突如其来的吼声吓得蒙了一下，怔愣片刻，眼泪“哗”地翻涌上来，一咬唇，连珠炮似的大吼回去：“我怎么会知道，我又不是医生！我还不是看你几夜没睡，不忍心叫醒你吗？谁知道会发生这种事，我也不想啊，你干吗这么凶？”

葛漫漫抹着眼泪呜呜哭起来，她越哭越凶，越凶越牵动伤口。伤口一疼，她哭得更凶，反反复复，仿佛要把连日的郁闷都给发泄出来。

谢云舒愣在那儿，低头看着只到他下巴的女孩子，表情慌乱无措，想安慰她吧，明明是他把她惹哭的，两只胳膊举到半空中，想靠近她，又不知该往哪里放。

许亦白靠在床边，抱着胳膊，面带微笑，一脸看好戏的表情。谢云舒用力瞪了他一眼，正要说些什么向葛漫漫道歉，处置室的门就被人从外面推开。

“谢医生……”

谢云舒和许亦白同时循声望去，一张熟悉的面孔探进来，正是刚才撞到葛漫漫的肇事男子。

谢云舒眉心一跳，脸上露出明显的怒意，不等对方把话说完，就快步上前把对方推了出去。

“这里是处置室，没看到‘请勿乱入’的标识吗？”谢云舒指着墙上的牌子，声音冷厉，“就算没看到，没人教过你进门之前要先敲门吗？”

“对不起。”肇事男子意识到自己的冒失，面露局促。

谢云舒眼白中带着血丝，怒意攀升，近乎咆哮：“这里是医院，不是田径场，不允许大声喧哗，更不允许横冲直撞。这次是万幸，患者没事，如果出了事，你一句‘对不起’担待得起吗？”

处置室旁边就是护士休息室，听到谢云舒的吼声，护士们纷纷从值班室里跑出来，看怪物似的看着谢云舒，无论如何都不敢相信平日对人客客气气、滴水不漏的谢医生竟然也会勃然大怒。

“对不起，我只是想来采访林梓沫，没想到会发生这种事……”

对方越是辩驳，谢云舒越是生气，他猛地抓住对方的领口，另一只手不自觉地紧握成拳。看热闹的护士们全部倒吸一口气。许亦白一惊，忙奔上前，按住他的胳膊：“谢医生，你消消气，差不多得了，患者没出事就好。”

谢云舒被许亦白死死按住，眼睛却不死心地瞪着肇事男子。

许亦白看出谢云舒的情绪，拍拍他的肩，贴在他耳畔，低声道：“你训就训了，千万别动手，这在医院呢，咱们惹不起记者。”

谢云舒看了许亦白一眼，胸口起伏，仿佛下一秒就要推开许亦白，冲上去将肇事男子暴揍一顿。

“秦师弟？”

突然，处置室里传来一句试探的呼唤。葛漫漫走过来，眼睛望着肇事男子。与此同时，所有人的目光齐刷刷投向葛漫漫，谢云舒带着茫然回过头。

肇事男子闻声，侧过视线，眼睛一亮，喜上眉梢：“师姐，竟然真的是你！”

“秦束！”葛漫漫脸上还挂着泪渍，抬起袖子擦一把脸，一瘸一拐地走出处置室，惊喜道，“这句话应该我说吧，我还以为我认错人了呢，你怎么会来这里？”

肇事男子忙迎过来，笑容几乎咧到了耳根：“我不是在报社实习嘛，最近接了蒋师姐的一条新闻线，采访对象在这里住院。倒是你，师姐，你生病了吗？”

“前两天我做了一个小手术，现在已经没事了。”

“那就好。”秦束挠挠头，“哦，对了，刚才我不是故意的，你没事吧？”

“没事，那根管子太碍事了，我早就想拔了，这次多亏了你，谢谢啦！”

“啊？举……举手之劳。”

谢云舒和许亦白：“……”

“对了，你住哪间病房，我送你过去。”秦束说。

“就前面A17—A19那间。”

“嗯，你能走吗，我背你吧？”

“不用，我自己能走。”葛漫漫说着，扶着秦束的胳膊，朝病房走去，走了几步，又似想起什么，停下来，回头对谢云舒喊道，“你帮我打杯水回来。”

谢云舒：“……”

“什么！分手了？”

“对呀，有那么惊讶吗？我就不能分手了？”

病房里，葛漫漫和秦束聊得正火热，谢云舒拎着保温杯进来，将秦束的面部表情尽收眼底。不对，这种眼神绝对不是惊讶。

“那师姐现在是单身？”秦束问。

“对呀，怎么了？”葛漫漫笑得单纯，丝毫没察觉到秦束眼里的急切情绪。

“没什么。”秦束忽而低头，耳朵悄然绯红。

谢云舒眼皮一跳，忽地生出一股烦躁感，然后大步上前，将杯子往床头柜上一砸，又二话不说抓起床上的衣服，就往外走去。

“你干什么去，不睡觉了吗？”葛漫漫不记仇，气来得快，消得也快，这会儿几乎把刚才在处置室谢云舒吼她的事情忘得一干二净。

谢云舒顿住步子，回头瞥一眼秦束，冷冷道："这里太吵了，听着闹心。"说完，"砰"的一声带上门，扬长而去。

秦束眨眨眼，茫然问："谢医生是你什么人？"

葛漫漫眯眼笑起来："我朋友，估计他还在生我的气，别理他，他这人就这样，动不动就生气。不过呀，一会儿就好。"

秦束扭过头，看着闭合的房门，若有所思地点点头："哦。"

谢云舒闷得慌，下楼透气，正好遇见办完事回来的方黎。他看看时间，拉着方黎进了医院附近的一家面馆。

两人各点了一碗面，等待的空隙，谢云舒向方黎要了一根香烟，点燃，猛吸一口，结果呛得一阵咳嗽。

"你行不行啊？"方黎嘴里叼着烟，抱着胳膊，一脸怀疑地看着他。

"好多年不碰，生疏了。"念大学的时候，因为父母之间有矛盾，他心情烦闷，有段时间几乎抽烟成瘾，可自从那件事后，他再也没碰过烟这种东西。时隔多年，再度拾起，强烈刺鼻的烟油味直冲喉咙，让他的肺部明显感觉到不适。

面上来时，方黎一根烟正好抽完，他抄起筷子，吃了一大口面，啧啧称道："好吃！人要是饿了，真是吃什么都是人间至味。"

谢云舒还没抽完烟，面和面汤晾在一旁。

"怎么了，你心情不好？"方黎看出他的情绪不佳。

谢云舒没有说话，仍抽着烟。他抽得很慢。抽一口，皱一下眉，顿一下，弹一下烟灰；再抽一口，再皱一下眉，再顿一下，再弹一下烟灰。直到一根烟吸尽了，才缓缓开口："我觉着我好像遇到情敌了。"

"噗！喀！喀！喀喀……"方黎大概饿坏了，正超大口地吃着面，闻言，一下子眼泪、鼻涕、面条全部呛了出来，喝了好几口面汤才压下去。他从纸盒里抽出一张纸，擦了擦脸上的污物，拍着桌子大笑起来。

“你笑什么？”

“没什么，我就觉得这种话从你嘴里说出来有点惊悚，哈哈哈……”方黎笑得直不起腰。

谢云舒眼神如飞刀般刺了方黎一眼，手中木筷在他手中微微变形，方黎见状，赶忙收住，正襟危坐，庆幸对方手中拿的不是手术刀。

谢云舒夹了点碟子里的小菜就着面吃了一口，放下筷子，把事情的经过说了一遍。方黎听完后，沉默了一会儿，推开眼前那碗被他糟蹋得令人失去食欲的面条，挥手叫服务员重新上一碗。

“要我说，你这怪不得别人，你老这么藏着掖着，人家怎么能知道你心意？再说了，葛漫漫对待感情这事儿一向迟钝，你等着她看出什么蛛丝马迹，再想明白，指不定得到猴年马月，说不定到时候早有人捷足先登，连孩子都生出来了。”方黎盯着谢云舒的面，“你这碗面还吃不吃了，不吃我先帮你吃了。”

谢云舒：“……”

“要我说，你一不做，二不休，直接去表白算了。”方黎拉过谢云舒的面，扒两口，掏出手机，点开日历，看了眼日子，“下个星期是圣诞节，你就选圣诞节表白，不仅日子特殊还很有氛围，怎么样？”

谢云舒凝眉深思许久，说：“我再考虑考虑吧。”

Chapter 8
喜欢你时卑躬屈膝

葛漫漫和秦束聊了很久。

秦束是葛漫漫的同系师弟，比她低两级，两人在一次系里组织的同乡会上认识，不仅是老乡，还毕业于同一所高中，交流起来很投机。后来因为葛漫漫毕业了，两人才断了联系。

他们从大学聊到毕业，又从毕业聊到工作。原来，秦束今年毕业，通过校园招聘进到嘉城报社，现在正在实习期。最近因为报社人员调动，接了葛漫漫大学室友蒋菲菲的案子，跟踪报道一个叫林梓沫的女孩。

“原来她叫林梓沫呀。”葛漫漫脑海中浮现一张蛮横霸道的小脸儿。

“师姐认识林梓沫？”

“也算不上认识，我们见过两面。”

“原来是这样。”

两人又聊了一会儿，秦束张罗着出去买点吃的。葛漫漫来不及阻止，秦束抓起钱包就跑了出去。

过了一会儿，秦束回来，带了两份煎饼果子。酥脆金黄的煎饼包裹着细软的肉松，再撒上些香菜，涂上酱料，闻着都让人嘴馋。

“你还记得我爱吃这个？”葛漫漫惊讶道。

“那当然，我一辈子都忘不了。”秦束笑道。

这是他们两个人的窘事。上大学的时候，葛漫漫特别喜欢吃学校超市的煎饼果子，每天中午下了课，都要绕远路买上一个。那时，秦束为了赚暑假出国旅行的钱就在那里打工，每次看到葛漫漫来买，都少收她两块钱，后来这事被老板发现，他直接被开除了。

“我在医院门口买的，尝尝和我们学校的味道一样吗？”秦束热情地把煎饼果子往葛漫漫手里塞去。

葛漫漫下意识接住，望着热气腾腾的煎饼果子和满眼期待的秦束，有些为难。她不好意思地笑笑，正要开口告诉他自己还在禁食时，谢云舒和方黎走了进来。

谢云舒见秦束还没走，愣了一下，随即视线定格在葛漫漫手上。他瞳孔一缩，眉心一皱，疾步走上前，一把夺过喷香四溢的煎饼果子，往垃圾桶里一丢。

众人都愣住了。

“喂，你这人……”秦束目瞪口呆，气得说不出话。

“谢云舒，你干吗？”葛漫漫大叫出声。

“许医生说你可以吃东西了吗？”谢云舒双手自然下垂，站在那儿，居高临下，一脸冷漠地看着葛漫漫。

“我没……”

“啊，原来师姐不能吃东西？对不起，谢医生，我不知道师姐她不能吃东西……”秦束慌忙站起来，不等他说完话，就被谢云舒打断了。

“好了，探视时间到了，请回吧。”

方黎：“……”

葛漫漫：“啥？”

秦束纳闷："普通病房也有探视时间限制吗？"

谢云舒没说话，双手插在上衣口袋，冷冷地盯着秦束。

秦束被他看得心底发毛，咽了口唾沫，背起摄像机，不甘心地回头看了一眼葛漫漫："师姐，那我就先不打扰你休息了，明天再来看你。"

秦束走后，葛漫漫没好气道："你有病吧，这又不是ICU，什么叫'探视时间'到了？"

谢云舒转过身，盯着她看了一会儿，没有说话。

葛漫漫的脸莫名一红，避开视线："你看我干吗？"

谢云舒无奈地摇摇头："你不累吗？"

葛漫漫怔了一下，说不累是假的，其实从刚才起，她就坐得腰酸背痛了，无奈秦束一直不走，她也不好意思赶人。

"不累啊！"葛漫漫倔脾气上来，黑的也是白的，一点也不认输。

"真的不累？"谢云舒在给葛漫漫找台阶下。

"不累！"葛漫漫嘴硬，心想，你再给我一阶台阶我就下。

"那好，下床。"

"什么？"

"你不是想走路吗？跟我下床去走两圈，预防术后肠粘连。"

啊咧，说好的台阶呢？葛漫漫一听下床，也不管面子不面子了，嘴巴立刻软下来："那个，嘻嘻，我好像是有点累。"

可谢云舒已经打定主意，态度坚决："是你自己下来，还是我拽你下来？再不然，我叫许亦白过来，他对患者一向要求严格，不盯着你绕医院跑十圈，绝不姓许。"

葛漫漫忍不住爆粗口："谢云舒！你跟我有仇吧？"

谢云舒面色缓和下来，嘴角噙着一抹玩味的笑，那样子似乎在说：你说呢？

葛漫漫看了一眼方黎，再看一眼谢云舒粉粉薄薄的嘴唇，心虚地低下头：好吧，确实有。

谢云舒说多走走对身体好，可以预防术后并发症。葛漫漫撇着嘴，总觉着他公报私仇的心理占了大半。

谢云舒带葛漫漫来到顶楼的一间公共休息室。休息室面积很大，头顶的 LED（发光二极管）灯亮如白昼，四周是一圈巨大的观光玻璃窗和一些四方座椅，中间零星安装着几个室内运动器材。晚饭时间，人不多，只有七八个穿着病号服的患者。

“哇，没想到医院还有这种地方。”

葛漫漫松开扶着谢云舒的手，快步走到窗边，华灯初上，透过巨大的玻璃墙壁，嘉城市的夜景尽收眼底。

“快过来，我看到我们学校了。”

嘉大附院旁边就是嘉城大学，站在这儿，能看见整座嘉城大学。葛漫漫像是发现了新大陆似的，惊喜极了，摆着手，招呼谢云舒过来。

“中文系，美术系，音乐系……好乱啊，哪个才是播音系呢？”

据说，嘉城大学的建筑格局是由著名建筑大师按照古典易学原理设计的，整个校园类似于八卦图，一环套一环，生生克克，如果没在里面生活个三四年，很难做到不迷路。葛漫漫本来对方向就不敏感，到了大四还经常找不到教室。此时，换了一个陌生位置看校园，她更是连北都找不着。

谢云舒低声一笑，走到葛漫漫旁边，指着另一个方向，说：“你看的那边是七号餐厅的位置，这边才是你们播音系的教学楼。”

“真的假的？”葛漫漫将信将疑地看过来，因为离得不远，可以看见楼顶电子显示屏滚动的字幕，是一则元旦晚会的报名通知，落款是播音主持系，“好像是耶，你好厉害，一下子就找到了。”

谢云舒背过身，靠在玻璃与玻璃之间的白色墙柱上，一只手插在裤子口袋里，低头看着她，温柔的目光像三月流过的潺潺清泉，他喃喃：“四年前我就知道了。”

四年前，是他成为实习医生的那一年。

谢云舒说话的声音很小，葛漫漫兴奋极了，全身心地投入怀旧游戏里，丝毫没听到他的话。

“一，二，三，就是那里！你看你看，那个楼下停着一辆车的楼就是你们医学院，对不对？”葛漫漫扯扯谢云舒的袖子。

谢云舒懒懒地回头，顺着葛漫漫的手看过去，真的是医学院。

葛漫漫一脸得意：“怎么样，我也很厉害吧？想当年，为了闭着眼睛摸到你们医学院，我可没少下功夫。你看，如果把播音主持系看成周易中的坤位，那么你们医学院就在一百二十度夹角的震位，也就是我们播音主持系的东北方向。”

谢云舒不解：“你研究这个干什么？”

“追方黎啊！当年我还专门用塔罗牌算了一下，牌面上说，我将来会和一个医学院的小哥哥结婚呢。”

谢云舒皱皱眉。

葛漫漫努努嘴：“你怎么啦，干吗用这种眼神看我？”

“你不会还喜欢方黎吧？”

葛漫漫眨眨眼：“当然不会，那是我年少无知，方黎比我大五岁呢，现在不流行大叔恋，都流行小鲜肉，姐弟恋懂不懂？”

谢云舒：“不懂。”

谢云舒找了一张椅子坐下来，葛漫漫站在窗边又看了一会儿，突然想起什么，走过去，在谢云舒旁边的椅子上坐下来。

“对了，听说你跟方黎是大学同学？”

“是呀。”

“我怎么之前没听你说过？”

“你没问啊。”

“那你和他熟不熟？”

“还好，你问这个干什么？”

“没什么。”葛漫漫静了一下，小心组织一下语言，“那他有没有对你说过什么关于我的事情？”

虽然葛漫漫一直都知道谢云舒和方黎是大学同学，但念在方黎毕业后就弃医从商，和大部分同学都断了联系，就没在意。可最近几天，就她对方黎和谢云舒的观察来看，两人的默契程度似乎有点超出她的预料。她心里没了底，不敢确定谢云舒是不是已经通过方黎知道了她就是当年事件的祸首。

“关于你的事情？”谢云舒侧过身子，一只手托着下巴，饶有兴致地看着她，“比如，哪件事？”

葛漫漫咽了一口唾沫，忙不迭躲开他的视线：“好吧，当我没问。”

晚饭过后，休息室里的人多起来，葛漫漫累了，刀口疼得有些厉害，拉着谢云舒回去。

一对年轻夫妇推门进来，女的穿着医院里的病号服，大概刚剖腹产不久，一只手捂着小腹，一只手扶着男人的胳膊，小鸟依人地往男人怀里靠去，旁若无人嘟起嘴：“老公，亲一下。”

男人性格内敛，左右看看，推开女的：“别闹，那么多人呢。”

女的高声道：“怕什么，自家老公还不能亲了？再说了，我刚给你生完孩子，还不能要点奖励了，你看人家夫妻多亲密。”

此时，葛漫漫坐在椅子上正要起身，因为没有扶手，不敢使劲站，谢云舒走过来揽着她，一只手扶住她一边的肩膀，她一只手捂着肚子，一只手抓着谢云舒的胳膊，两人的样子简直就像一对刚剖腹产完的小夫妻。他们两人听见夫妇俩的对话，一齐望过去，那男人也随之望过来，随即扭头对女人说：“人再亲密，也没在大庭广众之下亲啊。”

“那你亲我的脸一下总行吧。”

“别闹，回去亲。”

葛漫漫和谢云舒站在那儿，和夫妇俩隔着七八米远，能看到女人脸上明显的失落感。

葛漫漫说：“我猜他们这个肯定是头胎，这男的明显不知道，产后抑郁症多数是由你们男人的冷落引发的。”

谢云舒翻了一个白眼：“呵呵，别加‘你们’好吗？”

葛漫漫扯扯谢云舒的袖子，说：“不如我们帮帮她吧。”

好像发现周身有个炸弹似的，谢云舒一下子警惕起来：“你想干吗？”

葛漫漫仰头看谢云舒一眼，抓住谢云舒的手，往自己腰上一放，露出一个暧昧的笑：“亲爱的，你也亲我一下嘛。”

谢云舒：“……”

年轻夫妇闻声看过来。

“快点。”

“不要。”

“怕什么，我都不怕你占我便宜。”葛漫漫压低嗓音。

“你是我什么人，我凭什么亲你？”

“拜托，谢医生，你思想就不能开放一点吗？亲一下又不会怎样，我们这是在做好事。”

谢云舒不说话了。

葛漫漫和那对年轻夫妇对视着，等了好久，也没等来谢云舒的行动。她尴尬地笑了笑，心一横，踮起脚，仰起头，打算主动亲谢云舒的脸一下，结果刚扭过头就撞见俯身而来的谢云舒，两人收势不及，舌尖一暖，不偏不倚正吻上对方的唇。

那个吻宛如蜻蜓点水般轻柔，两人却同时僵在那儿。

葛漫漫蓦地睁大眼睛。公共休息室突然安静下来，周遭静谧，一切景色仿佛在一瞬间失了焦距，天地间只剩下他惊诧的眸子。

他的唇很薄，带着微凉的触感和栀子花的香气，一切是那么熟悉，宛如多年前那个不期而至却又令人记忆深刻的初吻。

葛漫漫的心跳得飞快，“怦怦怦”地快要令她窒息。

周围响起稀稀落落的掌声和起哄声，休息室内，所有人的目光都投向这里。

两人一窘，忙不迭从对方唇上移开，别过头，沉默着看向不同的方向。

从休息室回来的路上，葛漫漫走在前面，她的步伐有点快，似乎忘了伤口的疼。谢云舒跟在她后面，也没有说话。

两人回到病房时，唐楠楠已经来了，正和方黎聊天。

方黎一脸狐疑地看看葛漫漫，又看看谢云舒，问："你俩干吗去了，脸怎么一个个红得跟猴屁股似的？"

葛漫漫忙抬起手摸摸滚烫的脸颊，愣怔半晌，慢慢抬头，瞥了一眼谢云舒，只见谢云舒一向淡然的脸上也染着两团微微的红色。两人心照不宣地对视片刻，葛漫漫"扑哧"一声笑了出来，大概笑得太厉害，扯到了刀口，立刻扶着床护栏，龇牙咧嘴地弯下腰去。

谢云舒眼中闪过一丝担忧，随即白了她一眼："活该！"

接下来几天，葛漫漫的刀口渐渐没那么疼了。

唐楠楠因为工作忙，加上还要照顾林旭，不再每晚都过来，方黎也开始找不着人，谢云舒动不动就黑白连班，抽空才能来陪她一会儿。

这天，葛漫漫一个人在病房吊水，突然一声巨响，病房的门被人推开，两个十五六岁的女孩子闯进来。

其中一个女孩坐在轮椅上，手里抱着一个白瓷杯，脸色苍白，精神萎靡，被另一个女孩推着。而另一个女孩葛漫漫认识，是林梓沫，那个质问她是不是谢云舒女朋友的女孩。

"原来你就是葛漫漫。"林梓沫穿着医院的病号服，推着轮椅，直逼到葛漫漫床前，笔直地站在那儿，一副宣战的样子，"谁准你动谢医生的？"

"什么？"葛漫漫没明白林梓沫的意思。

"别给我装傻，你敢说对谢医生没企图？医院都传开了，说谢医生因为你，连睡了一星期值班室。对了，你竟然亲了谢医生！"

林梓沫掏出手机，滑了几下屏幕，把手机举到葛漫漫面前。

是一张照片，前几天在公共休息室她和谢云舒的那个意外之吻，不知被谁拍了下来。

葛漫漫目瞪口呆。谢云舒睡了一星期值班室，跟她有什么关系，是他自己懒得回家好不好？还有，凭一张嘴对嘴的照片，林梓沫是从哪里看出来是她亲了谢云舒，而不是谢云舒亲了她？

葛漫漫吃了一肚子黄连，正想辩驳几句，林梓沫对轮椅上的女孩摆摆手，使个眼色，说：“上！”

轮椅上的女孩病蔫蔫的，眼窝深陷，目光却一直追随着林梓沫，听到命令，抱紧了手里的杯子，弱弱道：“这样好吗？”

林梓沫走到轮椅前，叉起腰，一努嘴，声音稚嫩：“许筱苒，这个女人抢我未来老公耶，你还想不想替我报仇了？”

女孩愣了愣，忙点点头，说：“想。”

林梓沫满意一笑：“那就来吧。”

葛漫漫听得一头雾水，不等搞明白两人的意图，就见轮椅上的女孩子端起手里的杯子用力一扬。

“啊啊啊！”

一杯冰凉的冷水迎面浇来，葛漫漫条件反射地闭上眼，耳边传来一阵阴谋得逞的怪笑声。

她抹一把脸，再睁开眼时，林梓沫已经推着轮椅迅速朝门外逃去，跑到门口又停下来，掏出手机，“咔嚓”一声，对着她狼狈的样子拍了一张照片，末了，还不忘朝她吐吐舌头，做一个鬼脸儿。

葛漫漫气死了，疯狂按动床头的呼叫器，没一会儿，护士慌里慌张地跑进来。

她把经过跟护士说了一遍，护士安抚完她的情绪，说就去处理。可直到中午，护士也没给她一个说法。

下午，秦束来医院探望葛漫漫。他的任务是采访林梓沫，但进行得不太顺利，今天更是连林梓沫的面都没见着。

葛漫漫安慰他，把被林梓沫泼水的事告诉了他，还问他，林梓沫到底得了什么病。

秦束跟葛漫漫说了一个开头，正要说到重点，谢云舒不知什么时候走了进来。

他穿着工作服，表情冷得像一块冰：“秦大记者打算就这么把病人的隐私透露给别人？”

“谢医生。”似被对方的气场压住，秦束惊讶了一下，站起身。

谢云舒双手插在白大褂的口袋里，神情严肃：“你还记得答应过我什么吗？”

“除非经过林梓沫同意，否则不会把她的事情报道出去，也不会对其他人透露一个字。”秦束低声说着，表情羞愧。

关于林梓沫，葛漫漫听谢云舒说过一次，只知道似乎是家里一直不同意她做手术，具体细节不是很清楚。

“那么，我希望你言而有信。”谢云舒说。

葛漫漫好奇心重，但因为涉及病人隐私，不方便多问，便只好压抑住内心的好奇。她见秦束被谢云舒说得面红耳赤，忍不住岔开话题：“你怎么这个时间过来了，没工作了？”

谢云舒神情缓和下来，语气轻松，和刚才判若两人：“护士说我的病人找你麻烦，我过来处理一下，不过现在看来似乎没什么事儿。”

葛漫漫嘟起小嘴：“怎么会没事儿，你的病人许筱苒往我脸上泼水好吗！天这么冷，我感冒了怎么办？”

“谁泼的？”

“许筱苒。”她没记错的话，林梓沫似乎是这么称呼那个女孩的。

“许筱苒……”谢云舒重复一遍这个名字，眼睛盯住一个方向，有片刻失神儿。

“你听见我说话了吗？”葛漫漫对谢云舒的服务态度十分不满意。

“嗯，我听见了，许筱苒。”

“对的。”

“那就不关我的事了，她是许亦白的病人。”

…………

葛漫漫刚沉下去的火儿又烧上来：“我不管她是谁的病人，总之，她是被你的病人林梓沫怂恿的！”

谢云舒看她真生气了，从口袋里摸出一盒感冒药，一本正经道：

“这样吧，我这里还有半盒没吃完的感冒药，要不送你吧。”

葛漫漫气得哭笑不得，心底暗道：谢云舒当真把“直男”这个词诠释得淋漓尽致。

百度上说，所谓直男就是一点儿不了解女生内心的真实想法，特别不会哄女生开心的男人。

直男。是的，当时的她是这么评价谢云舒的。可直到很久以后她才知道，其实谢云舒的心思一点也不直，因为不论过去的他，现在的他，还是未来的他，总在绕着弯子逗她笑。

本以为林梓沫的事就这么过去了，她再生气，对方毕竟是一个孩子，但让她没想到的是，林梓沫的恶作剧并没有就此结束。

第二天中午，葛漫漫挂完药，到公共休息室晒了一会儿太阳，回来时，恰好撞见林梓沫从自己病房里出来。

林梓沫看到葛漫漫迎面走来，朝她做一个鬼脸，露出一个顽劣的笑。葛漫漫笑声“幼稚”，没往心里去。

回到病房，葛漫漫刷了一会儿手游，翻了一会儿美食杂志，觉得有点渴，就拿起床头柜上的保温杯，准备喝口水。

她习惯性地拧开盖子，准备倒一些水在盖子里。杯子微微倾斜，她刚倒出一点，就“啊”的一声叫出来，手一抖，杯子里的液体全部洒在被子上，白色的被子瞬间血红一片。

看着满床的鲜血，葛漫漫差点吓丢了魂。她跳下床，站在三米开外，稳了好一会儿，才慢慢恢复理智。她小心翼翼地凑到被子上，闻了闻，又观察了半天才松口气，不是血，是红色墨水。

眼前浮现出林梓沫从自己病房里出来，冲自己做鬼脸的样子，脑袋一热，血压“噌”地一下子上去。她一跺脚，朝林梓沫的病房杀去。

林梓沫不在房内，葛漫漫问旁边病床上的大娘，林梓沫去了哪儿，大娘说林梓沫的病友今天做手术，她大概在手术室那儿。

葛漫漫道了声谢，往四楼手术室走去。

站在电梯前，葛漫漫一边等电梯下来，一边想着一会儿该怎么教训那个没教养的小女孩。

“叮”的一声，电梯门打开，不等葛漫漫上去，人群中挤出一个女孩子，穿着蓝白条的病号服，眼圈红红的，正是林梓沫。

“林梓沫！”葛漫漫叫了她一声，快步追上去抓住她的胳膊，谁知对方理都不理，反而用力甩开葛漫漫，头也不回地朝另一个方向跑去。

“你站住！”葛漫漫在她身后边喊边追，然而林梓沫一点儿停下来的意思都没有。

林梓沫闷着头一直跑，直跑回病房，往床上一躺，扯过被子，把自己蒙起来。

“你别想着做了坏事就跑，门儿都没有，我杯子里的水是你换掉的吧？”葛漫漫追过来质问。

林梓沫藏在被子里，缩成小小的一团。

葛漫漫见她不出声，往病床前走了两步，发现那小小的一团竟一抖一抖的，仔细听，还听到低低的抽泣声。

“你怎么了？”葛漫漫纳闷着，正想着掀开被子探个究竟，手腕一沉，被人按住了。

谢云舒刚下手术台，穿着深绿色无菌服，一边耳朵上挂着口罩，似乎是跑过来的，有些喘。他阻止了葛漫漫的动作，缓步上前，轻轻叫了一声：“沫沫。”

“滚开，你别碰我，我不需要你们的同情。”被子下面传来尖锐的叫声，啜泣声越来越大，最后竟演变成不加掩盖的痛哭。

葛漫漫想问什么，谢云舒朝她做了一个噤声的动作。他看了一眼床上的林梓沫，和她一起走了出去。

谢云舒神情凝重，葛漫漫跟在他身后，第六感告诉她一定出事了，但他不说话，她也不敢开口问。

葛漫漫跟着谢云舒来到更衣室，他让葛漫漫在更衣室外等一会儿，葛漫漫什么话也没问，乖乖地坐在门外的长椅上等着。

过了一会儿，谢云舒从更衣室里出来。

他换回了便装，休闲裤、白色线衣、黑色外套，望着她，眼中卸掉了刚才的凝重，恢复往日的淡然，从她身边走过，语气随意：“走吧，去吃饭。”

谢云舒说完，往电梯间走去，走了几步，发现人没跟上，又折回来。葛漫漫一动没动，坐在那儿直勾勾看着他。

“发生什么事了？”她犹豫了很久，还是问了出来。

“手术失败，死了一个人。”他说得那样云淡风轻，好像只是不小心踩死一只蚂蚁。

“你是主刀医生吗，有事故责任吗？”葛漫漫站起来。

“你很在意这个？”

“嗯。”葛漫漫看着他的眼睛，认真点头。

谢云舒笑了笑：“我不是，主刀是许亦白，我只是给他打下手。我没有责任，许亦白也没有责任，我们谁都没有责任。患者病得很重，即使不手术，也活不了。手术风险很大，但她和她的家人都想赌一把，我们也想赌一把，可惜失败了。”

“哦。”听说谢云舒没责任，葛漫漫心里一阵轻松，突然又想到什么，抬头问，“死者是谁？”

谢云舒顿了一下，说：“许筱苒。”

是她，林梓沫的病友，许筱苒。

葛漫漫呆住了，想到昨天还往自己脸上泼冷水、欺负自己的女孩转眼就从这个世界上彻底消失了，心里空落落的。明明才见过一面不是吗？明明连样子都没看清楚不是吗？她什么时候这么矫情了？

谢云舒见葛漫漫闷闷不乐，揉揉她的头：“好了，你别傻站着了，去餐厅，今天给你解解馋。”

葛漫漫抬起头，直直看着他：“发生了这么大的事，你还能吃得下去饭？”

谢云舒笑：“我总不能因为死一个人连饭都不吃吧。”

葛漫漫觉得不可思议："你们医生都没感觉的吗？"

谢云舒呆了一下，仰起头，苦涩笑开："第一次手术失败，第一次目睹患者心跳停止，第一次写死亡分析，这些几乎是每个医生都会经历的，怎么会没感觉呢？那种在生死面前的无力感和挫败感，每经历一次都会冰寒彻骨、悲痛欲绝，可我们是医生，还有那么多患者等着我们去救治，你说我们有时间难过吗？"

他很少一口气说这么多话，仍是那般寻常的语调，缓慢而轻柔，宛如一杯醉人的美酒，只不过今天多了一分无奈和一分惆怅。

葛漫漫呆住了，这是她第一次触及谢云舒的内心世界，隐忍而坚韧，一次次倒下，一次次爬起，一次次拼尽全力地从死亡线上拉回一个又一个患者。她想起网上流传的一句话：这世上哪有什么岁月静好，只不过有人替你负重前行。

她意识到自己说错了话，低头道歉："对不起。"

谢云舒低笑着："这么客气，你准备请我吃饭吗？"

葛漫漫吸吸鼻子，知趣地跳过刚才的话题："我饿了，想吃红烧肉和糖醋排骨。"

谢云舒皱皱眉："这些你好像还不能吃吧？"

葛漫漫连吃一个星期稀饭，肚子早就抗议了，刚听谢云舒要带她去餐厅，还以为自己可以吃饭了，眨眨眼："你不是说要带我解馋吗？"

"解馋不一定非得大鱼大肉吧？"

"那我还能吃什么？"

"比如鸡蛋羹？"

…………

葛漫漫还当谢云舒跟她开玩笑，没想到是认真的。

两点半，餐厅已经没什么人，谢云舒带葛漫漫来到其中一个窗口，工作人员正在收拾卫生，领班的是一个胖师傅，见谢云舒过来，擦干手迎上来："哟，谢医生才过来，想吃什么，我叫人做。"

“张师傅，不好意思，能不能借您的炊具、食材一用？”

谢云舒貌似人缘极好，张师傅一听，当即眉开眼笑地遣散了众人，将后厨空了出来。出去时，他还小声嘟囔着“又有口福了”。

三分钟后。

葛漫漫目瞪口呆地看着谢云舒站在整齐有序的后厨中央：“你不是认真的吧？”

“你以为呢？”

“门口就有卖鸡蛋羹的呀！”

“我说了给你改善伙食，拿着。”

谢云舒不多解释，脱了外套，扔给葛漫漫。

葛漫漫慌忙接过外套。

“等着。”

谢云舒神秘一笑，拿下墙上的围裙，甩了一下，系在腰上，然后撸起袖子，轻车熟路地从第一层抽屉里拿出一只大海碗，一把不锈钢的搅蛋器，又从第二层抽屉里拿出一盒鸡蛋，随即双手飞速舞动，左手打蛋，蛋液入碗，蛋壳入桶，一个接一个，没有一秒停顿。与此同时，他的右手紧握搅蛋器，打散蛋液，双手配合，动作行云流水，如魔术师般，令人眼花缭乱。

“好厉害！”

葛漫漫飞快地掏出手机，打开快吃 APP，因为没带摄像机，她只好用手机自带的摄像头凑合。

她对着镜头打了个招呼：“嗨，好久不见，今天我给大家带来一位厉害的小哥哥。”

葛漫漫说着，将镜头对准谢云舒的手。

“你干吗？”

谢云舒下意识躲闪了一下，手上的动作却没停。

葛漫漫朝他做一个口型：“拜托，帮我增加点人气。”

谢云舒不置可否。

葛漫漫睁着一双水汪汪的大眼睛，楚楚可怜地望着谢云舒，后者无奈摇头，意思是随便你吧。

特写镜头里，谢云舒的袖子挽到手肘，他的手腕很灵活，腕骨凸起。他的手很漂亮，手指修长，翻飞间，一个再普通不过的打蛋动作，被他做得犹如弹钢琴般优雅。

直播间里的人渐渐多起来。

鸡蛋羹进行到蒸焖环节，放入蒸笼前，谢云舒从口袋掏出一个小调料瓶，倒了一点在蛋液里。

“这是什么？”

“我自己做的调味油。”

“你随身带着调味油？”葛漫漫诧异道。

谢云舒只是笑，不说话。

葛漫漫凑上去闻了闻，似乎没什么特殊的味道。

他调配好面粉和蛋液的比例，锅里的水已经烧开，放上蒸隔，盖上锅盖，露出一点缝隙。十五分钟后，鸡蛋羹出锅。

浓郁的蛋香弥散在空气里，葛漫漫深吸一口气，感觉好像打开了一扇新世界的窗户，胃里的馋虫全部苏醒过来。

领班的张师傅被香味吸引过来，笑哈哈：“谢医生幸亏没做厨子，不然我们全部得下岗。”

谢云舒盛出一碗鸡蛋羹，指着剩下的叫张师傅尝尝。

非就餐时间，院里的餐厅只对医院工作人员开放。

葛漫漫端着鸡蛋羹，随便找一个座位，不等谢云舒从职工窗口打饭回来，就已经拿起勺子迫不及待地舀了一口。

她吃过很多次鸡蛋羹，有妈妈做的，有自己做的，还有手推车里卖的，记得最牢的就是那种香甜的味道。可是，谢云舒做的鸡蛋羹却不一样，比起香甜的味道和入口即化的口感，让她感受最深的竟是蛋羹顺着喉咙自然滑落时的细腻触感，仿佛来到一片清晨的竹林里，呼吸着新鲜空气，肺里都湿湿润润的，舒服极了。

“味道怎么样？”谢云舒打了饭，在葛漫漫对面坐下。

“太好吃了，红烧肉都不换。”

“那比起 Meet 的主厨如何？”

葛漫漫没想到谢云舒会这么问，想都没想：“那还用说，你也太自信过头了，人家可是料理世家出身。”

谢云舒不满道：“你这评价明显带有个人感情色彩，一个美食主播不应该对食物持有客观公正的评价吗？”

“哪有，你才是嫉妒心理。”

“我懒得跟你说。”

“哎呀，坏了。”只顾着跟谢云舒斗嘴，忘了还开着直播，葛漫漫叫苦不迭：完了，这次粉丝要掉光了。

不过情况似乎没那么坏。

“哇，刚才的小哥哥是谁呀？长得好帅！”

“是漫漫的男友吧。”

“互动好有爱啊。”

…………

这误会大了。

呵呵，她就说谢云舒的厨艺不如 Meet 的大厨吧，大家的关注点都没在鸡蛋羹上好吗。

葛漫漫吃完最后一勺鸡蛋羹，调整了一下镜头角度，对准自己，正要跟粉丝们澄清谢云舒的身份，突然冒出一条特大弹幕。

“啊啊啊，这个小哥哥和漫漫好配啊，如果真是漫漫的男友，我要刷二十桌满汉全席。”

二十桌满汉全席！

一桌满汉全席的费用一千三百一十四块，二十桌两万六千二百八十块！

葛漫漫看一眼账号，是她的一个死忠粉发来的，这姑娘是某小说网站的当家花旦，据说最好的时候月入能达到七十万。

到嘴边的话卡在喉咙里，葛漫漫咽了一口唾沫，暂时关掉麦克风和摄像头。

“谢云舒，你一个月工资多少？”

“一万出头，怎么了？”

葛漫漫抓耳挠腮：怎么办，她要不要为了金钱出卖灵魂？

谢云舒瞥了她一眼：“你怎么了，想上厕所？”

葛漫漫纠结了一下，“嚯”地站起身，隔着桌子凑到谢云舒面前，如《聊斋》里的狐狸精般，冲他眯眼一笑：“谢医生，我付你一个月的工资，你陪我演一场戏呗？”

谢云舒：“什么意思？”

葛漫漫把手机举到谢云舒面前：“嗯，你能不能演我一个月的男朋友。”

谢云舒往后撤着身子，神情有一瞬间黯淡。他盯着那条弹幕看了五分钟，随即推开手机，漫不经心地吃一口米饭：“我是无所谓，就怕你……”

“成交！”

葛漫漫压根儿没想到谢云舒会同意，惊喜之余，生怕谢云舒反悔，连话都没让他说完，就一锤定音。

谢云舒愣了一下，看着葛漫漫伸过来的手，放下筷子，自嘲地笑笑：“成交！”

打开摄像头、麦克风，葛漫漫清了清嗓子，正组织语言，手机毫无征兆地脱了手。

谢云舒推开吃了一半的饭菜，将摄像头对准自己，对着屏幕挥挥手，说：“大家好，我是漫漫的男朋友，谢云舒。”

只短短一句话，他说完，将手机还给了葛漫漫。

葛漫漫还在愣怔中，没回过神儿，直播间却已经炸了，弹幕一条接一条。

“竟然真的是漫漫的男友！”

“哈哈，我猜对了。”

“羡慕，好甜！”

“哇，君子一言，驷马难追，恭喜漫漫，满汉全席奉上！”

满汉全席 ×20。

哇，真的是满汉全席，整整二十桌！这还是她做吃播以来第一次收到这么大的打赏。她兴奋极了，隔着桌子抓着谢云舒的手，欢喜之心溢于言表。

谢云舒坐在那儿，没有说话，一只手任由她抓着，另一只手抵着下巴，微笑望着她，琥珀色的眸子银光闪闪，仿佛倒映了星河灿烂。

原以为林梓沫因为许筱苒的事受到打击，不会再来找葛漫漫的麻烦，没想到一天之后，林梓沫就忘了许筱苒的事情，单枪匹马地来找葛漫漫下战书，说要从葛漫漫手里抢回谢云舒。

葛漫漫再三解释自己对谢云舒没有任何不正当的企图，林梓沫死活不相信，还磨刀霍霍地说别让她抓到证据。

葛漫漫拍着胸脯后怕，幸亏她和谢云舒说好了，两人的合约情侣关系仅限于直播间，和现实生活不挂钩。如果让林梓沫知道谢云舒同意做自己男友这事，她怕是这辈子都走不出医院了。

不过，让葛漫漫崩溃的是，林梓沫为了监视她的一举一动，竟然和她同病房的一个患者换了床位。她震惊了。医院是宾馆吗，还可以随便换床位？如果林梓沫的主管医生不是谢云舒，她怕是已经不知道投诉多少次了。

自从林梓沫搬进来，葛漫漫的生活完全乱了，她尽量保持和林梓沫的距离，念在林梓沫还是一个孩子的分上，能忍则忍，然而事实证明，她越是退让，对方越得寸进尺。她永远不知道她的充电宝什么时候会消失，什么时候又会出现；也不知道每天早上她的牙刷上会被涂上辣椒还是沙拉，更不知道，下一秒她会在杯子里喝到醋还是酱油。

这天晚上十一点多，葛漫漫病房内灯火通明，电视开着，林梓沫坐在病床上看一部喜剧，是一部无聊的恶俗片，一点都不好笑，林梓沫却笑得前仰后合，吵得葛漫漫一点也睡不着。

白天心惊肉跳，晚上还不让人好好睡觉。葛漫漫彻底火了，抓起床头的输液架，披头散发地踹开了值班室的大门。

这天，谢云舒恰好值晚上六点到十二点的小夜班，此时正收拾东西准备下班。葛漫漫气冲冲地进来，颇有同归于尽的气势。谢云舒愣了一下，指指她身后，悠悠道：“你先把手里的东西放下，门关上，楼上精神科有巡夜的。”

葛漫漫：“……”

谢云舒：“别回头线还没拆，你就被人家科室收走了。”

葛漫漫气得跳脚：“谢医生，您的病人大半夜吵得我睡不着觉，这事您管不管？”

葛漫漫本就不胖，因为手术又瘦了很多，穿着医院统一配发的病号服，显得娇憨极了。

“管，我必须管。”谢云舒看着她鼻子气歪的样子，忍不住偷笑。他看了一眼手表，说：“这样，我马上下班了，今晚我给你找一个地方睡觉，明天让护士给你重新安排一个床位。”

葛漫漫将信将疑，谢云舒说到做到。

医院后面有一栋旧楼，走路五六分钟，原本是医院的家属楼，后来新城区规划，很多职工为了孩子的教育问题，都搬到环境好点的小区去了，院里收拾出几间房给值夜班的医生护士做临时宿舍。

二十分钟后，葛漫漫裹着谢云舒的外套，站在一栋黑漆漆的单元楼下。

宿舍在三楼，楼梯口的路灯因为年久失修已经不亮了，楼层的感应灯也忽明忽暗。晚上十二点，楼里一片死寂，唯有插钥匙的声音被放大，传到葛漫漫耳朵里，听得她汗毛都竖起来了。

他推门进屋。

昏暗的灯光下是一间小客厅，严格来说也算不上客厅，既没有沙发也没有电视，只有一个乒乓球台和一个储物柜。

和客厅相连的是两间卧室，左右手各一间，门上贴着白纸，龙飞凤舞地写着“男生宿舍”和“女生宿舍”的字样。

谢云舒走到储物柜前，抱出一套干净的床褥递给葛漫漫，然后打开女生宿舍的门，说：“今晚你就在这儿睡，等明天一个单人间的患者出院，我就把你安排过去。”

葛漫漫打量着所谓的女生宿舍，屋子里并排放了三张床，墙上贴满了人体解剖图，男女老少，五脏俱全。这也叫宿舍？明明是鬼屋。

“宿舍其他人呢？”葛漫漫问。

“这间宿舍是给值小夜班的人临时休息的，她们今晚没班。”谢云舒说。

“那今晚就只有你和我？”

“是呀。”

葛漫漫瞟了一眼周遭瘆人的环境，对着手指，支支吾吾：“那个……你看我又不是你们医院的员工，咱俩孤男寡女的住在这儿不太合适吧？”

谢云舒眉毛一挑，颇为惊讶：“你连男性室友都敢招，还怕我会对你怎么样？”

…………

谢云舒笑道：“太晚了，别折腾了，放心吧，我睡男生宿舍，你要真怕什么，就把门锁起来。”

呵呵，很好，他完全没有 get（领悟）到她的害怕点。

实践证明，在这种地方，葛漫漫一个人真睡不着。一闭上眼，她就感觉解剖图里的东西在眼前晃啊晃。她缩在被子里，连眼睛都不敢睁，生怕一睁眼，床头就冒出来一个血淋淋的人体。

半个小时后，葛漫漫实在撑不住，抱着被褥推开了男生宿舍的房门。

男生宿舍的布局和女生宿舍差不多，也是三张床，两张单人床，一张双人床。谢云舒睡在那张有台灯的双人床上。此时，他还没睡，正抱着一本医学书读着，看到葛漫漫进来，愣了一下。

“那个，我能不能和你一起睡？”

嗯？谢云舒脑子有片刻空白，旋即强迫自己回过神，望着葛漫漫瑟缩的眼神，瞬间明白过来。

“原来你怕……”

“别说那个字。”不等谢云舒把“鬼”字说出来，葛漫漫捂着耳朵，大叫出声。

谢云舒一脸无奈，指了指旁边的空床，示意她进来。

得了应允，葛漫漫嗒嗒地跑进来，爬到谢云舒的大床上躺下。发现和谢云舒离得太近，她又不好意思地往一边挪了挪，挪完觉得还是太近了，她又往一边挪了挪。

谢云舒无语地摇摇头，起身，准备换到另一张床上。

“你去哪儿？”胳膊一沉，谢云舒回头正对上葛漫漫一双近在咫尺的水眸。她冲上来，抱着他的胳膊，颤颤巍巍地道，“你就睡这儿不行吗？”

谢云舒瞠目结舌，好半天才吐出两个字：“行吧。”

葛漫漫笑吟吟地躺回去。

谢云舒整条胳膊像打了麻醉似的，一点力气都没有。他咽了一口唾沫，暗骂一声“见鬼”，空调是不是开太高了，喉咙好干……

他端起床头的水一饮而尽，盯着那本突然变成天书的《胃肠肿瘤外科学》愣了半天，胸口剧烈的跳动才渐渐平复下来。

葛漫漫躺在那儿，忽然没了困意。她背对着他，睁着眼，借着台灯的光，数着对面骨骼模型上的骨头，不知道为什么心情莫名愉悦起来。

“你笑什么？”谢云舒问。

“我笑了吗？”葛漫漫没注意，竟笑出了声。她想了想，白天没发生什么让她开心的事呀，大半夜还被林梓沫惹了一肚子气，于是回头傻傻一笑，“我也不知道。”

谢云舒喉咙发紧，又咽了一口唾沫，说：“你也真敢睡这儿，万一发生点什么……”

葛漫漫满不在乎地翻一个白眼：“你怕什么，你都敢跟女性室友合租，还怕自己把持不住？”

谢云舒：“……”

关灯！睡觉！

“啊！好黑！我们开灯睡吧。”

“不开！

“葛漫漫，你干吗，别过来！开关不在这儿。你别拽我的头发，喂喂喂，你要踩到我了，啊——”

黑暗中，一声惨叫。

“呃，谢云舒，你说话啊，你没事吧？我踩到你哪儿了？”

“你说呢？”

“我困了，睡吧。”

葛漫漫是在第二天中午换到单人病房的。

晚上，葛漫漫正准备休息，秦束打来电话，说过来陪她过节，问她换到了哪间病房。

葛漫漫看看时间，这才发现今天是平安夜。她没有过西方节日的习惯，但既然人家好心好意地来了，也不好拒绝，便将房间号告诉了秦束。

秦束进来时，葛漫漫差点没认出来。今天，秦束没扛摄影机，西装革履，穿得十分正式。葛漫漫惊讶着，笑问他是不是去参加活动了。秦束红着脸说没有。

单人间配有沙发，两人坐在沙发上聊天看电视。葛漫漫昨晚睡得晚，困得要命却不好意思说，打着哈欠硬撑着。

眼看墙上的电子钟从十一点五十九分变到十二点，葛漫漫实在困得撑不住，准备硬着头皮赶人。

与此同时，病房的门被人推开一条缝，一双琥珀色的瞳仁正默默注视着屋里的一切。

“师姐，你知道吗？对于西方人来说，平安夜是很重要的日子，因为过了平安夜就是圣诞节，圣诞节是耶稣诞生的日子，意味着春天和希望，也意味着新的一年即将开始。”

“嗯，好。”

葛漫漫还没开腔，对方抢先出了声，葛漫漫只好闷闷应着，心想秦束再不走，她就要原地倒下去睡着了。

“那师姐新的一年有什么心愿吗？”

“平平安安，快快乐乐。”葛漫漫敷衍着。

“师姐想知道我的心愿是什么吗？”

“什么？”

别管什么，他赶紧说，说完好让她去睡觉。

“新的一年，我的心愿只有一个，就是希望能和师姐成为一家人。”

“嗯。”葛漫漫托着下巴，晃晃悠悠，然后突然顿住了，睁开眼，“嗯，你刚才说什么？”

秦束从口袋里掏出一个精致的首饰盒，慢慢打开，呈现在葛漫漫眼前：“师姐，其实我喜欢你很多年了，你愿意接受我吗？”

仿佛一盆冰水兜头浇下，葛漫漫瞬间清醒过来，她坐直了身子，看看秦束手里的金苹果吊坠，再看看秦束：“不好意思，秦师弟，我没听懂你什么意思？”

秦束的脸憋得通红，半晌，突然伸出手，抱住葛漫漫。

“啊！”葛漫漫吓了一跳，情急之下猛地推开对方，从沙发上弹起来，跑开好几米。

“师姐。”秦束往前走了一步。

“你别过来！”葛漫漫下意识后退。

这时，病房的门被人推开，一双笔直修长的腿大步跨进来，挡在两人中间，问葛漫漫：“怎么了？我在走廊里就听到你的声音。”

谢云舒语气平静，仿佛刚巧路过。

葛漫漫不说话，往谢云舒身边靠了靠。

秦束神情黯淡，垂首沉默了一会儿，说：“师姐，不好意思，今晚我唐突了。”说完，秦束转身离开。

葛漫漫愣在原地，直到秦束的身影彻底消失，才回过神来，拍着胸脯长舒一口气：“呼，吓死我了。”

谢云舒盯着沙发上的金色苹果项链，没有说话。

“哎呀，糟了。”葛漫漫扯扯谢云舒的胳膊，“你说我刚才的反应是不是太没礼貌了？怎么办，秦师弟一定难过死了。”

谢云舒转过身，拍拍她的头，柔柔一笑：“好了，你先别管别人了，看你眼圈黑得，先睡觉，其他的事明天再想。”

半小时后，谢云舒的办公室。

桌上，一束包装精致的粉色玫瑰花孤零零地躺在那儿。

振动声传来，是方黎打来的电话。

“什么事？”

“什么什么事，当然是问你表白成功了吗？”

谢云舒顿了一下，淡淡道：“我没去。”

“你还不去，这都几点了，平安夜都快过去了。”

“我不去了。”

“啊？”电话那头的人静了一下，随即像吃了炸药，“我……你在逗我呢？哥儿们花大价钱给你搞来的一字千金的情书和玫瑰花呢？”

“我扔了。”

“我……你怕不是给病人做手术时把自己的脑子切了吧？这么好的机会，这么浪漫的氛围，小女生们肯定都感动得要死要活，痛哭流涕啊。”

是这样吗？谢云舒的脑海中浮现出一张惊慌失措的小脸，那样子就像一只受到惊吓的小白兔，让人忍不住心疼。

“算了，她有自己的想法，我不想勉强她。”

方黎彻底疯了：“我，你……”

“我不说了，挂了。”

谢云舒心情不好，不等方黎骂完，就把电话挂了。

他踱步到窗边，从这里看下去，正好能看到购物广场上巨大的圣诞树。夜色寂寥，他望着天空发了一会儿呆，回头瞟见那封用金色墨水写就的，据说价值万元的情书。走上前，他拆开看了一眼，随即把它像废纸般团成一团，连同桌上那束开得正盛的玫瑰花一同丢进了垃圾桶。

他拿出手机，切换微信。

Meet 主厨。

他点开那个唯一的联系人，想了一下，输入：“你睡了吗？”

Chapter 9
尘世多苦，我愿陪你苦中作乐

那天之后，葛漫漫再也没在医院看见过秦束，秦束也再没联系过葛漫漫。她想打电话跟秦束说声抱歉，又怕引起不必要的误会，只好托大学室友蒋菲菲替她说声抱歉，顺便把吊坠还给秦束。蒋菲菲说秦束最近的情绪不好，请了长假，林梓沫的案子也就此搁置了。

葛漫漫觉得愧疚极了，几天都不开心，更闹心的是，林梓沫发现她没出院，只是换了病房，又开始了恶作剧。

这天中午，葛漫漫去餐厅喝了一碗粥，回到病房，本打算睡一会儿，谁知掀开被子，居然看到两条小青蛇。它们立在床上，朝她吐着信子。

她吓得大叫，同时，门口传来恶作剧得逞的笑声。

葛漫漫惊魂甫定，回头望去，竟是林梓沫。几天不见，她看起来更瘦了，蓝白相间的病号服穿在身上松松垮垮的，脸色苍白，唯独一双眼睛闪着阴谋得逞的亮光。她靠着门框，笑得前仰后合。

葛漫漫对她的恶作剧虽然生气，但一直以来，也没和她多计较。但对方这次的行为实在太过分了，这已经不仅是教养问题，更是品质问题，葛漫漫忍无可忍，决定替对方的父母管教一下这个孩子。

“你给我站住！”葛漫漫撸起袖子。

“我就不！”

林梓沫见状，朝她做一个鬼脸，转身就逃，一直跑到走廊尽头的步梯间才停住脚步。

“你怎么不跑了？”

这地方人少，葛漫漫追上来，拽住林梓沫的胳膊，然后扬起巴掌，然而她的巴掌还没落下，林梓沫就呼吸急促起来。

“你怎么了，别给我装！”

葛漫漫还当是她恶作剧，抓着她的肩膀往前一扯，正要好好教育她一番，她却身子一软，往前一栽，倒在地上，抽搐起来。

“林梓沫，别闹了。”

葛漫漫试探着推了她一把，但她嘴唇发紫，动作渐缓，不过一会儿便不动了。葛漫漫瞬间慌了手脚，连忙跑去值班室求救。

医护人员赶来查探情况，脸色一变，喊道：“送抢救室。”

葛漫漫听不懂医护人员的术语，却明白“抢救室”三个字的严重性。

她脑袋一片空白，直到护士叫她，问她情况，她才回过神，舌头却像打了结，说话一个字一个字地往外蹦。

五分钟后，抢救室外。

“对不起，您不能进来。”

护士拦住试图往里冲的葛漫漫，恐惧让葛漫漫失去理智，葛漫漫抓着护士的胳膊大喊：“我只是想吓唬她，没有真的打她，求求你们，一定要救救她。”

她的喉咙沙哑，声嘶力竭，当她即将崩溃的时候，一只手抓住她的小臂，往后拽了一把，扯到自己面前。

“漫漫！”

是谢云舒。他应该是爬楼梯上来的，额前的刘海都被汗水浸湿，看着她，目光坚定。

他说："你回病房等我。"

他只说了这么简单的一句话，说完便将她往外一推，闪身进入抢救室。

随着抢救室的门关闭，葛漫漫的心渐渐平静下来，她在门外站了一会儿，便朝病房走去。

一个小时后，谢云舒推开病房的门。

床上的小青蛇已经被清理了，床单也换了新的。葛漫漫抱着膝盖，坐在墙边，两眼放空，甚至没察觉到谢云舒的到来。

"葛漫漫。"他叫了她一声。

葛漫漫抬起头，怔了一下，倏地起身跑到他面前，眼眶通红，嘴角颤抖："她……没事吧？"

谢云舒眼中闪过一丝心疼，轻声安慰："放心吧，林梓沫没事。"

她长舒一口气，像泄了全身力气般身子一软，往前一倾，额头抵在谢云舒的胸口上。

"谢谢你。"哽咽的嗓音逐渐变成抽泣的哭声，"我不是故意的，我不知道她有这么严重的心脏病，如果她有事，我一辈子都不会原谅自己。"

她的眼泪如断了线的珠子掉下来，砸在他的皮鞋上，也砸在他的心头上。他的眼神不由得温柔了几分："好了，别哭了，我知道不关你的事。"

两年前，林梓沫第一次来医院查出了胃癌。那时候还处于早期，按理说，只要进行手术差不多就能痊愈，但因为她有严重的心脏病，手术有一定的风险，她家里人一直犹豫着，只把她养在医院里，做些常规治疗。

不久前，林梓沫病情恶化，谢云舒找她的父母谈话，明确地告诉他们，她的病已经不能再拖，让他们赶紧签字，可她的父母却瞒着她，迟迟不肯签字。明眼人都知道，她的父母怕是已经放弃她了，只是碍于良心和舆论，才一直没带她出院。

病友们同情林梓沫，将她的事情作为新闻线索给了嘉城日报社，让她把事情告诉记者，用媒体的压力逼她的父母签字手术。可她好像一个傻子，一点儿也不懂父母的狠心，毫不配合记者的采访，怎么都不愿意将父母的工作单位和电话号码说出来。不仅如此，她还每天捉弄别人，处处闯祸，最后大家都觉着她是狗咬吕洞宾，不识好人心，久而久之，大家也都对她冷落起来。

所有人都以为她不识好歹，顽劣不堪，可是，只有谢云舒知道她不是的。

她从小就缺乏安全感，害怕孤独，渴望朋友，却又不会结交朋友，她的恶作剧只是想引起周围人的注意。她拼了命地去和身边的人发生联系，时间久了，那种捉弄几乎成了一种本能。

许筱苒算得上她的第一个朋友，虽然两人仅仅相处了七天。她不知道怎么去维系一段友谊，以为只要一起做某件事就能天长地久。她同许筱苒说，等许筱苒做完手术，她们就一起去欺负葛漫漫，抢回谢医生，但许筱苒爽约了。

许筱苒手术失败的那天，林梓沫就站在手术室外，抱着胳膊浑身发抖。她盯着轮床上的冰冷尸体，问谢云舒，是不是有一天，她也会这么死掉。

谢云舒没有回答她，他不知道该怎么回答她。她和许筱苒是相似的病情，幸运的是，她的病情要轻很多，手术成功的概率也很大。可她的父母再不签字，她的情况恐怕会比许筱苒更糟。

葛漫漫震惊道："怎么会有父母舍得放弃自己的孩子？"

谢云舒顿了一下，说："林梓沫的父母都是普通职工，一个月的收入最多不过四千块钱。何况家里还有一对正在上幼儿园的双胞胎弟弟，正是用钱的时候。她的手术有风险，大概她的父母怕人财两空吧。"

"重男轻女？"

谢云舒张了张嘴，似乎想说什么，最终淡淡道：“大概吧。”

“岂有此理，怎么会有这么愚昧的人？女孩怎么了，有本事让他们的儿子将来不娶老婆。”

谢云舒望着火冒三丈的姑娘，忍俊不禁：“别人家的事，你至于这么生气吗？”

葛漫漫的脸上还挂着泪珠，吸了吸鼻子，义正词严道：“当然至于！这是对我们女性同胞的蔑视。”

谢云舒微微一笑，拿起一盒拆开的抽纸，递到她面前：“我的手脏，你自己擦擦脸。”

葛漫漫抽了两张纸，拧着鼻子嘟囔：“真想不到，世上竟然还有这么狠心的父母。”

谢云舒愣了愣，面上的暖意渐渐消失，良久，轻笑一声：“唉，这算什么，医院一直是最能暴露人性的地方，隐瞒病情、拿亲属的性命去骗医保，甚至……抛妻弃子。”他不知想到了什么，说到最后几个字几乎是咬牙切齿，目光寒冷如冰。

葛漫漫被他的表情吓了一跳，小心翼翼地问：“你没事吧？”

谢云舒恍然回神，望着她怯怯的眸子，心一软，露出一丝歉意：“抱歉，我想到一些以前的事，失态了。”

谢云舒下午还有手术，陪了葛漫漫一会儿就离开了。临走前，两人约好下班后一起去餐厅吃饭。

正常情况下，谢云舒是五点半下班。因为医生工作特殊，临近下班突然来个病号是常有的事，所以十有八九不能准时下班。葛漫漫空着肚子等到七点，仍不见他的人影，就去他的办公室找。

办公室里只有许亦白。许亦白说谢云舒刚接了一个病号，现在应该在病房做术前谈话，不一定什么时候结束，让她坐下等一会儿。她不好意思。许亦白笑着看她，说都是自己人，别客气。她知道许亦白从一开始就误会了她和谢云舒的关系，本想解释几句，可话到嘴边，不知为何又不想说了。

回病房时，她路过林梓沫的病房，听到里面传出熟悉的声音，发现谢云舒在里面。他大概做完了患者的术前谈话，顺路过来看看林梓沫。

病房的门半开着，葛漫漫站在门口，看见林梓沫半躺在一张靠窗的病床上，身上盖着被子，小小的身子靠在靠枕上，胳膊搭在被子上，袖子卷到手腕，露出突兀的腕骨。因为心脏病发，她本就苍白的小脸上一点血色都没有。她安安静静地躺在那里，好像一个再文静不过的女孩子。

谢云舒问了她几个常规问题，林梓沫心不在焉地回答着，眼睛却一直看着窗外。天色完全暗下来，草丛里的矮灯拉出笔直的射线，挣扎着企图穿透厚重的夜色，却无奈地被强大的黑暗吞没。

林梓沫扭过头，沉默了一会儿，幽幽说了四个字："我想出院。"

她的句子很短，声音不大，但每一个字都足够清晰，谢云舒却好像没听清，写字的笔一顿："你说什么？"

林梓沫深深吸了一口气，似乎下了很大的决心，仰起头，直视谢云舒："我想放弃治疗。"

谢云舒目光收紧，沉声问："你知道你在说什么吗？"

"嗯。"林梓沫点点头，无邪一笑，"其实爸爸妈妈早就想这么做了，只是怕别人说闲话才一直没好意思跟你说，所以，你去跟他们说，就说我的病治不好了，叫他们放弃治疗，好不好？"

谢云舒惊了一下，眼中似有些许挣扎，不过很快恢复平静："对不起，我是一个医生，对每一个家属诚实是最基本的职业道德。"

"我们家根本拿不出那么多手术费，就算留在医院，我最后还是会慢慢死掉，不是吗？"

林梓沫说这句话时声音哽咽，表情充满乞求，好像知道答案，却又仿佛在期待一个不一样的答案。

谁说她傻，明明是再聪明不过的一个孩子。

"对不起，你的要求我不能答应。"谢云舒拒绝了她。

林梓沫脸上露出失望的表情。葛漫漫站在门外，能看见林梓沫的侧脸，不知是不是错觉，她从那失望中看到一丝轻松。

不知出于什么原因，林梓沫的视线再度投向窗外："谢医生，我能问你一个问题吗？"

"嗯，你说。"

她把脸转回来，确认道："你一定会回答我对吗？"

谢云舒收了病历，往前迈了一步，离她更近了："我保证，只要我知道答案一定会回答你。"

林梓沫迟疑了一下，缓缓开口："我死的时候会很痛苦吗？"

大概没想到她会这么问，谢云舒的表情明显有些不自然，拿病历夹拍了一下她的头："小脑袋胡思乱想什么呢？"

"你告诉我好吗？"她的嘴巴倔强地抿成一条线，小手紧紧攥着白色的医用棉被，眉头不自觉地蹙着，眼睛不甘心地看着谢云舒。

不知是否出于愧疚，谢云舒的眼神躲闪了一下，几秒钟的沉寂后，他收回视线，毫不吝啬地吐出两个字："不会。"

"真的吗？"林梓沫坐直了身子，灰暗的眸子里溢出七彩的光，然而不等那道光盛放，门外便传来响亮的否定声。

"才不是！"

谢云舒和林梓沫同时回头。

葛漫漫不请自入，径直走到林梓沫的病床前："他骗你的，人死的时候会很痛苦。"

"喂！"谢云舒伸手去拉葛漫漫的胳膊。葛漫漫瞪了他一眼，甩开他。

林梓沫好像变了一个人，看到葛漫漫，既没有生气，也没有哭闹，只是静静望着她，眼睛里的光转了又转，最后朝她浅浅一笑："那怎么办？我很怕痛。"

葛漫漫坐过来，同她面对面，双手按在她肩膀上，一字一句道："那就活着。"

淡黄稀疏的头发垂在肩头，稚嫩的眸缓缓睁大，漆黑的瞳孔微微收缩，她歪了歪头，露出两颗可爱的小虎牙：“好，我努力试试，漫漫姐。”

直到从病房出来，葛漫漫还处于蒙的状态。

林梓沫叫她漫漫姐，她是不是听错了？

“因为你救了她。”谢云舒一只手插在白大褂的口袋里，另一只手拎着病历夹，眼睛看着前方出神。

“我救了她？”

葛漫漫反应了一下，这才明白谢云舒指的是林梓沫心脏病发的时候，她及时叫来了医生。这不是应该的吗？何况如果不是她对林梓沫穷追不舍，林梓沫也未必会发病。

两人往休息室走去。

“沫沫一直都不知道怎么和人相处，她渴望朋友，所以才努力想引起大家的注意。你越是不理会她，她越是针对你。大家都说她傻，其实，她冰雪聪明，谁对她好，谁对她不好，她分得一清二楚。”说起林梓沫，谢云舒嘴角上扬，语调温柔，就连脚步都不由得轻了几分。

“林梓沫很喜欢你。”葛漫漫听他说完，胸口痒痒的，嘀嘀咕咕，就把心里话问了出来，“你喜欢林梓沫吗？”

“嗯，我挺喜欢的。”

“啊！”葛漫漫露出难以置信的表情。

谢云舒驻足，伸手弹了一下她的额头：“喂，你那什么表情，想哪儿去了？她还只是一个孩子。”

“哦！吓我一跳，我还以为你……”

谢云舒白了她一眼：“你以为什么，我看起来很像那种衣冠禽兽吗？”

“还……还好吧。”葛漫漫傻傻一笑，那感觉好像有一块石头从胸口拿走，顿觉轻松异常。

因为餐厅关门，两人只好点外卖。二十分钟后，谢云舒换好衣服，刚好电话响起来，他下楼去取快递，一份牛肉面、一杯热牛奶。

葛漫漫的病房内，两人挨坐在沙发上。

谢云舒取出牛奶，用手背试了试温度，然后放到葛漫漫面前：“不烫。”

葛漫漫对牛奶完全没兴趣，托着下巴，盯着谢云舒的牛肉面，数片牛肉、半枚鸡蛋，醇香的汤汁搭配一把翠绿的香菜，看起来十分诱人。

许亦白叮嘱过，她半个月内只能吃流质食物和半流质食物，但她身上的脂肪早就开始抗议了。此刻看到牛肉面，她简直像狼见了羊似的。

“这面好吃吗？”葛漫漫没话找话。

“我第一次点这家的外卖，看起来倒是不错。”

谢云舒抄了抄面，吃了一口，腾腾的热气覆了她一脸。

好香，受不了了，葛漫漫吞着口水，想努力移开视线，视线却不受控制地投向牛肉面。

谢云舒瞧出了她的心思，敲敲碗：“你想吃吗？”

“可以吗？”

谢云舒把面推到她面前：“看你可怜巴巴的样子，我允许你吃三口。”

葛漫漫拿筷子的手纠结了一下：“你不会告诉许医生吧？”

“你很怕他？”

“是啊，你不知道吗？他平时嘻嘻哈哈的，人畜无害，其实他可凶了，我见过的。上次有个病人违背医嘱，结果被他骂得狗血淋头。”说完，她才意识到谢云舒和许亦白是一个办公室的同事，她忙捂住嘴，眉毛、鼻子挤成一团，惊恐地看着谢云舒。谢云舒瞧着她胆怯的模样笑了。

对待病患，每个医生都有自己的风格，谢云舒耐心温柔，许亦白严格严厉，不论哪一种，都是为病人着想，没有好坏之分。

但葛漫漫吃人嘴软，挑起一筷子面条，咬断：“所以，还是做你的病人幸福，至少不会挨骂。哇，这个面好好吃！”

谢云舒坐在她旁边，胳膊肘放在岔开的腿上，双手交叉撑着下巴，歪头看着她邋遢的吃相。听着她恭维的话，他心情愉悦，一天的疲劳都烟消云散了。

他起身去拿抽纸，葛漫漫吃完三口，意犹未尽，正准备再来两口，病房的门被人从外面推开。

说曹操，曹操到，许亦白查房来了。

他看到葛漫漫正在吃面，板着脸走过来。

葛漫漫吓了一跳，赶忙放下筷子，从沙发上站起来，低着头像一个做错事的小孩：“许医生。”

许亦白瞟了眼桌子上的外卖餐盒：“哟，一品家的牛肉面，味道还不错吧？”

他语带讽刺，怒气随时可能发作。葛漫漫紧张地用手绞着病号服，目光游移，半晌，指指门后的谢云舒，底气不足：“他叫我吃的……”

许亦白这才看到谢云舒。

“怎么了，我点的外卖，她吃两口有问题吗？”谢云舒手里拿着半包抽纸，一边漫不经心地抽出两张，一边慢悠悠地站到了许亦白对面，直直迎上对方的目光，挺胸抬头，一副剑拔弩张的样子。

许亦白比谢云舒矮半个头，气势上弱了一大截。他看看葛漫漫，又看看谢云舒，一下子熄了火，认尿地点点头，往旁边一退：“OK，完全没问题，您的人我惹不起。”

许亦白查完房便离开了。

葛漫漫松了一口气：“呼，吓死我了，还好有你在。”

说着，她坐回去，端起桌上的牛肉面正要再吃一口，谢云舒扣住她的手腕，挑眉看她：“好了，适可而止，你已经吃过三口了。我虽然没有许亦白那么严厉，但不遵我的医嘱，我也是会翻脸的。”

葛漫漫眨眨眼，不情愿地放下牛肉面，抱起牛奶：“好吧，那我喝牛奶总可以吧。”

谢云舒笑了笑，拿抽纸帮她擦拭嘴角的汤汁，轻声责备：“看你吃的跟什么似的。”

“跟什么似的？”

葛漫漫还在为不能吃面郁闷，仰起头，不开心地嘟起嘴巴，粉嫩的唇正好碰到谢云舒的指关节，肌肤相触，两个人的动作都停下来。

她的个头只到他的胸口，即使坐着，平视的话也能看到他的下巴。光线有些亮，她眯起眼，将他棱角分明的下颌线收入眼底。

用过的抽纸被谢云舒缓缓攥入手心，他伸出拇指，帮她擦掉嘴角剩余的油渍，答道：“跟小花猫似的。”

葛漫漫稍稍抬了一下眼睛，他细长的睫毛弯起来，像一把小刷子，刷得她心底痒痒的，琥珀色眸子看着她，仿佛一汪温泉，浸润她冰冷的皮肤。她的脸颊慢慢热起来，慌忙低下头，就连呼吸都乱起来：天哪，这是怎么回事？为什么她突然觉得胸口窜进来一只兴奋的小白兔？

吃完东西，两人坐在沙发上聊天，聊着聊着说起林梓沫。葛漫漫咬着牛奶纸杯，说想帮帮她。

“你那么讨厌她，还想要帮她？”

“那是之前。”

之前，葛漫漫以为林梓沫是一个飞扬跋扈、没有教养的小女孩，可现在却觉着她很可怜，被父母放弃的孩子，该是抱着怎样的绝望笑出来的呢？

“你想怎么帮她？我们不可能强迫家属出钱手术。”

“如果我们帮她出钱呢？”

谢云舒往沙发上一靠，头枕着手臂，看着天花板：“不说手术成功率和后续治疗费，光动手术就至少要耗费三十万，你觉得现实吗？”

“现在不是有众筹平台吗？”

“我们试过了，但众筹的速度还是要基于现实中的人脉，林梓沫的父母都是普通工人，大多朋友、亲戚的经济情况和他们差不多。他们众筹了很久，也不过杯水车薪。”

“还差多少钱？”

谢云舒被她认真的表情惊了一下，坐直身体，打开微信，发给葛漫漫一个链接。

她打开链接，标准化的页面上有几张病历和化验单的照片，还有一张林梓沫的自拍，是在病床上拍的，穿着肥大的病号服，笑容灿烂，好像冬季里的向日葵。

目标金额30万，捐款次数569次，捐款金额大多在50块以下，最大的金额是谢云舒捐的，3000块，已筹金额8万，完成进度26.66%，还差22万。

葛漫漫沉默了一会儿，眼珠一转：“有了！”

“有什么了？”

葛漫漫翻开电话簿，定位到方黎，在谢云舒眼前晃了晃。

“你不会要找他借钱吧？”

葛漫漫不回答，冲谢云舒眨眨眼，卖个关子。

电话接通，葛漫漫单刀直入。

“黎学长，你的餐厅最近什么时间营业？”

“不确定，厨师最近挺忙的，怎么了？”

“我想在Meet做一期吃播可以吗？”

“我无所谓，我帮你问问厨师什么时候有空？”

“嗯嗯。对了，还有一件事，你帮我问他愿不愿意在吃播里出镜？”

谢云舒坐在一旁，听到电话内容，眉头一皱。

方黎有些为难：“这个恐怕有点难，他不想在公众面前公开身份。”

“为什么？”

“这个不太方便说。”

“那好吧。”葛漫漫有些失望。

方黎说：“你不是有厨师的微信吗？你可以自己问他，如果是你的话，说不定他会破例答应。”

“我，为什么？”葛漫漫不懂。

方黎没有解释就挂了电话。

“你要去 Meet 做吃播？”谢云舒问。

“嗯，我想通过吃播发动一些有能力的人为林梓沫捐款，不过我的吃播收益一般，如果能请到 Meet 的神秘大厨，那情况就不一样了。”葛漫漫蜷缩在沙发上，一脸憧憬，过了一会儿，又想到什么，垂下眼睫，情绪失落，“不过方黎说，他不想在大家面前露面。唉，真可惜。”

谢云舒没有立刻接话，安静地沉思着什么。他拧着眉，脸上的表情换了又换，最终长舒一口气，安慰她：“你先别忙着泄气，方黎不是让你问问他吗？”

身为嘉城市排行第一的餐厅主厨，他从来没在公众面前露过面，怎么可能为了自己破例？眼看计划破灭，葛漫漫郁闷极了。

“那可未必，你不试试怎么知道。”谢云舒说。

“那好吧。”葛漫漫毫不抱希望，摸过手机，打开微信，定位到和厨神的聊天框。

谢云舒见状，起身离开。

葛漫漫打字的手慢下来：“你去哪儿？”

谢云舒笑了笑，拿起桌上的手机，往门外走去：“我有点私事。”

葛漫漫觉得自己一定走了狗屎运，Meet 的厨神竟然真的答应了她的请求。两人约好这周六在 Meet 见面，到时候厨神会亲自出镜，介绍菜品。她几乎能想象当天直播间的火爆场面。

当葛漫漫兴奋不已的时候，厨神发来一条信息。

厨神：“我有个条件。”

果然没有那么简单吗？

葛漫漫：“什么条件？”

厨神：“这次我打算做的食物比较费时间，人太多就会顾不过来，所以到时候 Meet 只能接待你一个人。”

唉，她还以为大神会提什么苛刻的条件呢。

葛漫漫：“（娇羞表情）哇，你专门为我做料理，受宠若惊。对了，我能不能也提一个小小的请求。”

厨神：“嗯。”

葛漫漫：“我能不能多带一个人？”

厨神：“你朋友？”

葛漫漫拿手机戳着下巴，想了一会儿，写道：“差不多，他勉强算我男朋友吧。”

厨神：“……”

和厨神聊完，葛漫漫的心情好极了，盯着聊天记录里“男朋友”三个字傻笑了半天。

突然她想起什么，趿上拖鞋就往外跑。谁知刚出门，她眼前一暗，撞上一堵人墙。

葛漫漫没防备，重心一歪，向后倒去，幸亏来人出手迅速，及时揽住她的腰，她才不至于跌倒。

“咝——”强烈的撞击拉扯到刀口，葛漫漫倒吸一口气，睁开眼，正对上谢云舒琥珀色的瞳仁。

她被他一只手圈在臂弯里。她的腰很细，不盈一握；他的皮肤白净，完全看不出是在医院这种高压环境下工作的人。两个人面对面，离得很近。她的手撑在他的胸膛上，几乎能感觉到里面传出来的震动，她应激反应了一下。他的心跳得很快，仿佛有一根无形的线连接着她的心脏，她的心跳也跟着快起来。

“你撞到刀口了？”

她的脸一红，急忙站直了身体，点点头。

“我看看。”

谢云舒眼底的担忧十分明显，抬手就要去掀她的衣服。她的脸更红了，急忙摆摆手：“没事，没事，就碰了一下。”

谢云舒意识到自己的唐突，耳朵渐渐染上一层绯色，他尴尬地挠挠太阳穴，岔开话题：“你跑这么急去哪里？”

葛漫漫蓦地想起正事，抬起头：“你去哪儿了，我正要找你呢。”

“你找我，什么事？”

“这周六你能不能调个班？”

“调班？”

“对。”葛漫漫点点头，嘻嘻一笑，“我带你去 Meet 吃一顿大餐。”

谢云舒愣住了，好一会儿，他漂亮的眉梢如清风般扬起：“好，这周六我刚好休班。”

这次换葛漫漫愣住了，目光像灶王糖般黏在谢云舒的脸上，胸口“怦怦怦”地乱撞个不停。奇怪，她今天是怎么回事，为什么老是感觉胸口憋闷、呼吸不畅？难道是生病了？她是不是要去心肺科挂个号？

周五晚上，葛漫漫和唐楠楠视频通话。

唐楠楠问葛漫漫什么时候出院，葛漫漫告诉她明天拆完线就办出院手续，然后去 Meet 录直播。

得知葛漫漫可以一睹神秘大厨的真容，唐楠楠羡慕极了，问葛漫漫能不能带她一起。

葛漫漫看她可怜巴巴的样子，给厨神发了一条微信，问能不能多带一个朋友，过了好久不见回复，葛漫漫只好打电话给方黎。方黎听了，问也没问厨神，直接做主同意了。

两人约定了见面时间，唐楠楠说明天要先去宠物医院给“蛋挞”打疫苗，就不能去医院找她了，两人直接在 Meet 见面。

“蛋挞是谁？”

“我的猫。”

“猫在哪？”

“就是它。”说着，唐楠楠抱出一只巴掌大的小猫，雪白的毛，只有尾巴上有几处灰色点缀，脚底的肉垫粉嫩粉嫩的。

“好萌！”

“对了，漫漫，你不是一直想养一只猫吗？”

原来，这只猫是唐楠楠前几天在路上捡的，她觉得可怜就带它回家了。可惜林旭不喜欢猫，让她赶紧扔掉。她不忍心，一直没舍得扔，想着给小猫找一个新主人。

葛漫漫从小就喜欢猫，和唐楠楠合租的时候就想养一只猫，因为各种因素一直没养成。

葛漫漫有些心动，但想到谢云舒又有点犹豫。据她所知，大部分医生都不喜欢在家里养小动物，何况谢云舒还是一个深度洁癖患者。她甚至能脑补出谢云舒一边弯腰铲猫屎，一边杀气腾腾瞪她的场景。她打了个寒战：“还是算了吧。”

唐楠楠有些失望。

葛漫漫给她出主意：“要不你问问方黎，反正他闲着没事。”

周五晚上，谢云舒值班。第二天一早，他陪葛漫漫去门诊拆完线，办了出院手续后，就不见了踪影。

离约定好的直播时间越来越近，葛漫漫给谢云舒打电话，他说有突发事件要处理，让她先去，他处理完就过去。

挂断电话，葛漫漫心里空落落的。她收拾好东西，走出医院大门，一辆白色揽胜停在路旁的车位上，鸣了几声喇叭，车窗缓缓降下来。方黎戴一副墨镜，瘫在驾驶座上，懒懒散散地朝她招手。

“你怎么来了？”葛漫漫上车，扣好安全带。

“受人所托。”车子没有立刻发动，方黎烟瘾上来，点了一支香烟。

“咯咯。”葛漫漫被呛得咳嗽了两声，打开车窗，拿手扇了两下，

“你受谁所托？”

“你猜？”方黎贼兮兮一笑。

葛漫漫想了想，眼睛一亮：“难道是厨师大人？”

方黎笑而不语。

葛漫漫当方黎默认，双手合拢，脸颊贴在手背上，做憧憬状。过了一会儿，她睁开眼：“对了，黎学长，你能不能跟我说说他长什么样？是老是少，是胖是瘦，是高是矮，也好让我有个心理准备。”

方黎拿出手机：“你等一下，我记得之前偷拍过他一张照片的。”

“真的吗？”

方黎的胳膊肘靠在车窗上，一只手夹着烟，另一只手往下翻着相册，过了好一会儿，手指顿住：“找到了。”

“给我看看！”

方黎把手机递给葛漫漫，葛漫漫两眼发直：“难道他是 Meet 的厨师？”

只见照片中是一个男子的背影，他系着围裙，拿着汤勺的手自然下垂。宽肩、窄腰、大长腿，看起来和方黎的年纪差不多。

天哪，这哪里是厨师，这明明是男神！厨师不都是一脸油腻和蔼可亲的中年大叔吗，怎么和她想象的完全不一样？

“感觉如何？”方黎问。

葛漫漫的脑子有点短路，莫名回想起网上最近流行的一句夸男生帅的话：“这身材看起来十分有‘食欲’。”

方黎大笑，痞里痞气地挑挑眉毛：“哈哈，好，我记住你说的话了，一会儿见了真人，你不要后悔。”

葛漫漫眼皮一跳，为什么她有种不祥的预感？

方黎掐灭烟头，打转向灯，起步，快到 Meet 的时候，他漫不经心问了一句：“你不是说唐楠楠要来吗，人呢？”

“她有事，晚一点到。”说完，葛漫漫像是想起什么，翻出一张照片，“对了，我这儿有只猫，长得特别可爱，你没事帮忙养养呗？”

“不养。”方黎斩钉截铁。

“你还没看呢。”

“还用看吗，我开的是餐厅，怎么可能养阿猫阿狗这些乱七八糟的东西？宰了吃还差不多。粤菜里有一道‘龙虎凤’，你听说过吧？”

葛漫漫：“……”

Meet 今天不对外营业，方黎把车开到后院门口。

刚下车，葛漫漫就闻到一股鱼肉的清香。她的厨艺不算好，但嗅觉敏锐，仔细闻，还可以分辨出鱼汤中放了牛奶。

厨神已经到了。

方黎锁了车跟过来，拍了一下葛漫漫的肩膀：“你愣着干吗，进去啊，你不是一直想见厨神？”

厨房在二楼。葛漫漫跟在方黎身后，穿过一条采光良好的长廊，在厨房外顿住脚步。厨房的门往里开，旁边墙上挂着“非请勿入”的标识，门里飘出浓郁的鱼香以及阵阵切菜声，声音密集却有条不紊，听得出对方的刀工已经炉火纯青。

“走吧，你来见见你家厨神。”方黎说完，意味深长地看了她一眼，从容地跨了进去。

葛漫漫抬起脚又收回来，她之前几次想偷偷闯进里面，无奈都被方黎无情地拦住，如今没了阻拦，她反而有点胆怯了。

她有种粉丝见偶像的感觉，既期待又紧张，想好的见面词在心里默念了十几遍。她深呼吸一次，正要大步挺进去，冷不丁听到里面传出一系列对话：“她来了？”

“是的。”

“人呢？”

“她在外面。”

“怎么没进来？”

“要见厨神，紧张呗！”

等一下，这个和方黎对话的声音怎么那么像谢云舒？

葛漫漫的脑子里闪过一个不可思议的念头，那张照片里的背影以及先前……

“你又没见识过我的刀工，怎么知道这个厨师的刀工比我的厉害？”

“那当然，他可是嘉城市美食圈排名第一的 Meet 餐厅的神秘大厨，生于烹饪世家，得过好多国际奖项。”

“谁告诉你的？”

“当然是 Meet 的老板亲自告诉我的。”

“好吧，希望这个 Meet 的神秘大厨的真实身份不让你失望。”

“那我比起 Meet 的主厨如何？”

“那还用说，你也太自信过头了，人家可是厨师世家出身。”

“你这评价明显带有个人感情色彩，一个美食主播不应该对食物持有客观公正的评价吗？”

“哪有，你才是嫉妒心理。”

“我懒得跟你说。”

“你不是有厨师的微信吗？你可以自己问他，如果是你的话，说不定他会破例答应。”

葛漫漫低着头，脑中的一个个场景如同一幅幅散乱的画，虚浮中，一条线忽地出现在她眼前，她寻着线索，慢慢将它们串联起来。

难道说……

“葛漫漫。”出神间，一个熟悉的声音自头顶传来。

她的眼睛蓦地睁大，视线定格在那双黑色的皮鞋上，慢慢上移，修长的腿、挺阔的胸膛以及那个温柔得如同浮在云朵上的笑容，不是谢云舒又是谁？

“你怎么会在这里？”答案近在眼前，葛漫漫却不敢相信。

谢云舒上身穿一件白色打底衬衫，外面套一件暗红色V领线衫，袖子卷到小臂以上，右手拿一把切肉刀，刀尖对着地面，腰间系着雪白的围裙，俨然一副主厨的姿态。

“你不是一直都想见我吗，怎么不进来？”

他站在那儿，微微笑着，如芝兰玉树，挺立在广阔无垠的星空下。她仰头望他，只觉心底一泓清泉流过，所经之处，春暖花开。

“你就是Meet的神秘厨师？”葛漫漫的眼睛瞪得像铜铃。

“是。”他点头，正面给了她肯定的回答。

她愣了半天，怀疑地看他一眼，绕过他，走进厨房。

只见厨房内各色厨具摆放整齐，各司其职，目光所及，没有一丝灰尘。方黎靠在橱柜旁，从菜架上随手抽出一根黄瓜，拧开水管，胡乱冲了一下，咬一口，抱着胳膊，兴趣盎然地看着她。

她四下望去，再三确认厨房里没有第二个厨师后，心底的怀疑才渐渐退去，取而代之的是疑惑不解。

谢云舒似乎猜出她的心思，走过来，垂首低声说：“对不起，之前有私人原因，我一直瞒着你。”

葛漫漫愣了愣，咫尺之遥，她能看见他泛青的下巴。她摆摆手，说：“没关系，我知道你一定有自己的原因，不是有意瞒我的。”

谢云舒看着她，目光随之软下来。

“怎么样，我说什么来着，你见了真人可不要后悔。”方黎手里握着半根吃剩的黄瓜，朝葛漫漫贱兮兮一笑，转而望向谢云舒，“话说谢大厨，你知道我刚给她看你那张背影照时她说什么吗？”

葛漫漫闻言，脸一下子涨得通红，毫无形象地冲到方黎身上，趴在对方怀里，踮着脚捂住他的嘴，尖叫一声：“不许说！”

方黎的嘴巴被堵了个严实，往后倾着腰，张开胳膊，偏头一脸无辜地看向谢云舒，那眼神似乎在说：你看到了，我没动手，是她自己扑过来的，不关我的事。

谢云舒不说话，板着脸，不悦地看着方黎。

就在这时，门外传来细碎的脚步声。不过一会儿，一个背着单肩包、烫着淡黄色波浪鬈发的姑娘走进来："呀，原来你们都在这儿！"

几人的视线同时看向来人。

"唐楠楠。"葛漫漫最先叫出声。

"你们……"唐楠楠胸前抱了一个大纸箱，目光逡巡一圈，落在葛漫漫和方黎身上。

方黎眼神一变，迅速站直了身体，拎着葛漫漫的后衣领往旁边一扔，然后抓抓脑袋，一声讪笑："别误会，我们闹着玩。"

方黎走到水管前，快速冲把手，在屁股上一抹，冲着唐楠楠怀里的大纸箱走过去："我帮你拿。"

唐楠楠不好意思地推脱一下："没事，不沉。"

箱子里的东西动了动，方黎一脸奇怪的表情："什么东西？"

唐楠楠说："葛漫漫没跟你说吗？我之前捡到了一只流浪猫，林旭不喜欢，一直没找到合适的主人。"

方黎愣了片刻，一拍大腿："放我这儿啊！"

唐楠楠："可以吗？"

"当然啦。"方黎连忙接过纸箱抱在怀里，低头看着这只雪白的小野猫，"都说猫是最忧郁的动物，我最近正想买只猫来增加我餐厅的文艺气息呢。正好，你把它放我这儿，保证养得白白胖胖的。"

唐楠楠一脸惊喜："真的吗，我可以经常来看它吗？"

"随时欢迎！这屋油烟味重，我们去外面说。"

"好的。"

葛漫漫："奇怪，我是不是哪里得罪黎学长了，我怎么觉着黎学长好像在针对我？刚刚他还跟我说餐厅绝对不能养小动物。"

谢云舒："……"

Meet 的包厢各具特色：有古朴典雅的东方式房间，也有高贵文艺的西方式房间；有简约大气的商务风房间，也有温馨甜蜜的少女风房间。

葛漫漫选了一个生活气息浓郁点的房间。墙壁是米黄的暖色调，一侧墙上不规则地挂着几个大小不一的相框；餐桌是实木材质的长方形家用餐桌，能坐六个人；除此之外，还有吊椅、懒人沙发，看起来就是一个精心布置的一居室。

为了这次吃播，葛漫漫特意回去取了设备，大屏笔记本、专业摄像机、高收音麦克风、便捷遮光板。摄像机对准自己，调整好遮光板的角度，立好麦克风，连接上笔记本。一切准备就绪后，她打开了摄像头。

因为提前放出话，这次直播会请到 Meet 的神秘大厨，所以直播间的观众空前多。葛漫漫对着屏幕甜甜一笑，说了几句暖场的话，开始进入今天的正题。

早在这次吃播之前，葛漫漫就征得了林梓沫的同意。她先介绍了一下林梓沫的情况，随后把众筹链接挂在了公屏上，承诺今天的打赏会毫无保留地打到林梓沫的账户上。

和一些签约主播比，葛漫漫的粉丝不多，好在她没有复杂的人际关系，在观众心里的人设比较干净单纯，说完不久，便收到几笔小额打赏。她一边跟大家道谢，一边关注着弹幕上的信息。

“这个就是 Meet 的厨师吗？”

“厨师来了！”

“终于能看到 Meet 大厨的真容了，激动！”

方便起见，葛漫漫连接了两个输出设备，笔记本用来看直播画面，手机用来看弹幕，见弹幕密集起来，她的视线迅速投向直播画面。

包厢门没关，谢云舒推着餐车进来，因为摄像机的角度问题，照不到他的脸，只能看到胸口以下。

葛漫漫的嘴巴不自觉地翘起来，对着镜头故作神秘：“看来我们的嘉宾已经准备好出场了，温馨提醒一下，见了厨师，大家不要惊讶哦。”

说完，她起身从三脚架上取下摄像机，画面一转，镜头对准了谢云舒的手：“我先让大家看看大厨的手长什么样子。”

“看起来年龄不大耶！”

“这真的是厨师的手吗？我读书少，你不要骗我。”

“一双十指玉纤纤，不是风流物不拈。”

葛漫漫边笑边念出弹幕里的评论。她不得不承认，谢云舒的手的确好看。在她的印象中，外科医生的手一般长得特别粗壮，和“好看”一词根本搭不上边，谢云舒却是一个例外。他的手白皙、修长，说是钢琴演奏家的手都不足为过。

提示：“加了糖的盐”进入直播间。

提示：“你是我的小甜饼”进入直播间。

提示：“点我一下吧”进入直播间。

葛漫漫一只手抱着摄像机，一边低头看着手机上的提示，人数还在不断增加。一直以来，作为自由人存在的她，虽然靠着自己的努力吸引了不少粉丝，但像今天这种观众蜂拥而至的情景还前所未见。她禁不住内心的激动，一时只顾着看满屏滚过的弹幕，忘了手里的事。

“宝贝儿，你再不给我镜头，我的开场白都忘了。”

谢云舒的声音放得低低的，带着磁性，令人心痒。那声“宝贝儿”叫得极其自然，好像一个叫过千百遍的称呼，平淡中藏着宠溺，被麦克风真真切切地收入直播间。

“宝贝儿？”

“我错过了什么吗？”

“太轻浮了！不知道我们漫漫有男朋友了吗？”

毫无悬念地，直播间炸开了锅。一时粉丝愤怒，路人吃瓜，弹幕一层叠一层，几乎看不清说了什么。

葛漫漫蒙了一会儿，才反应过来谢云舒是在叫她，明知道他是在配合自己演戏，仍不由自主红了脸。

“宝贝儿，你再不跟大家解释一下，我跳进黄河都洗不清了。”

呵呵，他还来劲了！这位演员，麻烦您加戏之前能先跟您的partner（搭档）商量一下吗？

“好了，废话不多说，让我们一起看看Meet厨师的庐山真面目。亲爱的，跟大家打个招呼吧。”

葛漫漫笑着走到谢云舒身边，往谢云舒肩膀上一靠，一只手举着摄像机，一只手挽起谢云舒的胳膊。

“大家好，我是漫漫主播的男朋友，Meet的主厨。”

葛漫漫：“完了？”

谢云舒：“完了。”

直播间寂静片刻后，沸腾起来。

“漫漫主播的男朋友竟然是Meet的主厨？”

“我要去把这条新闻卖给电视台！”

“羡慕！”

…………

大家刷了一会儿评论，弹幕渐渐平静，话题终于转向今天的菜色。

既然是Meet大厨的作品，自然值得期待。然而菜品端上来，揭开盖子后，葛漫漫愣住了，只是……一碗玉米粥？

弹幕躁动起来。

葛漫漫狐疑地看了谢云舒一眼。

谢云舒接过话：“漫漫主播做完手术不久，这是我特意为她做的病号餐。”

啊，病号餐？

葛漫漫有种骂人的冲动。要知道她叫谢云舒来，主要是想让他帮忙吃啊。她知道自己还没恢复正常饮食，可作为吃播主播，很重要的一点就是吃的食物要花哨。身为Meet的大厨，又是第一次出镜直播，她原以为大厨一定做一顿饕餮盛宴，千算万算却没算到厨师是谢云舒，更没算到他做了一上午，竟然就做出这么一碗玉米粥。

谢云舒见她不动，端起碗，盛了一小汤匙粥，送到她嘴边。

食物不行，互动来凑？

饕餮盛宴变成一碗玉米粥，葛漫漫心里的落差有点大，盯着眼前看似平平无奇的粥，心想，考验她演技的时候到了。她把之前学过的展现食物美味的动作细节暗暗复习一遍，面带微笑地张开嘴。

“哇哦……”

浮夸的词汇尚未说出口，入口浓郁的鱼香气息就在口腔中蔓延开来。唇齿闭合间，她不经意咬到一粒完整的玉米，宛如岩浆爆破，有什么破壳而出，滑滑的，嫩嫩的，口感绵软，还来不及吃出是什么，就沿着食道落进胃里。她只觉得自己犹如置身温泉中，隔着古朴的雕花屏风，外面大雪纷飞，里面春日盎然，她惬意地枕着石头，躺在缓缓的水流中，悠闲地喝着酒。

一口吃完，意犹未尽，她夺过谢云舒手里的粥碗，一口接一口，停不下来。

“你慢点吃。”

粥里有淡淡的酒香，应该掺了啤酒，可啤酒是凉性的，这粥吃进胃里却暖暖的，一丝凉意都没有。还有，只是一碗普通的粥，就算用鱼汤煮的，也不可能有这么浓烈的鱼肉味，这口中经久不散的鲜鱼味是怎么回事？

“好吃！”

千万浮夸的词汇，到最后只剩下两个最简单的字眼儿。葛漫漫甚至忘记了自己在做直播，忍不住问：“这是怎么做的？”

谢云舒笑了笑，没有卖关子，对着镜头大大方方讲解起来。

“这碗粥叫鱼汤玉米珍。”

鱼汤玉米珍，简单来说，就是用鱼汤熬成的浓玉米粥，熬制这种浓粥的秘诀就在于要在玉米粒上下功夫。

谢云舒用勺子舀出一粒玉米，把它放在食指上，从口袋抽出一把极小的水果刀，将玉米粒居中切断，有泛黄的液体从里面流出来。

葛漫漫一惊，细细回味着刚才的口感，是酱汁、鱼肉和生姜末！他竟然把这些东西填充进了玉米粒里！

因为熬制鱼汤时要加入啤酒提鲜，可啤酒是凉性的，加少了，鲜味不足，加多了，对胃病患者不友好。为了抵消啤酒的凉性，他选择了暖胃的生姜。为了不让鱼汤的味道太冲，他选择将生姜末、鱼肉和酱汁一起打成泥，塞进软化的玉米粒中，随后再放回锅中，继续蒸至十分熟。

在小小的玉米粒上动刀，这几乎是不可能完成的任务，直播间里的观众惊讶极了，屏幕上一串弹幕飘过。

“请问主厨认识江良骥先生吗？”

关于江良骥这个人，葛漫漫早有耳闻，美食圈和厨师界的人几乎都知道他。他当年凭着一道“藏心”夺得亚洲金厨师奖，用的便是这种在玉米粒上作业的手法，据说这道菜的灵感来源于他身为外科医生的妻子。因为这道菜，他也被称为厨师界的手术师，可令大家想不到的是，他竟然在事业顶峰的时候突然销声匿迹，过去了这么多年，没有人知道他去了哪里。

谢云舒看到这条弹幕，笑容明显一僵，低下头没说话。

葛漫漫拿手肘捣捣谢云舒的胳膊：“大家问你呢。”

餐桌下的手紧紧攥着，骨节因用力泛着青白。良久，谢云舒像平时那样客气一笑：“略有耳闻。”

葛漫漫又同粉丝们互动了一会儿，谢云舒脸上的表情越发僵硬。她察觉出他的异常，简单说了几句结束语便关了直播。

“怎么了？”葛漫漫担心道。

谢云舒牵动嘴角，答非所问：“直播录完了？我去收拾一下厨房。”说完，他推着餐车快速离开。

葛漫漫追出来，方黎和唐楠楠正在大堂里逗猫。

桌上放着吃空了的碗，见葛漫漫出来，唐楠楠抱着猫迎上来：“真想不到谢医生就是这里的主厨。”

葛漫漫含糊应着，眼睛一眨不眨地盯着厨房的方向。

Chapter 10
主持人大赛

得益于谢云舒的助阵，这次吃播收到的打赏是平时的几倍，加上圈内好友纷纷转发众筹链接，带头捐款，一天之内就筹到了七万多块钱。

当葛漫漫考虑要不要趁热打铁多做几场吃播的时候，林梓沫的父母居然带着钱去医院签字了。他们说是一个不愿意留名字的好心人往他们账户上打了二十万块钱，这才凑足了手术费。

那天，葛漫漫见到了林梓沫的父母，和想象中重男轻女的父母不同，那是一对看起来很善良的中年男女，看女儿的眼神充满了慈爱与愧疚，葛漫漫看得出那眼神绝对不是装出来的。

难道仅仅是因为缺钱吗？为什么呢，明明这么爱孩子，他们却舍不得花钱给孩子看病？她知道林梓沫家的经济条件不好，但凑一凑，借一借，大不了卖了房子，一家人日子过得苦一点，总比失去亲人强吧。

“那是他们的选择，我们无权干预。”谢云舒平静道。

彼时，葛漫漫站在病房外，看着病床上母女俩其乐融融的画面，笃定道：“如果我生病了，我爸妈就算砸锅卖铁都会给我治病。”

“不一样，你父母就你一个孩子，林梓沫还有弟弟。更何况，林梓沫不是这对夫妻的亲生孩子……”

林梓沫的手术安排在一个星期后，由谢云舒主刀。

手术当天，一切进行得十分顺利。术后二十四小时，林梓沫生命体征稳定，转入普通病房。

葛漫漫来医院看林梓沫。和以往的冷清不一样，她的父母和两个双胞胎弟弟都在。两个弟弟五六岁的模样，不懂事，在姐姐病床前打打闹闹的。母亲眼眶红彤彤的，泛着泪意。父亲沉默地坐在一旁削苹果。好在她已经苏醒过来，拉着妈妈的手，眼中有藏不住的笑意。

葛漫漫想起谢云舒告诉自己的事——林梓沫并不是这对夫妻的亲生女儿。林梓沫的父母结婚多年，一直没有孩子，后来在孤儿院里领养了她。起初，林梓沫的父母对她很好，就在她十岁这年，她的母亲竟然意外怀孕，生下了双胞胎弟弟。有了双胞胎弟弟后，父母对她的关注明显少了很多。街坊邻里逗她，说她爸爸妈妈有了自己的孩子就不会要她了。她性格敏感，从那时候起性子就变得古怪起来，在家小心翼翼地做父母的乖乖女，在外时却常惹是生非。

谢云舒说：“三十万对于林梓沫家这样的家庭简直是天文数字，先不说手术风险有多大，就算手术成功，三十多万的负债也足以让这个家庭十年内直不起腰。不拿钱，他们会觉得对不起养女；拿了钱，他们会觉得对不起亲生儿子。所以，谁也说不清，对他们来说，哪一种选择才是对的。”

葛漫漫不太同意他的话，反驳道：“如果病重的是你的亲人，你也能说得这么从容吗，你也能说出不知道哪一种选择才会是正确的吗？”

“不能。”

葛漫漫没想到谢云舒回答得那么干脆，他靠在墙上，仰头沉默。不知是不是错觉，有一瞬间，她似乎从他深邃的眼神中看到了一点一闪即逝的晶莹。

双胞胎的嬉闹声把葛漫漫拉回现实。林家人得知她就是葛漫漫后，都十分感激她，拉着她的手千恩万谢。她有些尴尬，不知道该怎么去面对这样一对复杂的父母。

林梓沫躺在病床上，甜甜地叫她漫漫姐。她还是有点不习惯，她从未见过这么乖巧的林梓沫。

趁林梓沫父母被谢云舒叫走的时候，葛漫漫走到林梓沫身边，揶揄道："看不出来，你还是一个这么可人的小姑娘，怪不得谢云舒这么喜欢你。"

"漫漫姐，你过来，我跟你说一个秘密。"

"什么？"

"其实，我一点都不喜欢谢医生，他太老了，我更喜欢小鲜肉。"她说着，朝她露出一个古灵精怪的笑，"所以，别担心，我不会跟你抢谢医生。"

葛漫漫睁大了眼睛："说什么呢，我都说过多少遍了，我不是谢云舒的女朋友。"

"你不喜欢谢医生？"

葛漫漫羞红了脸，结结巴巴道："当……当然不喜欢了！他这个人不仅有洁癖，还喜欢生气，动不动就凶我……哦，对了，他还喜欢到处拈花惹草。你看他对院里的护士，整天笑得色眯眯的。"

林梓沫惊奇地瞪大了眼睛，咧嘴一笑："我懂了。"

"你懂什么了？"

"秘密。"

"你笑什么？"

"没什么，你果然好笨哟。"

葛漫漫的嘴角抽了抽。呵呵，看吧，她就知道，江山易改，本性难移。刚才还漫漫姐长，漫漫姐短，这会儿就开始骂她笨了？

她摇摇头，无奈一笑。

林梓沫，真是一个让人看不透的女孩。

探望完林梓沫，葛漫漫顺便去做了术后复查。

“你恢复得不错。”

办公室里，许亦白关了背光板的灯，抽下 X 光片。葛漫漫刚要松一口气，谁知他再次开口，问：“你是吃播主播？”

“是的。”

“哦，那你可能要换一个职业了，以你现在的身体条件，恐怕很难在这个行业里继续混下去了。”

大多数吃播，尤其一些有偿的商业推广，对所吃的食物数量一般有特定要求，就算没有数量上的要求，在种类的要求上也必定繁多、新奇。而胃病患者须要少食多餐，早在做完手术的时候，她就想到过这个问题。后来和谢云舒一起做了一期只有一碗粥的吃播后，粉丝暴增，那时她还心存侥幸，后来才发现，那不过是一时假象。她的厨艺根本达不到谢云舒的水平，不可能次次寄期望于谢云舒做出博人眼球的食物。于是，随着她吃播次数的减少、所吃食物的单调，她的粉丝也迅速减少。许亦白说得对，她的确已经不适合吃播这个行业，可当面听人说出来，她还是很难过。

“我明白了，谢谢许医生。”

见她情绪低落，许亦白调侃她：“女孩子嘛，就该懂得享受，你家谢云舒能干得很，让他养着你，你只管花钱就是。”

她牵动嘴角，勉强一笑，再不想多解释一句，转身逃出办公室。

从医院出来，葛漫漫闷得慌，给唐楠楠打电话，想找她安慰安慰自己。没想到，电话刚接通，另一头传来唐楠楠醉醺醺的声音。

“漫漫，我想有个家怎么这么难呀？”

两个小时后，葛漫漫出现在唐楠楠家。

这还是葛漫漫第一次来唐楠楠家，确切地说，是林旭的家。林旭为了上下班方便，把房子买在了高新区，唐楠楠为了照顾他，辞了市中区的工作，搬来照顾他。

林旭虽然是一名室内设计师，但对自己的房子似乎不怎么上心，从客厅到卧室都是很简单的大众装潢。房间倒是很干净，物品摆放也整齐有序，唐楠楠的东西摆放得体，完全不像和葛漫漫一起时那样邋遢。

不过眼下，唐楠楠却喝得醉醺醺的，如一摊烂泥般瘫在葛漫漫身上，地毯周围乱七八糟扔着七八个空啤酒瓶："都怪那个贺经理，什么时候不好，偏偏安排林旭这个时候去国外学习。"

"行了，你别喝了。"葛漫漫用力掰开唐楠楠的手，奋力抢下半瓶啤酒，在她只言片语的醉话中总算弄明白发生了什么。

唐楠楠和林旭本来打算这个月订婚的，戒指、酒店什么的都订好了。但林旭的上司突然通知他有个去法国培训的机会，对未来的晋升大有助益，不过日期和他的订婚日子冲突了，问他是放弃还是去。他考虑着反正还没通知亲朋好友，就在没同唐楠楠商量的情况下，直接把订婚典礼取消了，还跟她说订婚仪式不重要，大不了结婚的时候隆重一些就是了。唐楠楠不乐意，跟他大吵了一架。他一气之下，直接睡在公司，已经两天没回来了。

"漫漫，我觉得林旭变了。"

葛漫漫起身给她倒了一杯茶，喂她喝。她喝了两口，全部呛了出来。葛漫漫拿纸巾帮她擦衣物上的水渍。她推开葛漫漫的手，抱住葛漫漫哭起来。

"我们从小一起长大，妈妈出事后，他是我唯一的依靠。他总说什么想给我更好的生活，可我什么都不想要，什么房子、车、钱，全是狗屁。我只想要一个完完整整的家，他怎么就是不理解我呢？"

"你发烧了。"葛漫漫碰到唐楠楠的额头。

"有吗？"唐楠楠大着舌头。

"你把退烧药放哪儿了？"

还好唐楠楠有备常用药的习惯。

葛漫漫重新倒了一杯热水，挤出药片放在唐楠楠的手上，看着她吞了下去才稍微安心。看看时间，八点多，早过了吃晚饭的时间，林旭却连个影子都不见。

“林旭，林旭，你整天就知道林旭！你生病了他都不知道，他到底哪里好，我看你俩分了算了。”

“不许你说他的坏话。”唐楠楠本来好好地在沙发上躺着，听闻葛漫漫的话，立即坐起身，红着眼瞪向她。

“干什么，你还想为了一个男人打我？”

唐楠楠瞬间软下去，跪坐在沙发上：“其实他也挺好的，就是事业心重了点。男人嘛，总要有自己的事业嘛，对不对？”

她直勾勾地看着葛漫漫，仿佛在乞求对方的认同，见葛漫漫不说话，她急忙又说：“而且林旭他很专一的，他从小到大都没看过别的女孩子一眼，他还说他这辈子只喜欢我一个人。”

葛漫漫按着她的肩膀，把她按回沙发里：“对，你说得对，先躺下，盖好毯子行吗？大小姐。”

她好说歹说，唐楠楠刚躺好，又从沙发上折腾起来：“对了，我前天那么跟他大吵大闹，他肯定气坏了，我得给他打一个电话。”

葛漫漫一把抢过她的手机，恨铁不成钢：“明明是他不对，你能不能有点出息？”

唐楠楠双手合十：“求你了，漫漫，我都好几天没看见他了，我好想他，你就让我给他打一个电话吧。”

“你别逼我骂人行吗？”

唐楠楠不说话，硕大的泪珠滚滚而落。

“不至于吧？”葛漫漫坐在那儿，看了她一会儿，最终没狠下心，抓起她的手解开指纹锁，翻到林旭的手机号码，叹了一口气，“真是败给你了，一会儿你别说话，我来说。”

唐楠楠捂着嘴巴，狂点头。

电话接通。

葛漫漫看了唐楠楠一眼，沉声问：“你在哪儿呢？”

电话那头传来林旭的声音，听起来睡意蒙眬：“我赶了一天一夜的设计图，刚交上，准备睡一会儿。你不是不理我了吗，怎么想起给我打电话？”

“今晚你回来吗？”

电话那头的人顿了一下，声音忽地警惕起来：“等一下，你不是楠楠，你是谁，怎么拿着她的手机？”

“我是她的朋友，楠楠生病了，你回来吧。”

“你们现在家里？”

“是啊。”

“你帮我照顾一下楠楠，我马上回去。”

挂了电话，葛漫漫有些意外，林旭倒是出乎她预料地担心唐楠楠呢。

唐楠楠在一旁傻笑：“我就说吧，林旭人很好的。你也赶紧找一个喜欢的人结婚吧，别太拼了。”

葛漫漫呆了呆。

“怎么了，你是不是已经有喜欢的人了？”

葛漫漫的脸没由来地一红：“行了，管好你家林旭吧。”

十分钟后，林旭到家，刚进门，唐楠楠就饿虎扑食似的扑了上去。

葛漫漫之前见过林旭几次，是一个颇有干劲的男人，大概刚赶完设计稿，穿着满是褶皱的西装，看起来疲惫极了。

林旭客气地留葛漫漫吃晚饭，她见两人已经和好，不好意思多留，就随便编了一个理由拒绝了。林旭听了，没多说什么。

她从小区出来，九点二十五分，高新区的公交停得早，她正想着该去哪个方向打车，电话就响起来了。

是谢云舒打来的。

“你还没回来？”

“我刚从唐楠楠家出来，还没打上车。”

“你在高新区？”

“是的。”

“太晚了，打车不安全，我去接你。”电话里传来走动声和衣料的摩擦声。

“不用，太远了，你开车过来要一个多小时呢。”葛漫漫连忙拒绝。

“你找一家暖和的店等我，别乱跑。”谢云舒用的是陈述句，没有给她商量的余地。

葛漫漫找了一家还在营业的咖啡店，店里人不多，她不好意思蹭坐，翻了半天菜单，也没找到她能喝的东西，就点了一杯拿铁咖啡，说等下走的时候打包，然后挑了一个不起眼的角落等谢云舒。

她心情不好，在大学群里发了一张“求聊天”的图片，很久没人回复。她翻开手机通讯录，视线停留在“妈妈”一栏上，几经纠结，最终也没拨下去。

她索性打开吃播 APP 的私信箱，一封封回着粉丝们的来信，不一会儿时间就过去了。手机屏幕亮起来，来电提示是谢云舒。

“我到了，出来吧。”

她拎着咖啡出去，谢云舒的车就停在店外。

她拉开车门，把咖啡递给他：“拿铁的，喝不喝？”

谢云舒接过咖啡，逗她：“你没偷喝吧？”

她白了他一眼：“当然没有，我可不想再进医院了。”

车里的暖气开得很足，北方的冬天，屋里屋外冰火两重天。葛漫漫关好车门，系上安全带。

车子缓缓启动。

葛漫漫的脑袋靠在玻璃上，时而闭上眼，时而睁开。

“睡吧，到家我叫你。”

谢云舒还以为她困了，实际上她一点都不困，满怀心事，想睡都睡不着。

“在江边停一会儿行吗？我想下去走走。”

谢云舒诧异地看了她一眼，慢慢把车停在路边。

嘉城冬天的夜很冷，葛漫漫站在江边，禁不住打了个寒战，抱紧了冬衣。

“你把这个抱在手里。”她脸颊一烫，头顶响起低柔的说话声。是她在咖啡店买的咖啡，还是热乎乎的。

“你把这个也披上。”刚接过咖啡，一愣神的工夫，谢云舒就已经脱了外套披在她身上。

“东西都给我，你不冷吗？”她举起咖啡，“你抱着吧。”

他穿了一件白色羊毛衫，一只手插在裤子口袋里，想了想，拿起她的咖啡，仰头喝了一小口，重新放回她手里：“好了，我不冷了。”

她眨眨眼，低眉轻笑。

桥下是滔滔的江水，对面是灯光闪烁的高层建筑和一轮看起来十分巨大的月亮。嘉城市的冬夜有些安静，江边广场上几乎没人。葛漫漫抱着咖啡趴在护栏上，盯着桥下的江水出神。

“今年的冬天好像比以前暖和些，都没有下雪。”她的语气中带着点失落。

“你喜欢雪？”

“嗯，我老家在南方，以前也常跟爸妈出去玩，可从来没去过下雪的地方。上大学之前，我从来没见过雪，第一次见到雪，我就喜欢上了这个城市，想一直生活在这里。”

“是吗，你喜欢嘉城？”

“对呀。”她抬头看他，“你不喜欢这里吗？”

谢云舒转了个身，背靠着栏杆，琥珀色的眸子宛如夜色般深邃：“我从小就生活在这里，幼儿园、小学、初中、高中、大学，直到毕业工作。有段时间，我很讨厌这个城市，直到后来我喜欢上这里的一个人，才想要留在这座城市。”

葛漫漫怔怔看着他，不知怎么的，傻傻开口：“男的女的，你喜欢的那个人？”

谢云舒低头看她，笑了一下：“是一个女孩子，很优秀的女孩子。我很喜欢她，想结婚的那种。”

他的声音很温柔，她却觉得心蓦地一堵，低头看着浑浊的江水，久久没有说话。

“今天许医生跟我说，我不适合做吃播了。”不知过了多久，她再次开口，声音从厚厚的衣服里传来，带了浓重的哭腔。

她抬头望着对岸的灯火，他低头看着她的脸。

“我很喜欢这个城市，想留在这里。可我不想靠任何人，包括我爸妈，甚至以前跟单阳在一起，到了打算结婚的时候，我也不想靠他。我想靠自己的力量留在这里。看见江对岸那个正在筹建的小区了吗？那个小区外面有一片很大的银杏林，冬天下雪的时候特别美，我想住在那里，省吃俭用攒钱两年多，才攒够首付的一半，结果它涨价了。”

她转过身，蹲在护栏旁，胳膊蜷在胸前，缩成一团。

“刚毕业的时候，爸妈问我要不要回家，我说不回去，我要自己赚钱买房，留在这儿。他们思想很开明，也很支持我，说他们的女儿一定没问题。可其实我什么都不行，就会说大话。大学的时候，我接触过吃播，看到许多人因为吃播成了网红，进了电视圈，我就想自己也行。后来才知道，现在流行大胃王，我做不到。粉丝看着不少，但和其他职业主播比起来根本算不了什么，连签约资格都达不到，最后我还把自己弄进了医院。你是不是也觉着我特别特别笨？”

“不笨，你很厉害。”他下意识脱口而出。

“你总是那么会安慰人。”她弯起嘴角，似是自嘲，“厉害的话，为什么我做什么都不行？谢云舒，我现在真的很迷茫。”

她哭了，头抵在手背上，肩膀一抖一抖的。

他低头看着她，胸口痛极了。

她认识他的第一年，是他认识她的第四年。他早知道她不是傻傻的什么都不懂的姑娘，他一直都知道有这样一个她存在，只不过这还是他第一次直面这样的她。

“葛漫漫，你知道吗？其实每个人年轻的时候都会有那么一段不顺利的经历。比如我，有一次，我主刀的一个病人因为家属瞒报病情，结果死在了手术台上。明明是家属的错，结果家属却跑来医院闹，亲戚朋友齐上阵，在医院楼下扯横幅，堵楼梯。那段时间，我几乎快崩溃了，甚至觉得我大概不适合做医生。后来，事情过去了很久，等再回头的时候，我才发现那件事根本不算什么。它只是让我知道了在以后的工作中要更加谨慎，为了挽救病人，也为了保护自己。真正成功的人从来都不是那些从成功中学到经验的人，而是那些从失败中吸取了教训的人，他们把那些泪的经验、血的教训砌成石阶，含着泪、和着血踏上去，一步一步成为更好的自己。”

他的声音缓慢而坚定，她认真听着他的每一个字。

“可是，除了吃播，我还能做什么呢？”

“你的味觉很敏锐，也很喜欢吃，为什么不尝试着做一名美食主持人呢？”

主持人吗，她怎么会不想呢？很少有人知道，那是她最初的梦想。刚毕业的时候，她就参加过电视台的面试，她明明表现得很好，结果却在第一轮就被刷了下来。朋友跟她说，电视台那种地方哪里是一般人随随便便进得去的，都是有潜规则的。

“是这样吗？当然不排除有心思不正的人。可那时候你才刚毕业，就那么确定自己是那些面试者中最优秀的？”

“我……”她愣住了。是的，她不确定，甚至现在回头想想，她当时的表现其实有相当多的瑕疵，可一直以来，她都只注意到了外部原因，从来没认真思考分析过自己当时的表现。

“‘快吃’最近不是在宣传一个主持人选拔赛吗？你快去试试吧。”

更深露重，他微暖而令人感到舒适的声音化在夜色里，她略显吃惊：“你下载了那个 APP？你关注我了吗？记得我们刚认识的时候，你问我在哪个平台，哪个房间，我还以为你随便问问呢。”

他不说话，暗自一笑。是呀，当时他的确是没话找话，随口问问的，因为在很久以前，他就已经点了关注。

她的眼睛亮了亮，随即又黯下去：“可那个比赛是为了选拔第四季《我爱厨房》节目主持人的，那是这两年最火爆的美食节目，参赛选手要么是主办方邀请的有经验的主持人，要么是经纪公司推荐的网红主播。报名什么的不过是节目组做宣传的噱头而已，我连报名的资格都没有。”

“我有个朋友跟主办方有些关系，明天我帮你问问。”

“真的吗？”

“我像是说假话的样子吗？”

“看你 Meet 主厨的身份，应该有点靠谱吧。”

他无奈地笑笑，站直了身体，朝她伸出手：“天太冷了，我们回去吧，”

她蹲在那儿，愣了愣，随即用力抓住那只修长白皙、骨节分明的手：“嗯。”

他们回到家，将近十二点。

不知是被唐楠楠传染，还是吹了江风的关系，葛漫漫有点感冒的迹象。谢云舒煮了一碗姜汤，盯着她喝完才放她回屋睡觉。

一点半，他关了房门，盯着手机上一个电话号码，嘴巴抿成一条线。良久，他深呼一口气，电话拨了出去。

“喂，贺伯伯吗？我是江安眠，不好意思，这么晚了打扰您休息，有件事我想请您帮个忙……”

谢云舒打来电话的时候，葛漫漫正在做午饭。

“推荐信和报名表发你的邮箱了。”

“什么？”

“你说什么，还没睡醒？”

谢云舒说的是《我爱厨房》主持人选拔赛的事。

葛漫漫对这件事其实没抱太大期望，虽然说谢云舒是 Meet 的厨师，但毕竟不是职业的。美食圈子里的人脉有限，像她这种直播成绩平平又无组织的自由人，不是很厉害的关系，是很难获得参赛机会的。

“醒了醒了！”反应过来后，葛漫漫迅速跑进屋打开电脑，登录邮箱。

果然，有一封未读邮件，发件人是……Lagenie（拉热尼）度假村？

天哪，怎么可能！Lagenie 是一家以美食著称的品牌度假村，别说在嘉城，就是在全国都赫赫有名。

“骗人的吧？”葛漫漫简直不敢相信自己的眼睛，但信件的确是通过 Lagenie 的官方邮箱发送过来的。她擦擦额头上的汗，吞口口水：“Lagenie 的人你都认识，你不会还有一个隐藏的身份，是 Lagenie 某高层的少爷吧？”

“如果我说是呢？”

“那还等什么，当然是直接扑倒，我到床上等你！”

谢云舒这边刚下午班，正在办公室洗手，手机开着扩音，旁边四五个同事聚在一起正在讨论一会儿吃什么。葛漫漫的声音犹如一颗炸弹，办公室瞬间被炸得一片死寂，所有人齐刷刷望向谢云舒。

谢云舒正在搓香皂，闻言，手一顿，抬头，一屋子人开启大眼瞪小眼模式。

“喀！”许亦白率先打破尴尬，“女朋友嘛，撒撒娇很正常。你们这些没见识的光棍，别大惊小怪的，咱们继续咱们的，刚说到哪儿了，洗澡……不是，吃饭。”

“你……你在哪儿呢？”电话里，葛漫漫听到还有其他人的声音，结巴起来。

葛漫漫有个毛病，一兴奋起来就爱开玩笑，一开玩笑就话不经脑，口不择言。刚说完那句话她就后悔了，本想着赶紧找话题糊弄过去，没想到还有其他人在谢云舒身边，还把她的话听得一清二楚，一时尴尬至极，恨不得时间倒退一次。

谢云舒也没了平时的从容，脸上像涂了胭红似的，胡乱冲冲手，关了扩音：“我在办公室，正准备吃饭。”

说完，两头同时沉默。良久，谢云舒先说话："我看比赛时间好像挺近的，你看看通知吧。"

"哦，对对，我得赶紧看看，先挂了。"葛漫漫如获大赦，忙不迭挂断电话。

谢云舒刚想跟她说今晚换了个班，要晚点回去，耳边就响起了猝不及防的忙音。他愣了一秒，看一眼手机，摇头笑了笑。

打完电话，葛漫漫坐在电脑前，捂着滚烫的脸颊，尴尬的尖叫声几乎冲破天花板。"砰"的一声，她的脑袋往键盘上一趴，盯着地板发了半天呆，又傻傻一乐。

《我爱厨房》主持人选拔赛分为初赛、复赛和终赛三轮。

初赛前夕，葛漫漫有些紧张，失眠到半夜两点多才睡着，第二天起来，眼睛黑了一圈，画了重重的眼影才勉强遮盖过去。

比赛地点在嘉城电视台，一大早打车过去，她竟然遇上堵车，眼看比赛时间临近，急得她直接从出租车上下来，跑步到了电视台，直到火急火燎地冲进电梯，才缓了一口气。

"你也是来参加《我爱厨房》主持人选拔赛的？"

葛漫漫喘了一会儿，猛不丁传来一个女声。

她抬起头，电梯里除了她，还有一男一女。男的看起来有点邋遢，三十出头，下巴上冒着胡楂。女的看起来二十四五岁，穿着露肩裙，手里抱着外套，女人的身材很好，比她匀称高挑，看起来十分有气质。

葛漫漫低头看了眼手里的推荐信，点点头。

女孩上下打量一眼葛漫漫，忽而笑开了："真巧，我也是参赛选手呢，一会儿我们一起过去吧。我昨天来过一次，那个房间有点绕，不太好找。"

"好啊，说真的我特没方向感，谢谢你。"

"这有什么，互相帮助嘛。对了，我叫杜伊若，你叫什么？"

"葛漫漫！"

上来就遇到好心姑娘，葛漫漫不禁心中暗喜，这绝对是一个好兆头，加油！

“不好意思，打扰一下。”

电梯里，葛漫漫和杜伊若聊得正开，旁边的胡楂男插话进来。他朝葛漫漫简单礼貌地打个招呼，随即转向杜伊若。

“杜老师您好，我这么说可能有点唐突，是这样的，我和我的朋友最近策划了一档融合了旅行元素的美食节目，感觉您的性格和气质特别适合这个节目，不知您有没有兴趣了解一下？”

“您是电视台策划？”

“不是，我是一名自由节目策划人。”男人从口袋里拿出一张名片，递给杜伊若。

杜伊若没有接，眼神蓦地一冷：“对不起，我没有兴趣。”

“要不这样，您先加我的微信，回头我把大体的策划发您看看，您再决定？”

“不必了，我还要赶时间。”

话音未落，“叮”的一声，电梯停下来。

杜伊若话不多说，拉着葛漫漫走出电梯：“真是的，现在的策划真是有趣，以为谁都会随随便便上这些乱七八糟的节目吗？”

葛漫漫被拽着胳膊，一步一回头：“融合了旅行元素的美食节目，我倒是觉得好像挺有趣。”

“有趣什么，野策划的节目能好到哪里去？有能耐的早火了。你看他穿得那么邋遢，一看就没什么能耐，那种人不理也罢。”

“可是……”

“哎呀，好了，你别可是了，我们来不及了。”

葛漫漫看了一眼时间，急忙跟上杜伊若的步伐。

初赛采用的是不公开的考试形式，分为笔试和面试两个环节。笔试主要考的是播音与主持专业的基础知识，面试主要看选手的气质、语言表达和临场应变能力。

两个环节都是当场出分，两项分数相加，从高到低，成绩排在前百分之七十的选手进入复赛。

葛漫漫跑了大半天，妆都花了，然而时间太紧，她根本没补妆的时间，最终她的面试成绩排在倒数。不过还好笔试成绩靠前，综合下来，她勉强进了复赛。

张贴晋级名单的时候，葛漫漫发现杜伊若排在第八名，面试更是取得了第四名的好成绩，本就欢喜的心情更加愉悦了。葛漫漫扫视一圈周围的选手，看到杜伊若正在前排看名单，大概看到了自己的名字，笑得得意极了。葛漫漫奋力挤到她身边，拍拍她的肩："太好了，我们都进复赛了。"

"你？"杜伊若惊讶了一下，转头看了一眼晋级名单，扯扯嘴角，似乎笑得有些不自然，"没想到你也进了复赛。"

葛漫漫没听出对方话里的异常，笑嘻嘻点头："对呀，虽然我的名次靠后了些，但还好进了复赛。"

杜伊若又堆起初见时灿烂的笑："真好，那我们复赛见。"

"对了。"葛漫漫从口袋里拿出纸笔，在纸上唰唰写了一行字，"给，这是我的电话号码。今天谢谢你，你有事需要我帮忙就随时打给我，当然啦，没事也欢迎打给我。"

"好的。"

"那我先走了。"

"可以的。"

说完，葛漫漫蹦跳着离开了。背后，杜伊若的表情蓦地一沉，冷着脸将手中的字条揉成一团丢进了一旁的垃圾桶里。

从电视台出来，葛漫漫立刻给谢云舒发了一条信息："我进复赛啦！"

谢云舒大概在忙，过了一会儿才回复："恭喜！复赛时间确定了吗？"

葛漫漫："嗯，十天后，内容是厨艺比拼。"

谢云舒："需要私人导师吗？"

葛漫漫："好呀，那就有劳谢师傅了。"

谢云舒："嗯，第一课，今晚我要吃木耳炒胡萝卜片，还有南瓜粥。"

葛漫漫："……"

跟谢云舒聊完，葛漫漫去了菜市场，她把各样蔬菜和肉类都买了一些。回到家，她直奔厨房。

犹记得上次谢云舒喝完她煮的粥的反应，为了挽回颜面，她准备给谢云舒一点颜色瞧瞧！

不就是一道木耳炒胡萝卜片吗？上次绝对是意外，虽然她不经常做饭，但她可是从小就被老爸老妈训练着洗衣做饭，这点事能难住她？

不过毕竟是做给 Meet 主厨吃的菜，葛漫漫还是谨慎了些，来来回回炒了好几次，直到色香味各方面都满意。

晚上七点，谢云舒回到家。

插钥匙的声音刚响起，葛漫漫就冲到门口，拽着谢云舒直奔餐厅。

她双手举过头递上筷子，信心满满地等着谢云舒评价。

"怎么样，好吃吗？"

谢云舒连衣服都没来得及换，见葛漫漫一脸急切的模样，忍不住笑了一下。他拿起筷子，夹了一片胡萝卜，放在嘴里嚼了一下："难吃！"

葛漫漫呆了呆，叉起腰："骗人，这道菜我炒了五遍，隔壁张阿姨和楼下李大爷都说好吃，你是故意的。"

谢云舒无语地摇摇头，起身脱下外套，往沙发上一扔，指着葛漫漫说："你把围裙给我。"

"啊？哦。"

见他这般认真的架势，葛漫漫下意识听从他的话。

一分钟后，厨房里响起密集而有节奏的切菜声。

葛漫漫目瞪口呆地看着谢云舒行云流水的动作。这……这哪是做菜，他这分明是杂技表演好吗！

十分钟后，冒着热气的木耳炒胡萝卜片上桌。和她炒的菜比，他的菜看起来颜色似乎亮丽了些。

蹭了他这么久的饭，她当然知道他做的菜好吃，可不过是一道普通的家常菜，和她的能差到哪里去呢？

“我吃吃看。”

葛漫漫迟疑地接过筷子，挑起一片胡萝卜，咬在嘴里。淡淡的咸香、恰到好处的爽脆，她只觉得眼前一亮，仿佛来到一片花海，躺在一堆柔软的花瓣上，黄的、白的、紫红的，美丽极了。一瞬间，白天的紧张和疲劳一扫而光，她的身心都放松下来。

“好吃！”

果然没有对比就没有伤害。为什么呢，她明明和他炒菜的步骤一样呀？等等，不对，他似乎多了一步，他的胡萝卜在下锅之前似乎在一个大碗里泡过。

是什么？

她冲进厨房里，找到刚才谢云舒用来浸泡胡萝卜的海碗，里面是一些金黄色的液体，是食用油！

她回过头，狐疑地看了谢云舒一眼。

谢云舒眉梢一扬，拿刀在葛漫漫的胡萝卜片上切了一下，又在自己做的胡萝卜片上切了一下，前者切起来有些费劲，切的时候周围的纹理变得皱巴巴的，相比之下，后者切起来就轻松许多，也没有出现皱纹。

“看出区别来了吗？”

葛漫漫摇摇头。

“是水分。”谢云舒拿起一根葛漫漫下午刚从菜市场买回来的、未经烹饪的胡萝卜，“看到了吗？你买的胡萝卜要比平常的胡萝卜老一些，所以要先用食用油浸泡，来锁住它为数不多的水分。而且，胡萝卜越老就要切得越薄，否则炒的时间就会越长，最终不仅会导致其中的营养流失，甚至会变得软绵绵的，失去脆感。”

葛漫漫恍然大悟。

谢云舒叹了一口气："看来你要学习的东西还有很多啊。"

葛漫漫又尝了一口谢云舒做的胡萝卜片，低下头，有点失落。

"你想放弃了？"

葛漫漫顿了一下，仰起头，提高了音量："才没有，好不容易得来的机会，我是不可能轻易放弃的。"

果然是他认识的葛漫漫。

"你等一下。"谢云舒转身回屋，过了一会儿抱了一摞书出来，看书脊上的字是一些关于食材选择和烹饪方法的书，还有几本……笔记？

"这几本书和笔记你研究研究，对你提升厨艺大有帮助，尤其这本笔记，这是我原创的一些菜谱，里面的每一个步骤，包括烹饪火候、时间，我都写得很清楚。当然，你也不能全部照本宣科，要懂得根据实际情况灵活应用。"

葛漫漫将笔记接到手里，翻开，瞬间惊住了，里面密密麻麻写满了菜谱，原创的不说，还都是图文结合。谢云舒的连笔字写得很漂亮，看起来十分赏心悦目，这在葛漫漫眼里，简直就是学霸的笔记啊。

"呃，不过，谢师傅，您应该还记得您的本职是医生吧？"

"当然，医食同源嘛，何况厨师只是我的业余兴趣。医生这个职业就是太忙，空闲时间太少，所以这些菜谱，我也只能抽空随手一记，和我写的那十几本疑难杂症病例集没法儿比。"

嗯，好的，谢医生，您赢了。

葛漫漫初赛成绩本来就靠后，加上被谢云舒一刺激，更加发愤图强。

距离复赛只有十天时间，葛漫漫把每天的日程排得满满的。争分夺秒，每天凌晨五点她准时起床，白天学习理论知识，看做菜视频，晚上就进行实操演练，等着谢云舒回来打分。

经过一个多星期的努力，葛漫漫做的菜终于从最初不及格的两分上升到六分及格线，只是六分之后，就再没进步过。

这天晚上，谢云舒当值小夜班，回到家已经两点多。他打开房门，客厅的灯还亮着，葛漫漫躺在沙发上睡着了。

他走进厨房，餐桌上放着凉透了的“作业”——一盘结成块的红烧肉。他拿起筷子，吃了一块，眉头一皱。

他回到客厅，葛漫漫双腿蜷缩，侧躺在沙发上，胸前抱着一本菜谱，另一只手垂在地上，指尖微微弯曲，虚握着一支圆珠笔。她睡得很香，粉嫩的小嘴微张着，像极了盛夏井水中浸泡的樱桃。

他站在那儿看了她一会儿，上前推了推她：“葛漫漫，葛漫漫。”

她大概太累了，动也没动。他看了一眼时间，犹豫了一下，拿开压在她身上的书，俯下身横抱起她。

他的动作很轻，她还是惊了一下，迷迷糊糊睁开眼，喃喃：“谢云舒，你回来了，今天的菜打几分？”

他柔柔地弯起嘴角，低声说：“一百分。”

她笑了笑，歪头靠在他怀里，满足地睡去。

他小心翼翼地把她放到床上，帮她盖好被子，视线停留在她露在外面的右手上，久久没有移开。那细嫩的手指上歪歪扭扭贴了三张创可贴，似乎沾过水，看起来皱巴巴的。他的瞳孔一缩，眼神中充满疼惜。

他蹲下身，捉起她的手慢慢靠近他的唇。

她睡得很熟，对外界发生的一切毫无意识。

二十厘米，十厘米，五厘米……

她的手和他的唇越来越近，就在即将碰触的瞬间，他的动作蓦地一顿。

他半蹲在那儿，看着她娇憨的睡颜，眼中有片刻挣扎，最终微微一笑，将她的手安然无恙地放了回去。

第二天一早，五点的闹钟准时响起。

葛漫漫从床上坐起来，打了个哈欠，突然想起什么，环顾四周。

她记得昨天谢云舒说晚上值班，要很晚才回来。她躺在沙发上，想着看书等他回来，最后却睡着了。

谢云舒回来了，是他把她抱进来的？一念及此，她翻身下床，跑到外面。

没记错的话，他今天应该休班。果然，玄关处挂着他的外套，鞋柜上放着他的皮鞋，对面房门紧闭，看样子他还没起床。厨房餐桌上放着他动过的红烧肉，客厅茶几上面仍然放着她昨天看到一半的菜谱。

没错，就是谢云舒把她抱进来的。

一想到这儿，葛漫漫顿时睡意全无，面红耳赤地倒回床上，抱着被子打个滚。她趴在床上，踢着脚丫，脸埋在被子里叫起来。

冷静了一会儿，葛漫漫重新坐起身，看了一眼时间，迅速起床洗漱。怕打扰谢云舒休息，她连早饭都没做，就这样忍着饥饿投入学习中。

上午十点，谢云舒从房间里走出来时，葛漫漫正坐在餐桌旁，戴着耳麦，跟着笔记本里的视频学习食材的挑选，桌子上摆着各种各种的蔬菜，金针菇、杏鲍菇、平菇，胡萝卜、青萝卜、水萝卜，大白菜、小白菜、娃娃菜……

听到开门声，葛漫漫下意识回头，和谢云舒的目光撞个正着。两人对视片刻，不知想到了什么，同时避开视线。

葛漫漫说："你想吃什么？我来做。"

谢云舒不答话，走过来，"啪"的一声合上笔记本，挑挑眉："今天周末，你打电话叫上方黎和唐楠楠，一起出去放松放松。"

南部山区开了一家民俗主题游乐园。

林旭出国学习去了，唐楠楠闷在家里心情不好，正好出来散散心。方黎住的地方离高新区最近，被葛漫漫催着去接唐楠楠。

一个小时后，葛漫漫坐着谢云舒的车和方黎、唐楠楠在游乐园门口集合。

葛漫漫和唐楠楠去买票，谢云舒和方黎去停车。

从停车场出来，方黎搂住谢云舒的肩，贱笑道："你还挺会挑地方的，你是故意带葛漫漫来这儿的吧？别有深意啊。"

"深意？"

"难道不是吗？听说这里的过山车号称亚洲最刺激的过山车，绝对是追女生的神项目，想象一下她从过山车上下来哭着求安慰的情景，是不是胸口小鹿乱撞？"

"你说的是你吧？"

"什么意思？"

"你对唐楠楠有意思。"谢云舒用的是陈述语气。

"啊？"突然被戳破心思，方黎选择装傻。

"我提醒你，唐楠楠可有男朋友，你最好别打她的注意。万一到时候闹得不愉快，牵扯到葛漫漫，我可饶不了你。"

呵呵，重色轻友的家伙，原来用意在这儿呢。

周末，游乐园内人流如织。临近中午，四人先找一家餐厅解决了温饱问题，随后一起去游乐园内的民俗街逛了逛，又玩了卡丁车、转转杯这些不刺激的项目。之后，方黎终于忍不住提议去坐过山车。

"好啊，我要去。"葛漫漫第一个举手响应。

"坐那个很容易刺激胃的。"谢云舒提醒她。

"可是来都来了。"葛漫漫嘟着嘴，一脸不甘心。

"好吧，我跟你一起去。"谢云舒有些无奈。

方黎看了唐楠楠一眼："你要不要也一起？"

唐楠楠想起高中时，第一次和林旭坐过山车的情形，不由得恍惚，方黎当她不敢坐，说："你如果害怕，我们就不坐了。"

"不会啊，我挺喜欢玩过山车的。"

"你不用勉强的。"

"真没有，走吧，我们去排队。"

坐过山车的人很多，四人等了一个多小时才排上。方黎本想挨着唐楠楠，结果被葛漫漫抢了先，不情愿地坐到了谢云舒旁边，嘴里嘟囔着：“唉，人生第一次坐过山车竟然是跟你一起，扫兴。”

谢云舒懒得踹他。

方黎是一个话痨，捂着嘴小声说：“不过没关系，你也别灰心，待会坐完过山车，她肯定得哭着求安慰，到时候机会就来了。”

谢云舒瞟了他一眼：“你这个‘她’指谁？”

方黎：“……”

过山车缓缓启动。

方黎从没玩过类似这种刺激类的游戏项目，本来觉得没什么，可坐上来还真有点心里发毛，他猛地抓住谢云舒：“我……好像动起来了，这个安全锁靠不靠谱，你帮我看一下我的安全带是不是没系紧，前面那个垂直弯是认真的吗？等一下，我现在还能不能下去？妈呀，我好像有点恐高，啊——”

三分钟后，四人从过山车上下来。

葛漫漫和唐楠楠走在前面，意犹未尽地讨论着。

谢云舒走在两人后面，一脸淡定。方黎扶着谢云舒的肩，脸色煞白，恨不得整个人都贴在谢云舒身上。

唐楠楠转身：“你没事吧？脸色好难看。”

见唐楠楠回头，方黎忙直起身，咧嘴露出一个超级难看的笑：“没事，不就过山车吗，哇……”

话音未落，他一口酸水吐出来了。

“你往哪儿吐呢？走开！”谢云舒推开方黎。

“哇……”方黎撑着膝盖吐了一会儿，抬起头才发现唐楠楠、谢云舒和葛漫漫正站在五米开外，一脸嫌弃地围观着。他一时火气上来，吼道，“给我水，还有纸。”

“我这儿有水。”唐楠楠从包里翻出一瓶矿泉水，拧开，递给他。

“你别误会，我不是骂你。”方黎笑了笑，接过矿泉水，漱漱口，余光无意间扫到不知说到什么嘻嘻哈哈的两人，气得胃里又是一阵反酸，“你俩干吗呢？快去给我买纸，我这鞋刚买的，五千多！”

一语发完，三人齐齐望向方黎那双被呕吐物污染过的其貌平平的球鞋。

葛漫漫："学长，你认真的吗？你不说我还以为是地摊货。"

唐楠楠："看起来不太值，哪个明星穿过的吗？"

谢云舒："丑，别擦了。"

方黎内心：我这是认识了三个，不对，两个什么玩意儿！

葛漫漫和唐楠楠疯玩了一下午，都筋疲力尽了。方黎因为坐过山车的不愉快经历，拒绝了其他所有项目，拉着谢云舒在数字放映厅看了一下午动画片。

回去的时候，唐楠楠和方黎同车。

唐楠楠因为订婚典礼取消，备受打击，一安静下来忍不住又想起林旭，一脸怅然若失。

方黎见她不开心，没话找话。

"我看你一点也不害怕，经常玩过山车？"

"没有，上一次玩还是三年前，不过我好像从小就有玩这个的天赋。第一次玩是上高中的时候，当时还是和林旭一起玩的，他还安慰我说，如果我觉得害怕的话就抓紧他的手。谁知从过山车上下来后，我一点儿事也没有，倒是他整个人都软了，吐了大半天。后来，买了游乐场通票的我们，就在湖边草地上躺了一天。"

"哦。"方黎心里酸酸的。

"不过自从大学毕业后，我们就再没有过这种无忧无虑的时光了，尤其他有了现在这份工作，似乎总是在忙，我们连一起吃饭的时间都很少，身边的同事都说我找了一个能赚钱还不拈花惹草的好男人，可他们一点也不理解我。我根本不需要他有多大能耐，也不在乎他能赚多少钱，我只希望他每天按时下班，回家吃饭，周末休息的时候我们一起睡睡懒觉，偶尔逛逛街……"唐楠楠说着说着，委屈感直涌心头，忍不住啜泣起来。

方黎一慌，完全不知道说什么安慰她，想了半天，说："也不错呀，起码他有事业心，说明他想给你最好的生活。而且，如果他真跟我似的整天无所事事，我敢说你非得气死不可。”

唐楠楠被他逗乐了：“方黎，你真好玩，如果林旭像你一样就好了。将来谁要是嫁给了你，一定每天都过得特别开心。”

方黎摆摆手：“不可能，我这人超爱玩，结了婚肯定也不着家。不出三天，我老婆准跟我离婚。”

“呸呸呸，哪有这么咒自己的，爱玩是因为还没遇上自己喜欢的人，等你真的遇到了，寸步都舍不得离开她呢。”

方黎一副八卦的神情：“就像你对林旭？”

“对呀。”

唐楠楠眼中充斥着满满的自豪感，方黎表情一僵。

“你怎么了？”

方黎沉吟片刻，视线缓缓转回前方：“没什么，我只是觉得自己这辈子再也等不到这样一个人了。”

到达市区正好是晚饭时间，餐馆饭店人满为患，葛漫漫提议一起到她的住处，尝尝她的手艺。

因为对昨天的红烧肉不太满意，她就重新做了一遍，之后做了两道简单的家常菜，木耳炒胡萝卜片和清炒山药片。

“味道怎么样？”

餐桌上，葛漫漫紧张地等着三位食客的评价。

“好吃！”唐楠楠率先点赞。

“还差得远，红烧肉酱汁味道不足，木耳炒胡萝卜切片不够整齐，清炒山药片火候没掌控好。”方黎淡淡道。

“你也太苛刻了。”唐楠楠为葛漫漫抱不平，“漫漫别灰心，你参加的是主持人选拔赛，对厨艺的要求不会这么高的。”

“《我爱厨房》是要主持人亲自参与制作的美食节目，不然也不会把第二轮复赛的内容定为厨艺比拼。”

“可大部分选手是主持人或者网络主播吧，说不定他们的水平还不如我们漫漫高呢？”

“网红主播兴许差些，但你别忘了，里面还有一些地方美食节目的主持人，她们可是每天都在和厨师打交道，没吃过猪肉，还没见过猪跑？”

听了方黎的话，葛漫漫的心凉了半截，趴在那儿蔫蔫地望向对面坐着的谢云舒：“你怎么不说话，是不是怕打击到我？实话说吧，今天的菜打几分？”

“十分。”谢云舒说。

“谢师傅，您能别嘲笑我了吗？”葛漫漫白了他一眼。

“没有嘲笑，今天你的菜我打十分。”谢云舒放下碗筷，胳膊放在桌子上，双手交叉，托着下巴，微微歪头，“如果不是你，也许我们几个现在还饿着肚子。厨艺和吃播一样，应该是一件给人们带来幸福的事情，只要用心去做就够了。”

谢云舒认真看着她。他的目光很柔和，仿佛月亮旁边那颗朦朦胧胧的星子；他的笑容很软，仿佛蓝天下清风卷起的一朵白云。她知道他是在安慰她，可那一瞬间，她的心还是忍不住动了动。

Chapter 11
我们假戏真做吧

很快到了复赛的日子。这天，唐楠楠公司的电路维修，她放假一天，就陪葛漫漫来了电视台。

为了给第四季《我爱厨房》做预热，复赛采用网络直播的方式，直播时间定在晚上七点到九点，比赛内容为指定主题，要求参赛选手根据指定主题在规定时间内完成菜品。比赛结果采用二十进八制，按照现场三位评委打分和一周内观众投票数1∶1共同决定决赛晋级选手。

有了上次差点迟到的经历，这一次葛漫漫提前来到了电视台。

集合前，葛漫漫去了一趟厕所，发现门口的长凳上坐了一个男人。男人的手一直捂着胃，看起来不太舒服。她犹豫一下，过去问了他一句是不是需要帮助。

对方抬起头来，是一个很有气质的中年男人，看起来五十岁左右，穿着西装，稀少的发上带着淡淡的油烟味。他抬头看了她一眼，拿出一盒止痛药，说："姑娘，我有点胃疼，你能帮我倒一杯热水来吗？”

最近的公共热水间在楼下，葛漫漫看了一眼时间，距离集合时间还有三分钟，她本想拒绝，但看见对方难受的样子，没狠下心。

她迅速跑到楼下，用方便纸杯接了热水上来。男人接过水，服下止痛片后，对她说了声谢谢。

“不用谢，你的胃难受的话最好还是去医院看看，不然真的拖出病就不好了。”她边跑边回头喊道。

回到演播室时，工作人员已经安排好现场的观众。唐楠楠因为长得养眼，被安排坐在观众席第一排中间的位置，其余观众应该是附近学校的学生。

演播室比较宽敞，整整齐齐放了二十个移动料理台，选手们在工作人员的安排下，在移动料理台前各自就位。十几分钟后，三名身穿厨师制服的人走进来，在评委席坐好，随后，主持人开始挨个介绍今天的评委。

“中国鲁菜烹饪特级厨师，高千秋先生。”

“嘉城市烹饪协会会长，董菊云女士。”

“Lagenie 度假村食品运营部行政总厨，贺建平先生。”

当主持人介绍到最后一名评委时，葛漫漫惊讶地发现对方居然就是刚才让她帮忙倒热水的男人。此时，男人换下了西装，穿着白色的厨师服，坐在评委席上正和旁边的女评委交流着什么。

贺建平感觉到有人在看他，抬起头。

视线交接，葛漫漫下意识移开目光，下一秒又觉得不太礼貌，便转回视线，用微笑跟对方打了个招呼。大概是吃了药的关系，男人的面色看起来比刚才好了很多，但还是有些苍白。因认出了葛漫漫，男人也报之一笑。

本次比赛由嘉城市第一辣酱供货商赞助，主题定为“无辣不欢”。根据现场所有食材，选手自由发挥，可以做一道菜，也可以做一组菜，时限为一个半小时。

主持人宣布完主题和规则，葛漫漫突然想到了什么，望向评委席上的贺建平，若有所思。

一个半小时后，比赛结束，选手们的菜按顺序端上评委席。

因为参赛选手不是专业厨师，故而做出来的菜大都是十分常见的大众菜，如麻婆豆腐、香辣豆豉花蛤、酸辣水煮鱼等。选手水平虽然整体偏低，但也有几个让评委惊讶的选手存在。

葛漫漫注意到那几个水平好一些的选手的确如方黎所言，大多是美食节目出身的主持人。

试吃顺序是按初赛排名来的，葛漫漫排在第十九位，比较靠后，有些吃亏。她做的是一道普通的家常菜——干煸辣子鸡丁。

这道菜她在家练过几次，属于她比较拿手的菜，不同的是，这一次，她在干煸辣子鸡丁旁配了一碗松果粥。

干煸辣子鸡丁配着松果粥一齐被端到评委面前，只见评委们都微微皱了皱眉，然后分别夹了两块鸡丁，喝了几口松果粥。

“十九号选手，我想问你一个问题。”葛漫漫站在台上，正紧张地等着评委们的评价，突然其中一名评委问她，“你为什么会想到在干煸辣子鸡丁旁搭配一碗松果粥呢？我们的主题是‘辣’，你就不怕松果粥的甜和鸡丁的辣产生味觉冲突吗？”

“我举得……”

“没关系，把你的想法说出来就好。”

葛漫漫犹豫了一下，组织了一下语言，冷静道：“其实刚才在外面的时候，我看见我们其中一位评委老师胃不舒服，于是刚才做菜的时候，我就想到了在麻辣鲜香的菜品旁搭配一碗味道温和的松果粥，希望能稍微缓和一下评委老师的不适。”

“十九号选手，你叫葛漫漫对吗？”一直沉默的贺建平抬起头，神情严肃道，“你不觉得擅自做出一道和主题无关的菜品，是对评委和其他选手的不尊重吗？”

葛漫漫蒙了一下，旋即在心里默默数了三个数，强迫自己冷静下来，然后沉思片刻，仰起头直面评委：“我不这么认为。”

同一时间，嘉城大学附属医院内。

“谢医生，快看，是漫漫姐。”

彼时，谢云舒正在林梓沫的病房里查视她的术后恢复情况。房间里的电视开着，画面左上角显示着某网络直播平台的标识，右边一竖行白色宋体字写着第四季《我爱厨房》主持人选拔赛复赛的字样。

林梓沫从床上坐起来，用遥控器将音量调大。

谢云舒闻声回头。

电视上，葛漫漫穿着一身极显气质的白色吊带裙，胸前别着写了数字19的号码牌，头发用一根黑色皮筋简单地扎成马尾。面对评委的质疑，她挺胸抬头，毫无畏惧。

镜头拉近，摄影师给了她一个特写。

谢云舒不自觉地往前走了一步。

她化了淡妆，在高清摄像机下，他甚至能看见她脸上细细的绒毛，白皙的颈托着骄傲的下巴，宛如一朵美丽的水仙花。

她仰起头，直面评委：“我不这么认为，有一个人告诉过我，厨艺应该是一件给人带来幸福的事情，如果评委老师因为品尝了我的菜感到痛苦，那才是对评委老师们最大的不敬。”

“葛漫漫。”谢云舒站在那儿，喃喃地叫出她的名字，贪婪地看着她的面容。那一刹那，他几乎忘记了自己身在何地，直到林梓沫叫他，他才回过神来。

“哇，谢医生，你脸红了！你脸红的样子好可爱，我要拍下来发给漫漫姐。”

“林梓沫，别胡闹，快把手机给我。”谢云舒的性格一向很沉稳，几乎从来没在病人面前失过态，此刻却面红耳赤，像一个受到惊吓的孩子，一边拿病历遮住脸，一边伸手去抢林梓沫的手机。

林梓沫好不容易拍到“证据”，当然不会轻易交出去。她把手机藏到背后，小虎牙一露，朝谢云舒露出一个古灵精怪的笑：“谢医生，我告诉你一个秘密吧。”

葛漫漫的松果粥虽然画蛇添足，但因其细腻的心思和大胆的尝试，最终还是得到了评委的一致肯定，得了一个不错的分数，总成绩从第十九名一跃成为第九名。

“我真被你吓死了，你说你不好好做菜，熬什么粥，还好评委老师通情达理，不然你等死吧。”录完比赛，唐楠楠逮着葛漫漫一顿吐槽。

葛漫漫拍着胸脯，一脸后怕：“哎呀，你就别骂我了。我当时也是突发奇想，刚才在台上我都快紧张死了，好在歪打正着，多亏了这碗粥才得了这么高的分数。”

“你就从来没按常理出过牌。”

葛漫漫吐吐舌头，想到什么，拿出手机：“等一下，我打一个电话。”

“你打给谁？”

“谢云舒。”

唐楠楠似乎早就猜到了，抱起胳膊，不屑道：“我就知道。”

电话接通，谢云舒还没下班，正要去找一个病人做术前谈话，和她简单说了两句就挂掉了。

葛漫漫本想和他分享一下比赛经历，结果一肚子话硬生生憋了回来，灰着脸，有点失望。

唐楠楠歪头看她，一副了然于胸的表情：“你没跟谢云舒说上话，不开心了？”

葛漫漫没听出她话里有话，嘟着嘴巴：“他还没下班，我等回去后再跟他说吧。”

唐楠楠笑了笑，不说话。

从电视台里出来，葛漫漫正巧看见杜伊若站在路边，便跟她打了声招呼。

杜伊若正在等男朋友来接她，看见葛漫漫，迟疑了一下，跑过来，挽起她的手：“恭喜呀，你好厉害，好会做菜。”

葛漫漫摸了摸脑袋：“我就是运气好了点。”

杜伊若笑成一朵花："运气也是实力的一种嘛。"

葛漫漫不太习惯这样的夸奖，有点不好意思。

唐楠楠叫的出租车到了。

出租车上，唐楠楠问葛漫漫："刚才那个杜伊若是谁呀？"

葛漫漫跟唐楠楠聊起杜伊若的事，她也是后来上网搜索才知道的，杜伊若也是吃播主播出身，后来签约了经纪公司，主持过一档地方电台的美食广播节目，不过收听率一般，知道的人不多。

"我觉着这个杜伊若不简单，你最好还是离她远点。"不知道为什么，唐楠楠有种不好的预感。

"应该不会吧，我觉得她人挺好的。而且我最近运气超棒的。我先是在谢云舒的帮助下参加了比赛，再是初赛时遇见杜伊若，她带我去的赛场，这一次又歪打正着得了一个高分。"葛漫漫感觉自己最近的运势特别好，有点兴奋。

唐楠楠打心底为葛漫漫高兴，为了庆祝葛漫漫复赛取得好成绩，她决定请葛漫漫吃一顿丰盛的大餐。两人转来转去，去了市中心一家西餐厅。

唐楠楠饿坏了，点了一份炭烤牛排、一份墨鱼意面、一杯西游乌龙茶。葛漫漫选来选去，只点了一份蔬菜粥。

"你不会在替我省钱吧？"

"没有啊。"

"那你干吗只点一份蔬菜粥，从中午到现在都没吃饭，你不饿吗？"唐楠楠讶异地看了葛漫漫一眼。

葛漫漫合上菜单，双臂交叠放在桌子上，乖乖一笑："谢云舒跟我说，晚上九点之后最好不要吃饭。"

唐楠楠愣了愣，转念一想，葛漫漫一个月前才做了手术，这么说也有道理，便不再管她，自己大快朵颐起来。

葛漫漫盯着那碗热乎乎的蔬菜粥，突然想起自己做的松果粥，虽然靠它得了高分，但评委对那碗粥的评价并不高。她没能把大米的香糯和松果的甘苦完美融合起来，味道没有层次感。

唐楠楠见她失神，不由得提醒："你发什么呆呢？粥都凉了。"

葛漫漫咬着勺子："我觉着那个松果粥好难熬，我明明是按照谢云舒给我的笔记做的，结果味道的差距还是这么大。"

唐楠楠切下一块牛排："那当然了，厨艺本来就不是一朝一夕能练成的，而且这个东西本来就需要天赋。"

"你这么说也有道理。"葛漫漫低头喝了一口粥，想了想，说，"这么说的话，谢云舒好厉害啊，只是偶尔练练手，都可以有这么精湛的厨艺。你说他是不是就属于那种特别有天赋的人？"

唐楠楠有些无语："是，谢云舒很有天赋。"

"而且他的医术也很厉害，哦，对了，我想起一件特别好笑的事，是谢云舒跟我说的，就是他上大学的时候去医院观摩手术……"

葛漫漫的话没说完，唐楠楠突然不吃了。她放下餐具，托着下巴，一脸看穿一切的表情。

"你怎么了，怎么用这种眼神看我，这个和这个不吃了？"葛漫漫被她盯得发毛，指着吃剩的食物，一脸不知所措。

"你喜欢谢云舒。"唐楠楠猛不丁蹦出一句话。

不是问句。

葛漫漫的心猛地一跳，一瞬间像触电似的，浑身酥酥麻麻，鸡皮疙瘩起了一身："你在说什么啊。"

"从开始吃饭到现在，你一句话都没离开过谢云舒。刚才走出电视台的第一件事，也是打电话给谢云舒分享好消息，你不是喜欢他是什么？"

"你开什么玩笑。"

唐楠楠摇摇头，拿起叉子，挑了一口意面："亏你还谈过恋爱，你连自己是不是喜欢一个人都分不清吗？"

葛漫漫的脑子里一片空白，把眼睛睁得大大的，圆圆的，喉头滚了滚，大半天都没说出一句话。

突然，葛漫漫的手机响起来。她神情呆滞，拿着手机看了一眼，往桌子上一扔，结结巴巴道："怎……怎么办？"

那一瞬间，她犹如刚跑完马拉松，一颗心止不住地狂跳起来，一下一下撞击着她的肋骨，震惊、紧张、窒息。她生怕别人听到，连忙伸出手捂住胸口，眼睛直勾勾盯着来电显示上出现的名字——谢云舒。

唐楠楠直了直身子，瞥了一眼手机上的姓名，喝一口乌龙茶，轻巧地伸出胳膊，在葛漫漫的手机上滑了一下。

“喂，谁让你接的，挂掉，挂掉。”葛漫漫吓了一跳，仿佛那不是一部手机，而是一枚定时炸弹。

“你在哪儿呢？”

扩音器里传出熟悉的嗓音，葛漫漫的动作僵住了。

“喂？说话。”

“我在……在……在购物广场。”

“嗯，我下班了，过去接你。”

葛漫漫只觉拿手机的手都在发烫：“不，不用了，我跟唐楠楠在一起，她今晚要跟我住一夜，一会儿我们一起回去。”

“我顺路，等着吧，到了我给你打电话。手机没电了，先挂了。”说完，不等她再次拒绝，他已经终止了通话。

葛漫漫呆呆地坐在那儿。

怎么可能，她怎么会喜欢谢云舒？一定是唐楠楠搞错了，但这莫名的惊慌失措是怎么回事？

她有点乱，伸手拿过那杯喝了一半的乌龙茶，猛喝一大口。不行了，她要压压惊。

唐楠楠淡定地拿起餐巾纸，擦擦嘴，胳膊撑在桌子上，托着脑袋，忽而懒洋洋道：“谢云舒喜欢你。”

一大口乌龙茶原封不动地吐回杯子里，葛漫漫缓缓抬起头，用更加诧异的眼神望向唐楠楠。

好吧，她选择相信第一句。

嘉城附院离这儿很近。

谢云舒的车停在路边的停车位上。

唐楠楠拉着葛漫漫往车前走去。葛漫漫拽着唐楠楠的胳膊，半个身子都藏在唐楠楠的身后，两人走走停停，速度很慢。

大概以为两人没看到自己，谢云舒摇下车窗，喊了一声："葛漫漫。"

她脚步一顿，隔着七八米的距离和他对视。

身后是光芒万丈的购物广场，她逆着光，将他的五官尽收眼底，高挺的鼻梁、单薄的嘴唇，以及那双染了暖意、令人陶醉的眉眼。

"外面冷，上车吧。"

"嗯。"她简单地应了一声，没有说话，倏忽低头，错开他的视线，然后打开车后门钻了进去。

唐楠楠跟着她坐进来："麻烦谢医生了。"

"没事。"谢云舒笑了笑，顿了一下，又道，"这么晚还来西餐厅？"

葛漫漫坐在驾驶座斜后方，眼睛一眨不眨地注视着谢云舒的背影，像失了魂般，好似没听见他的问话。

唐楠楠看了她一眼，答道："我突然很想吃西餐就过来了。我自己吃的，漫漫只喝了一碗蔬菜粥。"

谢云舒似乎听出了什么，有些尴尬。

窗外风景缓缓掠过，车内的气氛越发沉闷。

唐楠楠突然开口："谢医生是本地人？"

面对突如其来的发问，谢云舒愣了一下，随即反应过来，笑了笑："是，我从小在嘉城市长大。"

"独生子？"

"对的。"

"工作几年了？"

"四年半。"

车里的气氛越发诡异起来。

谢云舒被问得不舒服，岔开话题："对了，今天林梓沫在医院念叨你了呢，问你什么时候去看她。”

葛漫漫还是没说话。

“葛漫漫？”谢云舒叫了她一声。

“啊？哦！过几天吧。”葛漫漫回过神来，好不容易平静下来的心跳又蓦地加速。她脸颊滚烫，只觉得脑袋都快爆炸了，忍不住摇下车窗，深呼吸一下。

“你怎么了？”

“没……没什么，车里有点热。”

谢云舒察觉出她的异常，趁等红灯的间隙，打开车内小灯，扭过头，眉头一皱：“你的脸怎么这么红，是不是感冒了？”

…………

葛漫漫发现唐楠楠说得对，她真的喜欢上谢云舒了。一会儿看不见他，她就想给他打电话、发信息；他在她眼前时，她就目不转睛盯着他看；一旦与他对视，她又像做坏事被发现似的，迅速避开目光。

这天晚上，谢云舒还没回来，葛漫漫一个人在客厅里用笔记本看复赛投票情况。让她没想到的是，她的人气居然这么高，连续三天，观众投票数稳居第三，并且人气还在持续上升。

《我爱厨房》节目组论坛里，葛漫漫成了热门人物，她那句“厨艺应该是一件给人带来幸福的事”为她吸了不少粉儿。新粉们想了解她，四处搜集她的资料，老粉们沾沾自喜，在评论区感叹漫漫主播终于火了，是金子总会发光的。她的一个忠实粉丝还把她做吃播以来所有重要的时刻剪辑成了一段成长小视频挂在网上。

2015 年 3 月 21 日，她 21 岁生日，第一次做吃播视频，吃的是学校餐厅的石锅拌饭，没有专业设备，只有低像素手机，镜头里的她笑得很傻。

2016 年 5 月 18 日，她论文答辩结束后，为了庆祝顺利答辩，和宿舍伙伴们集体去吃海鲜自助，一个个空盘叠成了小山，她笑得很甜。

2016年5月25日，她在直播里说，一个关注了她两年的粉丝给她发私信，谢谢她的笑容，让自己顺利度过了人生中最痛苦的一段日子。

2016年8月1日，她在电视台面试失败，在粉丝们的鼓励下，她下决心成为一名职业吃播主播。

…………

2018年12月20日，她在视频中首次宣布自己恋爱，男友第一次出境。

“大家好，我是漫漫的男朋友，谢云舒。”

画面暂停。

谢云舒的脸静止在屏幕上，挺俊的眉骨配着含笑的眼睛。葛漫漫盯着屏幕痴痴发呆，丝毫没听到开锁的声音。

“你看什么呢？”

谢云舒的声音从门口传来，葛漫漫吓了一跳，像做贼心虚般，迅速切换浏览器页面。

“没……没什么，我看一下复赛投票情况。”

“成绩怎么样？”

“还行吧。”

“第七名，挺厉害的嘛。”谢云舒换好拖鞋过来，挨着她坐下，“前八名有晋级资格，你晋级了。”

“不一定，投票还有好几天才结束呢。”

谢云舒抱着胳膊靠在沙发上，跟葛漫漫一起浏览选手们的得票数。过了一会儿，他突然倾身过来，手覆在葛漫漫的手背上，滑动鼠标，往上翻了一页：“等一下，我看下第六名，杜伊若，嗯，你和她差距不大，照这个速度，估计明天就能赶超她。”

谢云舒另一只手撑在她身后的沙发背上，半边身子往她这边倾斜，贴着她的背，她甚至能感觉到他结实的胸膛。她瞬间像被人施了魔咒，半边身子都僵住了，忙不迭用另一只手滑动触摸鼠标，关掉投票页面，起身回屋。

“嗯，这是什么，怎么还有我？”

不等她迈开腿，谢云舒发出惊疑，投票页面关掉后，刚才看到一半的成长小视频成为当前页面，画面静止，停留在谢云舒承认是她男友的镜头上。

葛漫漫大窘，谢云舒一脸怀疑。她被他盯着，只觉那视线宛如两根熊熊燃烧的火把，所经之处，大火肆虐，脸颊滚烫。

她连忙按下空格键，让画面继续：“别误会，这是粉丝给我做的成长小视频。”

谢云舒躺回沙发上，双手交叠，枕着脑袋，斜眼一看：“原来是这样，吓我一跳，我还以为你喜欢我。”

命中红心！

葛漫漫的脸像煮熟的螃蟹似的，憋了半天，大叫一声：“少臭美了，谁喜欢你？”

谢云舒不说话了，看着小视频上的时间出神。

“还有七天。”

“什么七天？”

“你当时不是说让我做你一个月的男友吗？我算了下，还有七天就到期了。”

葛漫漫眨眨眼，扭头盯着电脑右下角的时间，沉吟片刻，她张张嘴，不禁把心里想的话说了出来：“可以续约吗？”

“续约金怎么算？”

葛漫漫恍然回神，心咚咚直跳。她攥起拳头，良久，深吸一口气，抬起头：“谢云舒……”

她认真地叫出了他的名字。

谢云舒立刻坐直了身子，似乎在期待着什么。

然而，她只是眯眼一笑，摆摆手道：“我开玩笑的，你那么贵，我可付不起续约金。”

望着葛漫漫的背影，谢云舒眼里有明显的失望，随即又想起那天林梓沫告诉他的秘密，不禁莞尔。那种事情会是真的吗？

午夜，葛漫漫躺在床上，怎么也睡不着，脑海中浮现出刚才的一幕，差一点，她差一点就说出来了。“谢云舒，我喜欢你”这么简单的一句话，为什么话到嘴边，她就是说不出口呢？这一点也不像她。想当年，她喜欢方黎的时候，敢直接跑到男生宿舍楼下强行表白，场面之大，真如歌词所言：“不留遗憾，不负少年。”这一次，她为什么犹豫了呢？

她缠着被子，把自己裹成一条虫子，在床上翻来覆去。一想到刚才的窘境，她就拼命咬着唇，不让自己尖叫出声。不知折腾到几点，她叹了一口气，算了，先不想这个了，还是先关心复赛晋级情况吧。

接下来两天，葛漫漫的人气还是持续升高，第五天，她已经从最初的第十名超越所有人，一跃成为第一名。

根据她前几天的观察，自己稳定在前八名在预料之中，可超过第一名是她绝对没想到的。因为前三名的成绩和票数明显比后面的人高出一大截，如果不是自己知道，她都怀疑自己是不是花钱拉票了。

论坛上的风向也有些奇怪，不知从哪里冒出来许多自称她死忠粉的ID跑到投票帖评论区口出狂言，把她吹得天花乱坠的同时，诋毁其他参赛选手厨艺差、人品低。

她连忙发帖制止粉丝的这种行为，可是根本没用。她有种不好的预感。

果然，没几天，网上就开始出现关于她的负面评论和文章。其中两篇被网友疯狂转载。一篇文是说她之前做推广的那家叫姑苏人家的火锅店，因为卫生不合格被查封。有网友在文章后面留言，说她当时做推广的时候就是因为吃了有死老鼠的底料，才中毒入院，后来老板给了她一笔封口费，她才谎称自己是胃溃疡发作，帮老板洗白了。另一篇文章是说，她复赛时遇见评委老师胃疼的事是她瞎编出来的，只是为了博得评委老师的高分。不然为什么她没有在台上指明当事人是哪一位评委呢？

葛漫漫看完文章后气坏了，急着向大家澄清真相，她就没有多想，翻出了半年前在嘉城附院就诊的病历，并晒在了论坛里。

然而让她没想到的是，有网友竟然称这份病历是伪造的，因为病历上她的主管医生是谢云舒，而巧的是谢云舒刚好又是她的男朋友。

葛漫漫哑巴吃黄连，有苦说不出，连忙回帖，称自己和谢云舒就是通过那件事认识的。可细心的网友又发现，她当时胃溃疡发作，病情并不算严重，应该分属内科，怎么会进了胃肠外科病房，成了谢云舒的病人？

这个问题一跳出来，葛漫漫彻底就蒙了，她从来没想过这个问题。是呀，就算当时是谢云舒把她送去了医院，也应该挂内科的号不是吗？

这个问题她回答不出来，于是跟风的网友直接断定病历是假的，更有看热闹不嫌事大的网友顺道骂起了谢云舒，骂他帮女友伪造病历，甚至连之前火灾的负面评论都拿出来，将他推上了舆论的风口浪尖。

谢云舒所在科室是胃肠外科，自然会接触一些美食圈子里的人，《我爱厨房》第四季主持人选拔赛是嘉城市炒得最火的一个话题，于是难免遇到一些不理智的脑残粉。

只是，葛漫漫没想到事情会这么严重。

这天晚上，谢云舒因为值大夜班没回来。林梓沫给葛漫漫发信息，说今天谢云舒的一个病人要求换主管医生，并且拒绝让谢云舒为其主刀，还骂谢云舒是没有医德的庸医。

葛漫漫的心蓦地一揪，连忙拨去电话。

“喂，怎么了？”

听到谢云舒一如往昔平静温和的语调，她想好的道歉词突然忘得一干二净，最终只剩下三个最简单最无力的字：“对不起。”

“你干吗突然给我道歉？”

“林梓沫都告诉我了。”

谢云舒沉默了一下，轻笑道：“这个小丫头，嘴那么快，等下我去没收她的手机。”

他同她开玩笑，她没有笑。良久，他说：“也没什么，最近几天连着上班，我都快累死了，不让我主刀，我乐得轻松。”

她知道他肯定在强颜欢笑，可隔着电话线，她一点也听不出他语气里的低落情绪。电话那头只有他温柔的声音：“好了，护士叫我了，时间不早了，你快睡吧。”

打完电话，谢云舒站在空旷的更衣室里，靠着衣柜，疲惫地揉揉额角，脱下那件刚被病人“不小心”泼满菜汤的白大褂。

一夜的时间，葛漫漫的人气狂跌。第二天打开微博，她竟收到了上千条私信。她打开来，一封封都是不知哪里冒出的黑粉儿发来的。

他们骂她毒妇，骂她蛇蝎心肠，骂她膀大、腰粗、肚子圆，就是一个装屎的垃圾桶。一字一句宛如一把利刃凌迟着她，更有网友将她的直播做成了恶搞视频挂在论坛上。

一直以来，她都只是一个自由小主播，人际圈一向单纯干净，哪里受过这种辱骂。她难过极了，有种退赛的冲动。

低落的心情导致痛经，她连饭也吃不下去，睡也睡不着，捂着肚子，疼出一身冷汗。

谢云舒下夜班回来，见她房间的门开着，敲了敲门。

“你回来了。”她躺在床上，翻个身，苍白一笑。

他看见她床头柜上的卫生棉和喝了一半的红糖水，眼神一软，走到她床边。

“来，我教你一个办法。你把手横放在肚脐下面，然后用力握住你的腹直肌，提起来，左右揉几下，肚子就不痛了。”

“我不会。”她伸手试了一下，脸微微红。

“你得坐起来。”

他伸手拉她一把。她从床上坐起来，双腿并拢，自然搭在床边，按照他说的方法找到腹直肌，却痛得一点力气也使不上。

“你别动。”

他在她面前蹲下身，隔着衣服触到她的小腹。

她条件反射地颤了一下，他的手顿了一下，见她没有抵抗，才慢慢把手放在她的肚子上。

他的力道缓缓的、慢慢的，不轻也不重。她只觉得身体里升腾起阵阵暖意，与此同时，纠结在一起的筋络也舒展开来。

“你好点了吗？”

“嗯，好神奇，我一点也不疼了。”

他半跪在她身前，她低头看他。三十六小时连班，他没来得及洗澡，头发有些油。她大概痛经痛到脑子抽了风，开口问道：“你也经常这么帮你女朋友按摩吗？”

他的动作一滞，抬起头：“我没说过吗？我还没有女朋友。”

“那你怎么知道这个办法？”

他停了手里的动作，半蹲在她面前，低笑道：“我是医生呀。”

她愣了愣，忽地笑开了，笑着笑着，眼睛湿润起来，嘴角一沉，往前一扑，搂住他的脖子：“嗯，你是医生，你是全世界最好最好的医生！我不要大家骂你，谁都不可以骂你，谁都不可以……”

她哭得歇斯底里，他愣怔片刻，也抱住了她。她很瘦，抱在怀里空荡荡的，他没太敢用力，只虚虚地拢着她的腰，轻拍她的背：“傻瓜，哭什么？”

哭什么呢？她就是想哭。她肚子痛没有哭，受到网友质疑没有哭，被网友谩骂也没有哭，可当她得知自己连累了他时，胸口就像扎进了一根冰锥，难受极了，眼睛酸酸涩涩的，就像抹了洋葱，眼泪不由自主地就掉下来了。

“我想退出比赛。”她趴在他怀里呜咽。

“为什么？”他惊讶道，“你不是一直都想成为一名优秀主持人吗？”

“我不想你因为我遭到大家的非议。”她直起身。

“事情已经发生了，你现在退出，就等于承认了那些诬陷是真的。”

“可是……”

他伸出食指，制止了她接下来要说的话，让她躺回去，帮她擦干眼角的泪痕：“你别胡思乱想了，只管朝着目标前进，剩下的交给我处理。”

他的语气绵软而沉静，带着令人心安的奇异力量，她闭上眼睛，安心睡去。

葛漫漫做梦都没想到，复赛的评委老师贺建平会为她发微博澄清真相。

那天，葛漫漫之所以没把评委老师的名字说出来，是不想透露对方的隐私，毕竟胃痛这种事虽小，却也不是什么好事。Lagenie度假村食品运营部行政总厨，身份显赫，如果不是因为比赛，她这种名不见经传的小主播根本不可能和他搭上话。所以出事后，她根本没指望他出来替她说话，毕竟谁会在意一个小选手的死活呢？可现在让她诧异的是，他竟然主动发微博，称复赛当日，他就是被葛漫漫帮助过的那名评委。她想到谢云舒昨天的那句话：你只管朝着目标前进，剩下的交给我。

难道说……

晚上，谢云舒回来，葛漫漫横开胳膊将他挡在玄关处。

“和你有关系？”

“什么？”

“贺建平先生发微博替我说明事情真相这件事，难道和你有关系？”

谢云舒脱了外套，换上拖鞋，点点头：“嗯。”

葛漫漫瞪大眼睛，一脸诧异：“真的假的，你不会真的是富二代吧？你厨艺那么好，该不会是贺建平老师的儿子吧？”

谢云舒看起来心情极好，往前走了一步，凑近她：“我说是的话，你现在会不会直接扑倒我？”

葛漫漫的脸涨得通红，抱起胳膊往后退一步：“当……当然不会啦，我可不是那种随随便便的女生。”

谢云舒笑了。

葛漫漫敛了神情，严肃道：“说真的，你是不是贺老师的私生子？”

“喂！”谢云舒捏一把她脸颊上的肉，“你想什么呢？贺伯伯是我父亲的朋友。”

贺伯伯？原来贺建平是他父亲的朋友。不过，有这么厉害的朋友，他父亲应该也不一般。她一脸好奇，本想追问他父亲的事，却发现他神情有些恍惚。她之前听他说过，他去世的母亲也是一名医生，却从来没听他提过有关他父亲的任何事。他们父子俩有什么矛盾吗？她忍了忍，将一肚子的疑问咽了下去。

“对了，我还有一个问题想问你。”葛漫漫说。

“什么问题？”

“你们外科不是管动手术的吗？之前你在火锅店捡到我，我明明无须动手术，为什么会住进外科病房？”

“呃，这是因为……”

“老实说，你们是不是收一个病人就有一个病人的提成，你当时是不是想靠我拿提成来着？”

“你真聪明。”

林梓沫在葛漫漫刚出事的时候发过一段视频，视频中的林梓沫以受助者的身份把葛漫漫帮自己筹款的事说得一清二楚，并且以自己的人格担保，葛漫漫绝对不是那种为了利益，为了复赛晋级不择手段的小人。可惜林梓沫的用户等级太低，当时有关葛漫漫的负面新闻又多，没多久，这段视频就被铺天盖地的帖子掩盖了。如今贺建平发微博为葛漫漫说话，一些有心的网友终于想起当初林梓沫那个一闪而过的带有视频的帖子，又将其翻了出来。与此同时，曾经红极一时的萌萌鹿得知了此事，也站出来为葛漫漫说话。

在三方支持下，舆论风向开始转变，网友们开始反思，觉得从一开始的投票爆炸就是一次有企图的黑人事件，目的就是为了把葛漫漫挤出晋级名额。细心的网友发现那两篇被疯狂转载的诬陷帖来自同一个ID，还是一个新注册的用户，经过技术宅、侦探宅们的不懈努力，最后居然发现这个ID属于另一个参赛选手，现下排名第九名的杜伊若。

葛漫漫不敢相信，她找其他选手要来杜伊若的联系方式，打电话质问对方。杜伊若被网友扒了个干净，也不再装疯卖傻，直言就是看不惯她。明明那么不起眼的小角色，她和自己站在一起，别人看都不会看她一眼，凭什么名次在自己前面？不就是耍了点小聪明吗？什么“厨艺应该是一件带给大家幸福的事”，这种话谁不会说？既然自己进不了前八，那也不想让她晋级。

“人心为什么可以可怕到这种地步？表面上对你热情友好，背地里却捅你一刀。我和杜伊若总共几面之缘，我们顶多算是迎面走来无意相识的路人，无冤无仇，就因为我成绩超过了她，她就这样对我，排名在她前面的还有好多人不是吗？”葛漫漫抱着靠枕躺在沙发上。

谢云舒烧上洗澡水出来，在一旁的单人沙发坐下：“目前排名前八的人中，只有你的历史成绩弱一点吧。”

葛漫漫点点头。

谢云舒说得很委婉，但不得不承认，就目前为止，前八名中除了网络吃播出身的葛漫漫，剩下的选手几乎都有主持经验，有的甚至独挑过某档美食节目的大梁。

谢云舒继续说：“人总是在和自己相似的人进行比较，那些年龄、经历、能力和自己差不多，甚至还不如自己的人一旦取得傲人的成绩，超过自己，人们往往就会产生嫉妒心理，而对那些和自己从来没发生过交集又一直比自己优秀的人产生的感情则叫羡慕，或者说崇拜。”

葛漫漫没有说话，似乎在思考着什么。

谢云舒又说：“没什么好惊讶的，人性本来就是自私的。你和杜伊若连朋友都算不上，她伤害了你，你尚且可以找人吐槽，找人发泄，甚至报复回去，可如果那个伤害你的人是你的亲人呢？你也许无能为力，只能默默承受。其实最致命的伤害往往不是来自陌生人，而是来自你的亲人，所以有时候不是我们不想善良，而是被逼无奈。”

他说这话时，不知想到了什么，琥珀色的眸子蒙上一层浑浊的雾气，两只手攥在一起，因为用力微微颤抖。

葛漫漫摇摇头：“我觉得不是，没有什么被逼无奈，即便全世界都是坏人，我也会选择做一个好人，因为好人好自己，坏人坏自己。就像杜伊若，最终还是害了自己。”

“我该说你傻，还是天真呢？”

“我说得不对吗？”

谢云舒愣了一下，笑道：“当然，不这么说你就不是葛漫漫了。你说得对，万事万物总有两面，好人好自己。杜伊若诬陷你，可也正是因为这件事，让大家更加了解真实的你，让更多的人喜欢你。”

“更多的人喜欢我？”葛漫漫失神般喃喃。良久，她从沙发上起来，挺直腰杆，跪坐在那儿，一双大眼睛颤巍巍地望向谢云舒：“那么你呢，你喜不喜欢我？”

她刚问出口，一颗心就狂跳起来，胳膊收紧，用力抱紧了胸前的抱枕。如果此刻眼前有一面镜子，她一定能看到自己涨红的脸以及眼睛里明显的紧张与期待。

谢云舒没有立刻回答，他手里握着茶杯，食指摩挲着杯口，看着她沉默了一会儿，低柔一笑：“当然，我一直都很喜欢你。”

一瞬间，仿佛阳光冲破云层照耀在大地上，飞鸟掠过，冰川消融，百花盛开。

她低下头，脸更红了：“是哪一种喜欢？”

谢云舒似乎没想到她会这样追问，愣了一下，小心翼翼地放下茶杯，喉结滚了滚，薄唇轻启：“我对你……”

就在这时，谢云舒的手机毫无征兆地振动起来。葛漫漫下意识看过去，是一个微信视频通话，来电显示——雅琳。

这名字真好听，应该是一个女生吧？果然，头像还是一个漂亮的女孩子。只是……奇怪，这个人似乎在哪里见过。对了，火锅店，就是谢云舒捡到自己的那次，被他丢弃在火锅店的相亲女！他们竟然还有联系？葛漫漫的心莫名一颤。

“喂，云舒，明天周末，有时间出来坐坐吗？”

云舒，叫得这么亲切吗？葛漫漫抿着唇，心仿佛都提到嗓子眼了。

谢云舒抬头看了葛漫漫一眼，问：“什么事？”

电话那头的人支支吾吾，好半天才撒娇道：“拜托，出来啦，我有事要跟你当面说啦。”

有什么话非得当面说，还扭扭捏捏的？葛漫漫的心一沉，胸口突然像压了一块大石头。

谢云舒叹了一口气，摇摇头：“好吧，我拿你没办法，明天上午十点，静轩茶楼行吗？”

“嗯，好，那我们明天见。”说完，她还给谢云舒送来了一个飞吻。

谢云舒无奈极了，挂断电话，宠溺一笑。

葛漫漫看在眼里，只觉得谢云舒眼睛里的蜜意多得都快要溢出来了，而她仿佛吃了黄连，从舌头到喉咙都是苦涩涩的。

“葛漫漫，我对你……”

“水热了，我去洗澡。”不等谢云舒继续刚才的话题，葛漫漫就抱了衣服冲进浴室。

她想她已经猜到答案了。

她打开淋浴，呆坐在马桶上，心里空落落的。

听他们对话的语气，那个半年前同他相亲的姑娘现在应该已经是他的女朋友了吧。

谢云舒说得对，她真傻，竟然差点就相信了唐楠楠的话，以为谢云舒真的喜欢自己。刚刚她竟然还问他那么白痴的问题，还好他的性格好，知道给她台阶下。

她堵起耳朵，拼命摇头。不要，她才不要听他说像粉丝一样喜欢她呢！

第二天上午，静轩茶楼。

葛漫漫觉得自己一定是疯了，经过昨天一晚上的挣扎，她都已经想清楚了。谢云舒是她的室友，他喜欢谁，和谁去约会，和她一点关系都没有，而她也不过是因为谢云舒曾经帮过她，对他产生了好感而已，那根本不是喜欢。

然而今天一早，收拾好的谢云舒一出门，她就坐不住了，匆忙换了衣服，鬼使神差跟了出来。

此时，葛漫漫躲在半人高的垃圾箱旁，探着脑袋，偷偷瞧着对面的茶楼。

擦得一尘不染的玻璃窗内，谢云舒正和一个穿黄色连帽衫的姑娘面对面坐在一张方木桌旁，服务员上完茶，做了一个“慢用”的姿势就退了出去。一时间，雅间内，只剩下谢云舒和姑娘两人。

离得太远，葛漫漫听不见他们在说什么，但看得出比在火锅店那次聊得更开心了，尤其那姑娘脸蛋红扑扑的，时而害羞带怯，时而抿嘴轻笑。

葛漫漫远远看着，突然有种被人抢了心爱之物的感觉。她一咬牙，避开两人视线，绕进店里，选了两人隔壁的一间雅间，点了一壶茶，催走了服务员。

这是一间装饰比较古典的茶楼，楼里很安静，不像餐馆那么喧哗热闹，雅间与雅间之间用一扇折叠式屏风隔开。

葛漫漫看着那扇横亘在她和谢云舒间的屏风，内心极度挣扎，最终还是将脸贴了上去。

这绝对不是偷窥，谢云舒那么笨，除了动手术什么都不会，万一被人骗了怎么办？她必须尽到做室友的职责，替他把好关。

茶楼里放着流缓悠长的古典音乐，葛漫漫扒着屏风，努力透过缝隙，往隔壁看去。

“我买了一件衣服，你先试试看。”

那姑娘拿出一件黑色羽绒服，中短款，白色毛领。谢云舒站起来，十分配合地穿上，在原地转了一个圈。

“看来我的眼光不错，男人还是穿黑色好看，有内涵。”

虽然葛漫漫极不情愿，但不得不承认，那姑娘买的羽绒服，谢云舒穿在身上的确很显气质，她忍不住多看了两眼。

“对了，云舒，你把你们科室的夜班值班表发我一份吧。”

要啥？值班表？还是夜班的？这是什么诡异操作？

两人说话的声音不大，葛漫漫想听清楚两人的对话，只好又努力地往前倾了倾身子。她的耳朵贴在屏风上，注意力全部集中在两人的对话上，完全没有发现屏风是可以活动的，而且一点点往前倾斜。

“你觉得我们俩有戏吗？”

问到关键问题，仿佛发问的是自己，葛漫漫整颗心都被吊起来，呼吸缓慢，手脚僵直地贴着屏风，越来越往前，越来越往前。

“我觉得……”

“哎哎哎……啊！”

不等谢云舒一句话说完，“砰”的一声，安静的茶楼里响起一声巨响，一阵灰尘喧嚣，面对面坐着的两人同时从座位上弹起来，躲开一段距离，然后一脸诧异地看着她。

“葛漫漫？”谢云舒惊讶道。

彼时，葛漫漫只觉得重心一失，整个人都往前栽去。她两只手下意识去撑地面，“噗、噗”两声，屏风上画在宣纸上的山水泼墨画，被她直接按出两个窟窿。

服务员闻声赶来，直接蒙了：“这是……”

葛漫漫趴在地上，红着脸看向服务员：“不好意思，我想近距离研究下这幅画是不是张大千的真迹。”

谢云舒走过来，朝她伸出手。

葛漫漫没有抬头看他的脸，半垂着脑袋，借着他的力从地上爬起来，拍拍身上的灰，似乎不在意地抬起头："哎，好巧，你怎么也在这里？"

周遭一片寂静，谢云舒没有接她的话。

葛漫漫摸摸脑袋，只觉得一只乌鸦在眼前"嘎嘎"飞过。

十分钟后，葛漫漫像一只大灯泡似的坐在两人中间。

"云舒，这就是你跟我提过的葛漫漫？"

"嗯，我知道。"

听那姑娘说到自己，葛漫漫的手顿了一下，然后继续闷头喝茶，没好意思抬头。

良久，不见两人说话，她偷偷抬头看了谢云舒一眼，发现谢云舒正托腮盯着自己，忙不迭四下躲闪，道："你们两个聊就行，不用管我，就当我不存在。"

对面的姑娘看了谢云舒一眼，又看了一眼葛漫漫，嘴角忽而扬起一抹玩味的笑意。她张了张嘴，随即低头在手机上打了几个字。

谢云舒的手机振了振，是一条微信。

"她知道我们的关系吗？"

"不知道。"

"她好像在吃醋耶，看我来逗逗她。"

"江雅琳，你别给我惹事。"

然而，不等谢云舒这条信息发过去，江雅琳已经放下手机，拉起谢云舒的手："云舒，我们继续刚才的问题，你觉着我们俩有戏吗？"

谢云舒没有说话，视线一直落在葛漫漫身上。而葛漫漫低着头，咬着喝空的茶杯，死死盯着谢云舒和江雅琳紧紧牵在一起的手，面色铁青。

江雅琳嘴角一弯，继续道："我觉得吧，找一个医生做老公还挺好的，你说是不是，漫漫？"

"嗯？哦！我不太喜欢医生耶！工作那么忙，一周七天，六天都在加班，这还不算值班。”

谢云舒：“……”

江雅琳一脸惋惜的模样：“哦，这样呀……唉，我有个堂哥，长得一表人才，做饭还好吃，至今单身，我本来还想撮合一下你俩，可惜他是一个医生。”

葛漫漫冷着一张脸：“不需要。”

江雅琳啧啧：“哎呀，你这么说可就让我堂哥伤心了，你知不知道我堂哥对你……”

她的话没说完，谢云舒一个健步冲过来，捂住她的嘴：“喂，江雅琳，你再闹就自己去约许亦白，我不管你了。”

江雅琳眼中的嘚瑟之意瞬间消失，转而换上一副“我知错了”的表情，小鸡啄米般疯狂点头。

谢云舒这才松开手。

江雅琳喘了一口气，起身，拎包，露出一个意味深长的笑：“好了，该说的我都说完，我先走了，别忘了把衣服给许亦白，我的终身幸福就交给你了，堂哥。”说完，她朝谢云舒飞个吻，转身离开。

葛漫漫惊呆在当场：“她刚叫你什么？”

谢云舒帮葛漫漫续上茶：“抱歉，我忘记介绍了，她是我的堂妹江雅琳……喂，你去哪儿？”

葛漫漫眼眶通红，二话不说，扭头就往外走。

“小姐，您还没付钱！”

“后面！”

谢云舒拿了东西，紧跟其后追了出来。

“先生，您还没付钱。”

“哦，多少钱？”

“总共是一万零三百块。”

谢云舒蒙了：“多少钱？”

服务员按着计算器：“算上您朋友损坏的那扇屏风，总共是一万零三百块。”

谢云舒付完钱出来时，葛漫漫就站在茶楼门口。见他出来，她一句话也不说，牵起他的手就往一旁的巷子里走去。

那条巷子有些深，铺着与周围高楼大厦格格不入的古旧青石板，石头墙上尽是岁月的痕迹。

她蓦地停下来，松开他的手。他因惯性，险些撞到她身上。

“葛漫漫？”他叫她。

她背对着他，不说话，肩膀微微抖动，传来低低的啜泣声。她也不知道自己为什么哭，就是觉得心里委屈。

“你为什么不告诉我，她是你妹妹，你就这么想看我出丑？”葛漫漫吼他。

“对不起。”他低头道歉。

“你就没有什么话要对我说吗？”她的声音低下来。

“我……”谢云舒蓦地抬起头，望着她的背影，几次张开嘴，最终只柔声道，“其实我们那个科也没有那么忙的。”

她转过身，望着他，迟缓地眨眨眼，“扑哧”笑出声。

他也笑了：“你的心情好了吗？”

她抹着眼角，点点头。

“好了，那我们回去吧，一会儿我下厨给你做顿好吃的。”他边说边往巷子口走去。

“谢云舒！”她突然叫住他。

“嗯？”他下意识回头，眼前有什么猛地出现，呼吸一滞，一抹柔软顺势贴到他的唇上。下一秒，他意识到她吻了他。

然而不等他尝出那个吻的味道，她便已抽离。

从早上起，天就阴沉沉的，此时米粒大小的雪花一点一点从头顶飞舞着，飘落下来。

他的眼睛睁得大大的，表情是难以置信。

她抬头望他，他胸口起伏，温热的气体弥漫在湿冷的空气中，凝成白雾，让她觉得眼前的一切那么不真实。

她说：“谢云舒，我们假戏真做吧。”

“什么？”他似傻了般，没听懂她的话。

她笑了笑，胳膊攀上他的脖子，看着他的眼睛，低声道：“我说，我们做一对真正的情侣吧。”

他的嘴巴颤了颤，没说出话来。

她近距离观察着他，从他深邃的眼神到挺立的鼻梁，最后落在他薄薄的唇上，她试探着再次贴了上去。

他却宛如一块木头，一动不动。

她的心沉下去，踮起的脚慢慢落下。

就在她的唇即将离开他的一刹那，一声闷响，装羽绒服的购物袋应声落地。她只觉得腰间一紧，唇齿间一股排山倒海力量直冲而入，犹如刚从洪荒中觉醒。他拼命咬住她的唇，回应她的吻，释放着压抑多年的情绪。

她被吻得喘不上气，用力推他的胸口，他却往前一步把她推到墙边，将她的两只手反按在墙上。

他低头看她，眼里的温柔尽数退去，琥珀色的眸中燃起一团火焰。

喘息的间隙，他像一个坏小孩，嘴角挑起一抹恶劣的笑意：“想逃？来不及了，谁让你先招惹我的。”

“谢……”她想说什么，却被他的吻堵在喉咙里，她索性不再说话，闭上眼，任由他折腾。

谢云舒很满意，松开她的手，捧起她的脸，吻得更深了……

Chapter 12
遇见你以后，余生皆是你

葛漫漫觉得有点不真实，直到第二天头还晕乎乎的，脑袋里全是巷子里那个激烈的拥吻。

她属于冲动型的姑娘，对待喜欢的人也就是一瞬间的大胆，过后便㞞下来，以至于昨天回来后，她一直没敢和谢云舒对视。

早上七点，谢云舒洗漱完毕，吃过早餐。

葛漫漫因为之前复查没排上胃镜，许亦白让她术后一个月左右过去查胃镜。之前一直忙，没来得及去，今天她没事，谢云舒去上班，正好带上她一起。

谢云舒来敲葛漫漫的房门时，葛漫漫正在卧室内的卫生间里洗漱，没有听到敲门声，等收拾妥当出来时，谢云舒正倚在房门口等她。

他穿了黑色高领毛衣，手里抱了一件灰色外套。

“你收拾好了吗？”

他突然说话，吓了她一跳，猛不丁打起嗝来：“你怎么走路神不知，呃……鬼不觉的……呃……”

她打嗝的样子有点可爱，谢云舒忍不住笑起来。

他越笑葛漫漫越觉得尴尬，越尴尬，她越是停不下来。她红着脸，冲他发脾气：“你还笑，还不给我倒点水来。”

他耸耸肩：“查胃镜前不能喝水。”

葛漫漫气得跳脚：“都怪你！”

谢云舒想了想，坏笑一下：“其实有一个办法治打嗝，挺管用的。”

“什么办法？”

“就是……”

谢云舒挑了挑眉，忽地大步跨过来，食指抬起葛漫漫的下巴，亲了上去。这个吻不似昨天的激烈，温柔而绵长。葛漫漫的瞳孔一缩，胸口一下子躁动起来，不等她反应过来，他已经直起身。

“怎么样，好了吗？”

葛漫漫的脸红得像一个西红柿，愣了半天，发现竟然不打嗝了。

“好神奇，亲嘴也可以治打嗝吗？”

谢云舒一本正经道：“对呀，你下次打嗝直接找我就好。”

呃，我读书少，你不要骗我。

到医院时七点半，谢云舒赶去签到。

葛漫漫轻车熟路挂了门诊，开了无痛胃镜单，验了血常规，拿到结果后，便去内窥镜室排队。

快轮到自己的时候，她给谢云舒发了一条微信，谢云舒没有回，她猜他大概在忙，也没怎么在意。

等做完胃镜，从麻醉中醒来的时候，她隐隐约约看到一个白色的人影，闭了闭眼，再睁开眼，才发现是谢云舒。

“漫漫。”他叫她，没有姓氏，只有两个叠字。很多人这样称呼她，却都不像这样轻轻的、柔柔的，唇齿相碰间，百转千回，仿佛练习过无数遍。

她感觉就像正睡得很舒服时被人强行叫醒一般，很不情愿，却并不觉得生气，只看着他傻傻地笑。

“你能起来吗？”他问她。

她摇摇头，只觉身体轻飘飘的，根本站不起来。谢云舒见状，脱了白大褂，往旁边衣架上一挂，走过来直接把她抱了起来。

她吓了一跳，脑袋也清醒了一些：“你干吗，让你同事看到了多不好。”

谢云舒嘴角一挑，不以为意：“我抱我女朋友有什么不好的。”

说完，他抱着葛漫漫径直走出去，剩下刘医生和三个小护士愣在原地。原来谢医生是这么会撩的人吗？

两人从内窥镜室出来，采血区已经排起了长队。

“麻烦让一下。”谢云舒抱着葛漫漫从拥挤的人群里走出来。

有人在议论他们。

“那不是胃肠外科的谢医生吗？现在医院服务都这么好了？”

“怎么可能，她是谢医生的女朋友吧？”

葛漫漫听到“女朋友”三个字，心里美滋滋的，搂着谢云舒的脖子，像小猫般在他身上蹭了蹭，咯咯笑起来。

谢云舒低头扫了她一眼：“你笑什么呢，不会被麻醉药药傻了吧？”

“网上说麻醉药会影响智商是真的吗？”

“你说呢？”

葛漫漫的脸一拉，神情严肃：“快，你问我一个数学题。”

谢云舒当机立断：“二百七十三乘以五百六十四等于多少？”

葛漫漫：“……”

谢云舒把葛漫漫送到休息室，让她在那儿躺一会儿。

她昨晚没睡好，借着麻药的劲儿一会儿就睡着了。再醒来时已经十一点，她想着跟谢云舒一起吃个午饭再回去。

她去办公室找他，结果办公室一个人也没有，她在他的办公桌前坐了一会儿。他的办公桌很整洁的，没有一丝灰尘，电脑、水杯、病历、听诊器干净整齐地放在桌子上，除此之外，再没有其他多余的东西。

她随手翻了翻他写的病历，和他写的菜谱天差地别，鬼画符似的，她一个字也看不懂。

医院中午十二点午休，葛漫漫一直等到十二点半也不见一个人来，就去了隔壁护士站。

她敲了敲门："不好意思，打扰一下，请问有看见谢云舒医生吗？"

屋里有四名护士，都戴着白色的护士帽，本来都在各做各的事情，听到谢云舒的名字，齐刷刷看向她。

"你是葛漫漫，谢云舒的女朋友？"

前段时间，因为主持人大赛的事，谢云舒被推到了风口浪尖，别说科室，整个医院都知道了葛漫漫的大名。

"我看过你的吃播，很正能量。"

"我也关注你了，你推荐的餐厅都很好吃。"

"我投了你一票，祝你晋级。"

"你是之前那个胃穿孔在这儿住院的患者吧？我当时就觉得谢医生对你不一般，果然没看错，待会儿你把投票链接发我，我也投你一票。"

大家围上来，你一句我一句地鼓励她，她有点感动，双手合十表达谢意。

护士们告诉她，谢云舒还在手术室，不一定什么时候出来，就邀她一起去餐厅吃饭。她盛情难却，回休息室拿了谢云舒的饭卡，和护士们一起去了餐厅。

吃饭时，几个人八卦起来。

其中一个护士聊起谢云舒时带着颇为惊叹的语气，说谢云舒是院里的男神，长得好看，出身好。她当年和他一起考进来，很多单身的医生、护士都对他有意思，可他却一心扑在事业上，无心恋爱，一直拖到现在，二十八岁了，还没谈过一次恋爱，结果就遇到了葛漫漫，这或许就是命中注定吧。

“没谈过一次恋爱？”

“何止，连亲都没相过，我们院长还亲自给他介绍过几个姑娘，他连见都没见，就直接拒绝了。”几个人边吃边聊。

葛漫漫没有说话，她想起谢云舒跟她说过的一件事，他说他以前很讨厌嘉城这座城市，后来因为一个很喜欢的女孩子才想留下来的，他一直没谈过恋爱，会和那个女孩子有关系吗？

一顿饭，葛漫漫吃得心里酸溜溜的。

送餐盘的时候，她收到谢云舒的微信，他问她回去了吗？从餐厅出来时，她给他打了他爱吃的山药胡萝卜片和捞汁卷心菜。

办公室里，她托着下巴看谢云舒狼吞虎咽。

他发现她不开心，放慢了吃速，问：“你有心事？”

“你喜欢我吗？”她冷不丁地问出口，“从昨天起，我就觉得有点不真实，世界上那么多人，你怎么会喜欢我呢？”

办公室里没有人，暖风吹得人闷闷的。

谢云舒放下筷子，走到办公桌对面，在她面前蹲下身，揉揉她的刘海，惹得她闭上眼：“傻瓜，你怎么会这么想？你这么优秀，这么努力，这么善良，是世界上绝无仅有、独一无二的葛漫漫，我不喜欢你喜欢谁？”

他性子温和，说起情话却让人心神荡漾，心动不已。

她本想问他关于他喜欢的那个女孩子的事情，但那一瞬间，她突然想明白了一件事：他们穿越荒年来到此刻，谁没有过去？她没有吗？她也有。那些她所不知道的他的过去，她没有理由过问，她相信她该知道的，他一定都会告诉她，或许早一天，或许晚一天。她现在只要知道她喜欢的人是他，而他喜欢的人是她，这就足够了。

黑帖风波后，葛漫漫的人气比之前更甚，最终以第五名的成绩晋级决赛。然而，决赛的内容是场景主持，葛漫漫虽然是播音主持专业出身，但除了网络直播，没有过实际的主持经验，加之对手实力强劲，最终她毫无意外地败下阵来。

从演播室垂头丧气地走出来时，一个男人叫住了她。

“葛漫漫小姐，请等一下。”

是第一次来电视台时看中杜伊若的那个节目策划人，今天他刮了胡子，穿着休闲衫，比之前显得年轻利落许多。

“我们之前见过一面，不知道你还有没有印象？”

葛漫漫点点头：“嗯，记得，在电梯里，您是景新河老师。”

她记得，那天在电梯里，这个男人向杜伊若递过一张名片，她瞥了一眼，觉得这个姓氏不太常见，就记住了。

那男人似乎没想到葛漫漫会记住他的名字，惊讶了一下，随即笑开：“葛老师好记性。”

她大方一笑：“你叫我漫漫就好。”

“是这样的，我这边策划了一档融合了旅行、美食制作与美食品尝的网络节目，目前还缺一名主持人，不知您有没有兴趣了解一下？”

上次从电梯里听他说时，葛漫漫就对这个节目很感兴趣，只是当时没好意思接话。她实话实说：“其实我还蛮感兴趣的，可是刚才您在台下也看到了，我没什么主持经验，所以第一轮就被刷下来了。”

“没关系，我们这个节目大概类似于一个互动性的纪录节目，无须那么一板一眼地主持节目，只要把您最真实的一面展现出来就够了。何况，谁没有第一次呢？这是我的名片，有兴趣的话，您可以加我的微信，我把大体的策划案发您看看。”

葛漫漫双手接过名片。

从电视台回来，葛漫漫加上了景新河的微信。

她浏览了他的朋友圈，发现他以前是一个背包客，足迹遍布世界各地，尤其对吃感兴趣。他每到一个地方，都会发掘当地的特色小食，直到两年前回国后才做起了节目策划。从他的朋友圈，她能感觉出此人性子洒脱，是一个很有想法的人。

晚上，景新河把大体的想法跟葛漫漫说了说。总的来说，是以旅行和饮食为主，节目第一季暂定六集，选的是国内的几个有特色但没什么名气的小城镇，深入市井深处，屋檐灶下。主持人既是旅行者，又是美食向导，还是美食制作师，带领大家一起去体验最真实、最接地气的饮食文化。因为是低成本的网络节目，所以酬劳不高，除了餐旅费报销外，一集只有一千多块的报酬。

葛漫漫一来觉得有趣，二来需要主持经验，并不怎么在乎价钱，最终决定接受邀约。

第一期的目的地刚巧定在葛漫漫家乡附近的一个小镇——林掖镇。为了吸引观众，增加看点，景新河将第一期的录制时间定在了农历大年初一。

谢云舒今年过年不用值班，农历年三十到大年初二连休三天。他不打算回家，葛漫漫拉着他一起去了拍摄地。

大年三十这天，两人收拾好东西，和剧组的人一起乘机到葛漫漫的家乡兰河市。从兰河市市区到林掖镇，开车不到两小时，葛漫漫决定回家过除夕，明天一早再去林掖镇跟大家集合。

出租车上，谢云舒斜眼瞧着葛漫漫："你是不是早有预谋？"

"没……没有，这不是顺路吗？对了，那个，到时候你别紧张，我爸爸妈妈人很好的。只要是我喜欢的人，他们绝对不会反对的。"

"紧张的是你吧？话都说不利索了。"

"我哪有！"

谢云舒刮她的鼻子："你呀，想带我回家见家长，也不早点告诉我，你这样弄得我有点猝不及防啊。"

"我怕你提前知道就跑了嘛。"

"你这是什么逻辑，为什么我提前知道就会跑了？"

她噘着嘴，委屈巴巴："我哪里知道你们男的在想什么。以前跟单阳说好的，我过年带他回家，没想到一放假，他扔下我就跑了。那时候他也没告诉我为什么呀。"

谢云舒的眼神软了软："他以前这样对你？"

"对呀，你知道为什么吗？"

“可能是有视觉功能障碍吧。”谢云舒靠过来，把她揽到怀里，认真道，“我发誓，我永远都不会扔下你，不管什么时候，生老病死，都不会，除非你先不要我。”

“生老病死？你说得也太严重了吧！”

“一点都不严重。”

她把耳朵贴在他的胸口上，不知他想到什么，心跳快起来。她抬眼看着他坚毅的下颌线，喃喃道：“谢云舒，我喜欢你。”

他回过神，微微一笑：“我知道了。”

是的，她喜欢他，他已经知道了，可她还不知道他有多喜欢她，喜欢到他根本不爱吃山药胡萝卜片和卷心菜，却时常做这两道菜，只因为这两道菜对她的胃好。

大年三十，街上行人骤减，路上车辆也都疾驰着赶回家团圆。出租车载着两人的声音，沿着宽阔的马路渐行渐远……

“对了，你爸妈知道我要来吗？”

“还不知道。”

“他们会不会出去串门呀，要不要先打个电话？”

“不用，我昨天都跟他们说好了，中午到家，他们这会儿肯定做好了大餐，列队等我呢。”

半小时后。

葛漫漫家门口。

她蹲在那儿，一边按着防盗门的密码，一边拨着爸爸妈妈的手机。结果，一边是“哔哔哔”的报警声，一边是“对不起，您拨的电话暂时无人接听”。

谢云舒坐在行李箱上，抱着胳膊：“你确定这是你家吗，你是不是记错门了？”

“怎么可能，我在这儿住了十几年好不好。奇怪，怎么回事，老是密码错误……”

就在这时，葛爸爸的电话终于通了。

“喂，爸爸，您在哪儿呢？”

“乖女儿，这么快到家了。我跟你妈还在你汪阿姨这儿练舞呢。明天晚上，咱们小区的春节联欢会有我们的广场舞节目，这不，我们抓紧时间练习呢。对了，防盗门密码是四一八七，之前你妈跟我吵架，把密码换了，忘记告诉你了。哦，厨房里有方便面，你自己煮一包吃，春节联欢会开始之前，我们肯定到家！”

“老葛，磨叽什么呢！音乐开始了！快点！”电话里隐隐传来葛妈妈的催喊声。

“好，我这就过来。”葛爸爸冲一旁应了一句，扭回头，“乖女儿，先不说了，你妈生气了！”

“等等，您先别挂，我把我男朋友……”

“嘀，嘀，嘀……”

“带回来了……”葛漫漫盯着手机眨眨眼，头顶冷风飕飕吹过。说好的大餐呢？说好的列队欢迎呢？确定她是亲生的吗？

“对不起。”葛漫漫用愧疚的小眼神望向谢云舒。

谢云舒在一旁饶有兴致地看着她，半晌，站起身：“好啦，你先把东西放下再出去吧。”

葛漫漫歪头：“去哪儿？”

谢云舒扬扬眉：“当然是买菜做年夜饭了，第一次见我未来岳父岳母，怎么也得表现下吧！刚在车上我还担心伯父伯母不让我动手呢，现在好了，天赐良机。你还愣着干吗，赶紧开门啊！”

“嗯！好。”

事实证明，没有一顿年夜饭搞不定的岳父岳母，如果有，那就只能说明你厨艺不行。

晚上八点，电视机前，葛爸爸、葛妈妈盯着一桌子的菜，简直惊呆了，桃仁鸡丁、芙蓉大虾、葱爆羊肉、鸡油香菇、橘子盏、藕丝羹……前菜、正菜、汤粥、饭后甜点一应俱全，这哪里是年夜饭，分明是满汉全席。

谢云舒站起来给葛爸爸倒酒，葛爸爸双手扶着酒杯，笑得合不拢嘴，葛妈妈更是高兴得不行，拉着谢云舒看了又看。

谢云舒和葛爸爸葛妈妈聊得投机，倒是把葛漫漫晾在了一边。葛漫漫不满爸爸妈妈的偏心，说话口无遮拦，嚷着谢云舒才是他们失散多年的亲生儿子，自己是充话费赠的。葛妈妈作势打她，她急忙往葛爸爸身旁躲去，一家人吵吵闹闹，却也并不当真。

吃过晚饭，过了一会儿，葛漫漫有些困，洗了个澡就先睡了。客厅里，春节晚会还在热闹闹地演着，葛妈妈在客房帮谢云舒收拾床铺。葛爸爸开了一瓶红酒，拿了两只高脚杯，叫谢云舒陪他到阳台上坐坐。

南方的春节比北方多了几分春意，即使坐在露天阳台上也不觉得冷。谢云舒听葛漫漫说过，葛爸爸是一名大学退休教师，教乐器。之前吃饭的时候没觉出什么，现在和葛爸爸单独坐在一起，谢云舒突然感受到了一种无形的压力，那种压力不是咄咄逼人的气势，而是一种不怒自威的气场。

葛爸爸喝了一口红酒，随口问道："漫漫有没有跟你说过，从小我们就对她'放养'呀？"

"她说她从小就很自由。"

葛爸爸笑："是呀，从小我们就没怎么约束过她，无论是学习还是业余爱好。她成绩好时，我们表扬她；成绩不好时，也不批评她；她想学唱歌时，我们给她找最好的声乐老师，我们发现她没有天分，不是那块料时，也不会刻意让她坚持或放弃。小时候，她在学校受了欺负，我们都会让她自己去解决，她实在解决不了，我们才会出面给她撑腰。从小到大，我们只教过她一件事，就是选择。我们告诉她，只要她觉得对的事就大胆去做，不要瞻前顾后。还好，幸运的是，这些年来，她做过的绝大部分选择都没让她后悔。"

谢云舒没有说话，认真听着葛爸爸的每一个字。

葛爸爸晃了晃杯中的红酒，继续说："我看得出来，她很喜欢你。而且我还看得出来，她这次的选择仍然没有错，对吗？"

"当然。"谢云舒目光从容而笃定，起身帮葛爸爸续上酒，"您让她成了一个真正的她，一个没有其他杂念的纯粹的她，这样的她做出的选择怎么会错呢？”

葛爸爸怔了一下，眼里的笑意更浓了。

葛妈妈收拾完房间，路过阳台时，发现爷俩有说有笑，相谈甚欢，不由得望着卧室中熟睡的女儿悄悄抹了抹眼角。

因为谢云舒和葛漫漫明天要早起赶往林掖镇，葛爸爸没舍得拉着谢云舒一直聊下去，喝了几杯，就让他去休息了。

第二天，两人四点多就从家里出发了。

谢云舒开了一辆共享汽车。天还没亮，环城公园有彻夜未眠的年轻人聚集在一起放烟花庆祝新年。葛漫漫看时间还早，就让谢云舒停车，坐在路边的石凳上看了一会儿烟花棒表演，看了一会儿，觉得手痒，便也要了两根来玩。

夜色下，她晃着烟花棒，坐在石头凳上，穿着白色的羊驼绒大衣，笑得那样干净，那样甜，让人看着有种想咬一口的冲动。然而，不等谢云舒将这个想法付诸行动，“砰”的一声，巨响传来，一朵大红色的烟花就绽放在夜空中，紧接着黄的、蓝的、绿的，一朵接着一朵，一朵掩着一朵，层出不穷。

葛漫漫被震得睁不开眼，想伸手捂耳朵，无奈手里还拿着两根烟花棒，只耸着肩，歪着头，无处躲藏。

谢云舒见状，站到她身后，用温暖厚实的手掌贴在她的耳朵上。她仰起头，对上他温柔的视线。她眨眨眼，他俯身亲了一下她微凉的鼻头。她怕痒，笑着躲闪了一下。下一秒，银白色的烟花把天空映得亮如白昼。

这一刻，仿佛心底压抑多年的阴霾烟消云散，仿佛他二十八年来从未有过遗憾，仿佛他这一生再完美不过。他的手不由得往下移了一寸，从后面抱紧她纤瘦的双肩，低头在她耳边低喃：“漫漫。”你可知，我等了你那么久的时间。

因为资金有限，摄制组只有景新河、葛漫漫、妆造师、摄影师，加上谢云舒总共才五个人。景新河找了一家宾馆，订了四间房，葛漫漫和谢云舒第二天早上才到，就只剩了一间大床房，所幸环境还不错。

谢云舒去房间放行李，葛漫漫去妆造师那儿化妆换衣服。为了配合新年喜庆的气氛，葛漫漫梳了一个可爱的丫髻，穿了一件大红色的短袄，白色的毛绒领子拥着脸蛋，衬得她越发娇俏可爱。

刚化完妆，景新河就进来了，说要带她去见一个特邀嘉宾。

葛漫漫跟着景新河来到隔壁房间，开门的是一个五十余岁的中年男人。四目交接，对方缓缓一笑，伸出手来。

葛漫漫受宠若惊，忙不迭伸出双手，中年男人穿着土褐色的旧外套，皮肤粗糙，似经历过许多风霜的样子，最引人注目的是那一双琥珀色的眸子，沉稳而深邃，一眼望去，有种似曾相识的感觉。

景新河说："这是我前些年在尼泊尔旅行时认识的朋友，江良骥先生，被誉为厨师界的手术师。"

葛漫漫一脸惊讶：天哪！江良骥！那个在事业巅峰的时候离开厨师界的天才厨师！没想到景新河竟然能请到他！而且看样子，两人似乎感情还很好，像是武侠小说里的忘年交。

江良骥望着她，缓声问："你叫葛漫漫？"

不知道是不是错觉，葛漫漫感觉江良骥看自己的眼神怪怪的，似在有意无意打量她。她有些不舒服，却也礼貌地回应道："是的，江老师。"

江良骥慈祥地点点头，莫名赞叹道："好，好，真好。"

互相认识后，景新河跟葛漫漫说了几点要注意的地方，说完后，摄影师和妆造师也都收拾好了。景新河看下时间，准备出发。

葛漫漫和谢云舒的房间在二楼，葛漫漫从三楼下来时，谢云舒正站在楼梯口等她。

葛漫漫是第一次作为一名外景主持人出镜，兴奋极了。看到谢云舒，她忍不住冲上去搂住他的脖子，晃着脑袋给他看她的新造型："我这样好看吗？"

谢云舒怕弄花她的妆，没敢捏她的脸，伸手戳戳她耳垂上的小铃铛：“可爱极了，我看着就想咬一口。”

她脸红了，嘟嘟嘴：“现在可不行，等晚上回来给你咬。”

“漫漫，这谁呀，也不给我们介绍介绍。”

两人正在这儿旁若无人地耳鬓厮磨，景新河从楼梯上走下来，身旁跟着江良骥。经过这段时间的接触，葛漫漫发现景新河作为这个节目的总策划人是一个性子十分随和的人，碰到问题不会独断专行，会和大家商量讨论，说话也比较随意。他之前没见过谢云舒，不由得调侃起葛漫漫来。

葛漫漫也不扭捏，拉着谢云舒，往他胳膊上一靠，一脸骄傲，道：“我男朋友，谢云舒，帅吧。”

景新河恍然大悟：“哦，我想起来了，这就是之前论坛黑帖事件中被你连累的医生男友吧。”

“对呀。”葛漫漫不好意思地笑笑，扯扯谢云舒的胳膊，“哦，对了，我给你介绍，这位是我们的节目策划人，景新河老师，这位是今天的特邀嘉宾，江良骥老师，你应该听说过吧？江老师是厨师界的大师，获过许多国际大奖，作品独树一帜……”

葛漫漫的话还没说完，谢云舒琥珀色的眸子就狠狠一颤，笑容僵在嘴角。

与此同时，江良骥也看到了谢云舒，顿住脚步，身形微颤。

周围的空气突然安静下来，谢云舒直直望着对面的中年男人，眼中的诧异逐渐被一层冷漠替代。他沉默了片刻，原地转身，往房间方向走去。

“你去哪儿？”葛漫漫眼神中闪过几分难掩的尴尬，鞠个躬，跟大家说声“稍等”，追上去。

“谢云舒！”她叫他，他却头也不回地走。

“你给我站住！”她气急了，整个楼层都回荡着她的声音。

谢云舒终于停下脚步。

她快步上前，发现他的脸色白得吓人。她吓了一跳，忙不迭地摸他的额头："你怎么了，脸色这么难看？"

他抓住她的手，回过神来，眼神一软："抱歉，我突然有点不舒服，就不陪你去录节目了。"

"你没事吧，要不要去医院？"

"没事，我可能有点感冒，躺一会儿就好。"

葛漫漫犹豫了一下，说："那你好好休息，我去录节目，你实在不舒服就给我打电话。"

谢云舒笑道："我给你打电话有什么用，你还想在我面前班门弄斧？"

"我可以陪你去医院啊。"

谢云舒又晃了晃她的小铃铛，柔声道："好啦，没那么严重，我心里有数。你快去吧，大家都在等你。"

葛漫漫见他的气色恢复了一些，才依依不舍地转身，道："那我走了，你多喝点热水。"

"我知道了。"谢云舒朝她挥挥手，"你第一次外景主持，别愁眉苦脸的，开心点。"

葛漫漫回过头，朝他努力一笑，点点头："嗯。"

看着她的背影消失在楼梯处，谢云舒的眼神忽地黯淡下来。他拿出房卡，走进房间，然后"砰"的一声关上房门。他往床上一躺，一条腿搭在床边，闭眼沉思。

半晌，他拿出手机，翻出一张照片。那是一张一家三口的旅游照，因为年代久远，像素不是很清晰，但仍能看出上面那个笑容灿烂的少年是十七八岁的他。那时，他的个子已经很高，站在父母中间，一只手揽着只到他肩膀的母亲，一只手揽着比他矮半头的父亲，其乐融融的情景，简直羡煞旁人。

可惜，再也回不去了……

葛漫漫一行人来到今天的目的拍摄地——七步巷子街。

这是林掖镇的一条小吃街，因巷宽七步而得名。因为不是旅游胜地，这里平日比较冷清。但今天不同，大年初一，周围城镇的人都聚集在这里赶庙会，古旧的石头小巷张灯结彩，路旁的树上挂着丝绸，入眼皆是一片喜庆的红色。

他们这一次的目标美食，是林掖镇的特色小吃——搓鱼子。

这道美食名叫搓鱼子，却和鱼肉一点关系都没有，它是一道面食，因为面条子状似一条条头尖腹圆的鱼儿，故而得名搓鱼子。

葛漫漫的第一个任务就是一边给大家讲解林掖镇旅行攻略和搓鱼子的来历，一边在曲折复杂的巷子里找到一家哪怕在七步巷子街最冷清的时候，也能一天卖出一千碗搓鱼子的百年老面店。

关于搓鱼子的来历、做法、味道，葛漫漫早就做过功课，牢牢记在了心里，但因为担心谢云舒，有点不在状态，一开始就说错了好几个地方。景新河平时看起来吊儿郎当，但工作起来却极其认真，骂起人来更是一点情面都不留。葛漫漫被他骂得狗血淋头，眼泪在眼眶里打转。

江良骥看出她的心事，递给她一瓶矿泉水："你很担心他？"

葛漫漫疑惑地看了江良骥一眼。她当然知道，这个"他"指的是谢云舒，她只是不明白，明明才认识不到一个小时的人，为什么会关心她这个问题。

"我是说谢云舒，你很担心他？"见她不答，江良骥又问了一遍。

她避无可避，点点头。

江良骥安慰她："放心吧，这孩子性子稳重，不会有事的。"

葛漫漫刚才跟大家解释说，谢云舒之所以没来，是身体有些不适，可这个人让她放心，却是说的"性子沉稳"四个字，而且他称呼"谢云舒"时并没有叫名字，而是用了"这孩子"这个代词。

葛漫漫一脸狐疑，她又多看了江良骥一眼，五十岁的面容，脸上有很清晰的皱纹，唯独一双眼睛深邃有神，不由得让她想到一个人。她盯着江良骥愣了片刻，眼前忽然浮现出刚才谢云舒见到江良骥时的反应和以前的一些细节，脑子里猛不丁闪过一个念头，瞳孔一缩："江老师，您是……"

"嘘。"她的话没说出口，就被江良骥制止，他站起身，对她笑了笑，"好了，别多想了，我们现在的任务，就是先把今天的节目好好录完，他肯定也不想看见你现在的样子，你说对不对？"

长者声音缓慢低哑，带着父亲般的慈爱，她愣了愣，重重点头。

虽然心中仍有疑问，但毕竟有了底，葛漫漫努力让自己暂时忘记其他事情，全身心投入拍摄中。

接下来的拍摄中，镜头里的她情绪高涨，打听询问、走街串巷、边走边逛，终于找到了那家传说中的百年面店，随后便是要和江良骥一起学做搓鱼子。

先将面粉用盐水和成面团，擀成一张五十毫米厚的圆面饼，之后切成四棱面条，然后左手拿面条，右手在面板上将面条分段，最后再把每一段小面条搓成一寸长、两头尖的小鱼形状。

镜头里的她手并不怎么灵巧，主持也比较稚嫩，但俏皮可爱，毫无思想包袱，即使弄得满身炭灰，满脸面粉，仍笑得像阳光一样，带着正能量，感染着在场的所有人。

江良骥不愧是亚洲金厨师奖的得主，很快便掌握了做搓鱼子的要领，甚至在做面时利用自己独特的手法，将青椒丝、洋葱丝、土豆丝、蒜薹塞入面条子的面腹中，使得配菜更加入味。

做完搓鱼子，庙会的戏台也开场了。葛漫漫坐在漆木雕花的看桌上，吃着自己做的搓鱼子，听着咿咿呀呀的唱腔，无比惬意。

一天的拍摄下来，葛漫漫非常开心，与其说工作了一天，不如说玩了一天。

从七步巷子街回到宾馆，江良骥收拾行李，准备回市区。景新河说既然来了，何不留下来玩一天。江良骥推说自己还有其他事，趁着夜色离开了。葛漫漫隐约猜出他不愿多留一晚的原因，没多说什么。

回到房间，谢云舒刚洗完澡，正穿着睡衣靠在床头看书，脸色已经恢复如常。

她走了一天，洗完热水澡舒服极了，从浴室出来时，谢云舒还坐在那儿，眼睛一眨不眨地盯着书，头也不抬一下。

她爬到床上，坐在他身边，闲得无聊，同他找话说："对了，今年嘉大一百年校庆，你回不回去？"

谢云舒翻了一页书，淡淡道："看时间吧。"

"你在看什么书呀？"她扒着他的胳膊，看了一眼封皮，"《腹腔镜胃肠外科手术技巧》，好长的名字，好看吗？"

"你要看吗？"

"不要，肯定很吓人。"

谢云舒笑了笑，低头继续翻书。

她直起身，拿开他的书，往地上一扔："你别看了，出来玩就好好放松放松，别老想着工作。"

他抬起头，看着她因为刚洗完澡泛着潮红的脸，呆了一下，随即强迫自己别开视线，重新捡起那本书："我看完这几页。"

葛漫漫靠在他的肩头看了一会儿他的侧脸，低头看看自己"平平无奇"的身材，忽然有种莫名的挫败感，站起身，跨坐到他腿上。

谢云舒不动声色，仍专心致志地看书。

她换了一个舒服的姿势，趴在他身上，两只胳膊肘撑在他腰的两侧，双手交叉，托着下巴，扁嘴道："你是不是手术台上美女看多了，对我都没兴趣了？"

谢云舒面上看上去平静异常，可内心其实从葛漫漫踏出浴室的那一刻就已经波涛汹涌。此时，葛漫漫的言语调戏宛如一针催化剂，让他翻书的手陡然一顿。他慢慢抬起眼皮，看了她一眼，嘴角勾起一抹意味深长的笑。

葛漫漫见他露出奇怪的表情，脑子一蒙，不等她反应过来，重心忽地一翻转，被他一下子按住胳膊，压在了身下。

她吓了一跳，忙不迭尖叫："你干吗？"

谢云舒盯着她，目光灼灼："让你看看我对你的兴趣啊。"

"啊？不……不是，我刚才是开玩笑的，这也太突然了，我还没做好准备呢。”

“有什么好准备的，你不是洗澡了吗？”谢云舒挑弄着她的刘海儿，朝她的嘴边凑来。

葛漫漫就是有贼心没贼胆，只敢耍嘴皮子，见他要动真格，瞬间吓得动也不敢动。

谢云舒见她真吓到了，松开手，捏捏她水嫩的小脸颊，微微一笑：“逗你玩呢，我结婚之前绝对不会乱来。”

葛漫漫听他这么说，胆子又大起来：“这么说你还是一个……”

“葛漫漫！”谢云舒猛地又倾身过来，歪嘴一笑，“你要再这么招惹我，我可不敢保证会发生什么。”

葛漫漫瞬间又尿下去，忙捂住嘴巴，乖乖点头。

闹了一会儿，谢云舒也没精力看书了，索性关灯睡觉。

黑暗中，谢云舒背对葛漫漫躺着。良久，他突然开口，问：“江良骥离开了？”

葛漫漫愣了一下，答：“回来后他就走了。”

谢云舒没说话。不知过了很久，葛漫漫再次开口，低声问：“谢云舒，你以前叫江安眠吧？”

房间静谧，只能听到彼此的呼吸声，又不知过了多久，葛漫漫听到一声几不可闻的气音。

“是的。”

《寻找巷子里的美食》第一集在网络上放出来后，点击率和收视率意外地高。葛漫漫作为节目主持人，人气爆棚，微博粉丝暴涨。不少粉丝评论说喜欢葛漫漫自由洒脱、不拘小节的主持风格，还有一些网友把葛漫漫的图片做成了表情包，在网上传开。

“这张做头像好看，还是这张好看？”

餐桌上，葛漫漫挑了两张自己喜欢的表情包，倾着身子，隔着餐桌给谢云舒看，后者正在吃饭，一只手托着碗，一只手拿着筷子，在手机屏上左右滑了几下，说：“第二张吧。”

“好，那就用第二张。”

葛漫漫把微信头像换下来，手机传来一波接一波的振动声。吃播群里，大家都在讨论她，她围观着大家的发言，偶尔说上几句谦虚话，不由得感叹：“景新河真是一个天才，一分钱的宣传费没花，却引得厨师界和美食圈的众多‘大V’争相转发，多亏了江伯父的加盟。”

葛漫漫随口称呼了一声“江伯父”，谢云舒的手一顿，她立刻意识到说错话，忙不迭改口：“我是说江老师。”

谢云舒没有说话，夹了一块土豆放到嘴里。

葛漫漫小心翼翼抬头，观察谢云舒的表情，犹豫再三，问出了那个埋在心里的疑问：“江老师真的是你爸爸吗？”

谢云舒没有马上回答，又夹了几口菜，吃了几口米饭，才淡淡道：“以前是，不过我们已经断绝关系四五年了。”

“断绝关系！为什么？”葛漫漫一脸震惊。

谢云舒想了一会儿，放下筷子，沉吟半晌，抬起头认真看着葛漫漫的眼睛，低低道来：“我读研二那年，我妈出了车祸，处于重度昏迷状态，在ICU里躺了一个多月，只能靠呼吸机维持生命，医生说不知道还能不能醒过来，更不知道什么时候能醒过来。我学临床医学，当然知道我妈当时的情况有多严重，却仍每天不放弃地祈祷着有奇迹发生。那时候，我下定决心，哪怕我妈变成植物人，我也要照顾她一辈子。可让我没想到的是，我爸刚得到最佳新人烹饪艺术家金像奖，处于事业的巅峰期，他怕我妈拖累他，竟然背着我向医生提出了要放弃治疗。那几天，我之前递出的美国杜克大学的留学申请刚好通过，我忙着处理相关事务，接连几天没去医院，等再去医院的时候，我妈已经不在了。”

葛漫漫听谢云舒说过他母亲的一些事，从他的语气和表情中，可以感觉出他和母亲的关系非常好。

谢云舒说着说着，眼眶微红，葛漫漫不知如何安慰他，只轻声说：“对不起。”

“你用不着抱歉。”他牵动嘴角，声音哽咽，没有接着往下说，起身收拾了碗筷，“我去洗碗。”

她真的用不着抱歉，失去母亲后，他便和父亲大吵一架，然后和江良骥断绝了父子关系。那段时间是他人生中最阴暗的一段时间，他改了名字，抛弃了父亲的姓氏，随了母亲的姓。后来甚至放弃了去美国留学的机会，每天以烟酒度日，过得浑浑噩噩，直到无意间看到她的吃播，他一眼就认出了那是不久前在宿舍楼下错吻了他的那个女孩子。她笑得那么天真，那么明媚，原来“吃”也可以让人那么满足吗？他注册了一个叫“肉团卷卷”的账号，给她发私信，向她发泄所有的负能量，有时是白天上课的时候，有时是深夜。无论什么时候，她都会认真地回复他、鼓励他，给他讲这个世界的美好。

她说有光明的地方就会有阴影，一味地躲在阴影里，人的心就变得很小，大胆地走出去才能发现世界的美。好傻、好幼稚的鸡汤，只有小孩子才会这么说。哦，对了，她才大二，可不就是一个孩子吗？她太干净了，从没见识过这个世界的险恶，更不会理解他的痛苦。她太幸运了，生在一个那么美好的家庭里，美好到足以让她长成一轮火红的小太阳，然后温暖他。

原来，喜欢一个人这么简单。

出神间，腰一沉，她从背后抱住了他，说：“我也不会。”

“什么你也不会？”他洗着碗，回头看了她一眼。

她想起他那天说的话，回答他：“无论以后生老病死，我也不会抛弃你，除非你先不要我。”

他愣怔了一会儿，想说什么，手机却无征兆地响起来。他笑了笑，下巴指指不远处：“你去帮我看看谁打来的电话。”

“好的！”

见他终于笑了，她的心情豁然开朗，“嗒嗒嗒”跑到客厅里拿手机，发现是方黎打来的，就随手按了免提键。

“有空吗？出来聊聊。”

谢云舒擦干手走过来，抬头看了葛漫漫一眼。葛漫漫抛出一个吃醋的小眼神儿，抢白道：“他忙着恋爱，没空。”

方黎听出葛漫漫的声音，苦笑一下：“我差点忘了，你俩这都快修成正果了，我这刚失恋就给你们打电话，不是找虐吗。”

“失恋？我怎么不知道你什么时候恋爱了？”葛漫漫从果盘里顺手拿起一个苹果，咬了一口。

“暗恋不行啊？”

“真的假的？这倒是新鲜事，从来只听说过方大校草被别人暗恋，我这还是头一次听说你暗恋别人，快说说，是谁这么荣幸？”

“说出来怕吓着你，这个人……”方黎的话说到一半突然卡住了。过了一会儿，电话里传来他匆忙的声音，“我先挂了，等会儿再打给你们。”

晚上八点多，方黎站在KTV里，周围是震耳欲聋的DJ（唱片骑师）音乐，金色的灯光充斥着整条走廊，两边是欧式风格的抽象壁画。他收起手机，目视前方，暗暗跟上前方一对人影，一男一女，男人穿着西装，女人踩着高跟鞋。男人揽着女人，女人很不情愿，一次次挣扎着回头，却都被男人嬉笑着扯回去。

一个多小时前，方黎跟朋友约在这家KTV见面，刚进门就遇到了唐楠楠。她跟在一群男人中间，有些拘束，两只手紧紧抓着其中一个男人的手腕。他认得那个男人，是唐楠楠的男朋友林旭，看样子她应该是跟着林旭来应酬的。

此时，方黎紧跟在那对男女身后，没看错的话，那个女人正是唐楠楠，但她身边的人不是林旭。

“林旭。”她再一次扭过头，惊恐的叫喊声被巨大的音乐声淹没。

男人连忙捂住她的嘴，回头看了一眼。方黎往旁边躲了一下，再探出身时，两人已经消失在走廊尽头的拐角处。

方黎站在丁字走廊尽头，左右空无一人，他回忆着刚才的一幕，心猛然一沉。这家KTV并不是太火，空包厢有很多，他从左边的岔路快速搜索起来。没有，没有，还是没有。难道两人没到这里来？当他的心即将沉入谷底的时候，斜对面的包厢门猛地一开，又迅速关上。

他心下一惊，慢慢上前，透过门上狭小的透明玻璃，瞳孔陡然一缩。唐楠楠正被男人从地上拖拽起来，狠狠扔在黑皮沙发上，白色线衣领口被扯得松松垮垮，露出半截藕白的胳膊。那男人脱了西服褂子，白色的衬衫一半掖在裤子里，一边散在外面，半个身子压在唐楠楠身上，一只手伸进唐楠楠的衣服里。

"唐楠楠！"

包厢不带锁，方黎只觉得脑袋一热，一脚踹开包厢门，抓着那男人的后衣领，就把人拽了起来，然后用力往旁边一甩。男人喝醉了，被他一下用力直接撞到墙上，"砰"的一声巨响。

"唐楠楠。"方黎去看她，她尚未从巨大的惊吓中醒过来，闭着眼，胡乱挥舞着胳膊："滚开，不要碰我。"

"是我，方黎。"他抓住她的手，帮她冷静下来。

"方黎。"她停止挣扎，缓缓睁开眼，看清眼前人的样貌后，嘴角哆嗦几下，大哭出声。

他帮她往上拽了拽衣领，转身从身后的大理石桌上抽出几张抽纸递给她。许久，她的哭声渐小，但仍浑身颤抖着，一抽一抽的，当他想扶她站起来的时候，她大叫一声："小心。"

背后传来一阵破风声，方黎反应敏捷，一歪头，一转身子，一只铁拳紧贴着他的脸擦过。他回过头，那男人已经从地上站起来，一身酒气地站在那儿，看了他两眼，朝唐楠楠猥琐笑起来："我就说，你长这么漂亮，怎么可能看上林旭那小子，合着还不知脚踏了几条船呢。"

"你给我闭嘴！"方黎咬牙切齿。

那男人扫了方黎一眼，冷笑道："小子，别在这儿表演英雄救美了。这女人不知跟过多少男人，贱得很。"

"你再给我说一遍。"方黎眼中燃起一团火。

“我说……”

不等那男人张嘴，方黎伸手捞起大理石桌上的一瓶啤酒，大步走上前，往对方脑袋上用力一砸，“砰”的一声，醇黄的酒水与鲜红的血液流下来。那男人踉跄了几下，退了几步，栽倒在地。

唐楠楠愣了一下，大叫出声：“啊——”

Chapter 13

你是清晨的风，傍晚的云，你是冬雪中的银杏林

“漫漫，我和林旭分手了。”

葛漫漫收到唐楠楠短信的时候，正在“庭岸山水”和谢云舒一起验房。看见信息，葛漫漫一个电话打了过去，却没有人接，她只好回了一条短信：“你没疯吧，你舍得跟你家宝贝林旭分手？”

可直到验完房，办完交房手续，她都没收到唐楠楠的回复。

回去的路上，葛漫漫接到林旭的电话，问她有没有看见唐楠楠。

林旭的语气听上去十分焦急，葛漫漫问发生了什么，林旭吞吞吐吐不说话。葛漫漫再三追问，他才说出了实情。

原来一直以来，林旭的上司都对唐楠楠心存不轨。几天前，公司有个应酬，上司以想请教唐楠楠几个关于投资的问题为理由，让林旭带上唐楠楠。因为唐楠楠做的就是投资理财类的工作，他就没多想，带上了她。

那天吃完饭，公司的人提议去 KTV 唱歌，没想到林旭的上司喝醉了，竟趁唐楠楠去洗手间的工夫，将她带到一个没人的包厢，

欲对其图谋不轨。结果，方黎刚好在场，撞见这一幕，一怒之下就拿酒瓶砸了上司的脑袋。上司虽然伤势不重，只是皮外伤，却觉得丢了面子，非让方黎道歉不可。方黎不同意，最后上司说要告方黎故意伤害罪。

唐楠楠为了不连累方黎，决定说出当天林旭的上司对自己强暴未遂的事实，但因为涉及林旭的升职问题，一直被林旭阻拦着，不让她说出真相。唐楠楠大概对林旭彻底寒了心，便提出了分手。就在前天半夜，唐楠楠一个人偷偷拖着行李离开了林旭家，直到现在仍音讯全无。林旭有些怕了，这才想起来找唐楠楠。

得知前因后果，葛漫漫立即打电话给方黎，方黎也不知道唐楠楠去了哪儿。谢云舒叫葛漫漫不要慌，四个人约定了地点，决定先碰个头，了解下情况，再商量对策，分头去找。

半小时后，葛漫漫、谢云舒和林旭在一家快餐店碰了头。

方黎来得最晚，拉开快餐店的门时，其他三人正坐在其中一张四角桌上。葛漫漫焦急地拨着手机号码，林旭干坐在那儿，低头不语。

修长的腿越过一排排实木餐桌在林旭面前站定，不等对方回头，方黎一把扯住林旭，把人从椅子上拽起来，一拳挥过去。

林旭被打得一个趔趄，撞到一旁的餐桌上，发出巨大的摩擦声。

“浑蛋，你还是不是人，你女朋友丢了这么久，现在才想起来找？”方黎出门没打理头发，刘海垂下来遮住一双血红色的眼睛。见林旭还不说话，火气又蹿上来三分，方黎大步上前，双手抓着林旭的衣领，从桌子上拖起来。

谢云舒连忙起身，拉开方黎，沉声道：“别冲动。”

方黎猛地松手，坐在椅子上不说话。

林旭站起身，用手背擦擦鼻血，在另外一张桌子前坐下。

“你什么时候发现楠楠失踪的，都找过哪些地方了？”葛漫漫问。

林旭摇摇头：“我还没去找。前天我们吵了一架，她说要跟我分手，我还当她说着玩的。谁知昨天一早，她就不见了，行李、衣物也都收拾得干干净净，我以为她闹闹脾气，过一会儿就回来。正好昨天我手上有个案子，就没来得及想这件事，结果今天中午给她打电话，才发现她手机关机了，就……”

林旭的话没说完，方黎“噌”地又站起身，谢云舒怕他又要动手，连忙拉住他。

葛漫漫也劝他：“黎学长，你别急，楠楠早晨还给我发短信，说不定一会儿就联系我们了。”

方黎胸膛起伏，目光锋利，如刀似剑般瞪着林旭，半天才从牙缝里挤出几个字：“你不配得到她。”说完，他甩开谢云舒，头也不回地走出餐厅。

那一刻，方黎脑子里只有一个念头：必须马上找到她。

他疯狂给唐楠楠打电话，电话却一直处于关机状态。

他将油门踩到底，车窗外的风景从眼前疾驰而过，仪表盘的数据飙升。

她常去的KTV、喜欢的餐馆，还有南部山区的游乐场，几乎每一个地方他都找了，可完全没有看到她的踪影。天色渐渐暗下来，他从排过山车的人群中挤出来，带着一丝希望给葛漫漫打了一个电话，很快眼神便黯淡下去，他们那边也是一无所获。

他坐在路边的牙子上，垂着头，从口袋里掏出一支烟点燃，吐出一大口雾气。

她到底会在哪儿？

那姑娘看起来单纯，实际上性子远不如葛漫漫灵活，遇事喜欢钻牛角尖。她母亲去世后，她就把林旭当成了唯一的亲人。他记得有一次她喝醉了酒，无意间向他吐露心扉，说自己现在唯一的幸福和快乐就是拥有林旭，如果有一天林旭不要她了，她真的会生无可恋，连活下去的勇气都没有。

那个如猫儿般乖巧的傻姑娘，她用生命去爱一个人，可知在那个人眼里，只有他的工作，只有他的前途，只有他自己吗？

等一下！猫？他眼前一亮，对了，她会不会去了那儿？

一念及此，方黎迅速掐灭烟头，以百米冲刺的速度朝停车场奔去。

一个小时后，Meet 餐厅外。

月光下，那个瘦弱的身影蹲在那儿，正隔着玻璃窗逗弄一只小猫儿。小猫有一节小臂那么长，毛色雪白，尾巴上有几处灰色点缀，粉嫩的小肉垫追着主人的手移动着，似在和主人玩游戏。

方黎站在那儿静静地看着她。她没有发现他，继续和小猫做游戏。

“蛋挞，我这次来是跟你告别的。我再也没有家了，以后你跟着方黎，一定要乖乖听话。”

对面的酒吧生意惨淡，染了灰尘的旧霓虹彩灯隔着一条数米宽的街道，落在那姑娘身上，显得异常落寞。

“抱歉，这两天事多，我忘了来喂它。”耳边冷不丁传来低缓的嗓音，唐楠楠闻声抬头，是方黎。

初春还很冷，他上半身只穿了一件卫衣，下半身搭配一条工装束脚裤，一只手插在裤兜里。

“你怎么来了？我想见见蛋挞，可手机没电了，没法给你打电话，只好过来隔着玻璃瞧它一眼。”她仰头看着他，傻傻地笑。

他低眉望着她，眼中闪过一丝难以掩饰的心疼。

“外面冷，你进来吧。”方黎打开门，打开吧台的立式灯，招呼她进来，“喝什么？”

“白水。”她放下行李箱，在吧台上坐下来，左右环顾。

方黎插上饮水机的电源，等水加热的空隙给葛漫漫发了一条短信，告诉她，自己找到了唐楠楠。

“对不起。”背后传来唐楠楠的道歉声，“我已经跟王律师说了，那天你是为了救我才出手伤了陈经理。”

吧台的灯有些暗，她的眼睛却很亮，弯弯的，像月亮一样。

她笑得很开心，仿佛世界上一切的背叛与她无关。可是，她笑得越开心，他的心就越疼。那笑容宛如一把利剑扎在他的心头，痛彻骨髓，却不能吱声。

他递给她一杯热水，笑道："其实你不用说的，大不了我进去蹲两天，听说里面的饭还不错。"

她愣了一下，喝了一口水，笑道："你真有趣。"

他挠挠头，尴尬地笑笑。

两人面对面，闷头喝水。过了一会儿，唐楠楠缓缓开口："我跟林旭分手了。"

方黎没有说话，他不知道该说什么。

唐楠楠并未期盼从方黎嘴里得到安慰，继续说："我早就发现了，我在林旭心里永远是第二位，他的梦想是成为世界一流的设计师，为此他可以放弃家庭、放弃朋友、放弃一切，我又算什么呢？我在他心里，永远都比不上他的事业。"

"接下来，你准备怎么办？"

她沉默片刻，扭头看看窗外："我想去旅行，去外面的世界看看，反正我也无处可去，不如找一个喜欢的城市生根安家。"

方黎杯子里的水已经喝光，他端着杯子吸了一口气，结结巴巴："其实，你可以不用走的，我的房子比较大，一个人住也挺无聊的，你不嫌弃的话可以搬来和我一起住，房租的话，你随意。"

唐楠楠仍是笑："谢谢，不过我还是想出去走走。"她看了眼墙上的钟表，说，"时间不早了，我订了宾馆，十点之前要入住。"说着，她起身拿行李，准备往外走。

方黎从高脚椅里站起来，大声叫住她："唐楠楠！"

她茫然回头。

他沉吟片刻，端起唐楠楠剩下的半杯水一饮而尽，然后绕过吧台，站到她面前，一字一句道："我喜欢你，你做我女朋友吧。"

唐楠楠最终还是没有改变自己的心意。

机场。

“你真的不再考虑一下吗？”过安检前，葛漫漫拉着唐楠楠的手，最后一次问，“其实黎学长人很好。”

“嗯，方黎很好，所以他值得更好的姑娘。”唐楠楠最后喝了一口水，把剩下的半杯水连同杯子丢进弃物箱。那是她来嘉城市的第一天，从火车站旁的一个小超市里买的，九块钱，她用了三年，“而且，我被林旭困在这里太久了，再不出去看看，我就真的老了。”

“那你什么时候回来？”

“目前还不确定。”唐楠楠看了眼不远处的谢云舒，“不过你放心，你跟谢云舒结婚的时候我一定会回来。”

“那你一个人在外面要小心，每到一个地方都要记得给我寄明信片。”葛漫漫恋恋不舍道。

“我怎么觉得我是你养的青蛙？”唐楠楠吐槽。

“你比青蛙可爱多了。”葛漫漫捏捏唐楠楠的脸。

机场里响起登机广播提醒，唐楠楠和葛漫漫抱了一下，独自走向安检区。

她坐上电梯，快步赶向登机口的时候，登机提醒再次响起来：请翟启言、唐楠楠、方黎速到 27 号登机口检票登机。

奇怪，是幻听吗？她怎么好像听到了方黎的名字？

“唐楠楠！”

不对，不是幻听。唐楠楠循声回头，方黎正挥舞着鸭舌帽朝这边跑来。他一边肩膀上背了一个黑色的旅行包，嘴巴咧到了耳根。

她一脸诧异。

方黎看出她的疑惑，戴上鸭舌帽，贱贱一笑：“我的女朋友长这么漂亮，我怎么放心她一个人出门。”

唐楠楠白了他一眼：“谁是你女朋友？”

方黎脸皮厚：“我不管，我都表白了，好歹我也是校草，你要不接受，让我很没面子。”

“我现在不想谈恋爱。”

“没关系，你现在不想，总有一天你会想。我先排个号，到时候好有个优先被录取权。”

“就你嘴贫。”唐楠楠笑着，“你就这么出去旅行，Meet 怎么办？”

方黎满不在乎地摆摆手：“嗨，Meet 都好几个月没营业了，主厨忙着谈恋爱，哪有时间上班。”

唐楠楠无语：“你们这些富二代，有钱就是任性。”

方黎不悦道：“喂，你别动不动就说你们富二代好不好，我的钱都是我自己投资理财赚来的。”

“是吗，说说你都投资了哪些项目？”

“对呀，我差点忘了，你是投资理财咨询师呀，要不你给我参谋几个项目吧？”

“什么项目？”

“来，你看……”

方黎第一次见到唐楠楠，是在葛漫漫的生日聚会上。那时，他看着那个抹得满脸蛋糕的疯丫头想，洗干净还是个蛮漂亮的妞。

第二次见到她，是在她妈妈的忌日。那天，她在 Meet 对面的酒吧喝了很多酒，迷迷糊糊拉着他的手，叫着：“林旭，我想妈妈，林旭，我想要一个家。”那时他想，这个姑娘真让人心疼。

第三次见到她，是在情人节的电影院里，方黎左边坐着葛漫漫和单阳，右边坐着她和林旭。作为一只“单身狗”，坐在中间的方黎默默地想，这人就是林旭？长得也太一般了，眼睛不够大，鼻子不够挺，嘴唇太厚。这颜值，别说和他这个校草相提并论，就连谢云舒都比不上，好好一棵白菜让猪给拱了。

往后的岁月里，他都默默看着她，默默帮助她，默默祝福她。他曾在书上读到过一句话：爱一个人的最高境界是放手，不强求，不强迫，甚至不需要对方知道自己爱她，只要对方开心，自己难受一点又算什么呢？没遇见她之前，他觉着这句话就是放屁，遇见她以后，他才知道，原来自己是一个傻瓜。

他曾一度以为会这么错过她，不过还好，老天似乎一直对他厚爱有加。这么想着，他又死乞白赖地往她肩头靠去。

“你走开！”

“不要嘛！人家脖子扭了，直不起来了嘛。”

唐楠楠，此后余生，天南海北，丘陵山川，你若以四海为家，我便以你为家。

从机场出来时，葛漫漫感叹：“原来黎学长一直喜欢着唐楠楠，我竟然连这都没发现。”

谢云舒白了她一眼：“你发现过什么吗？”

葛漫漫翻了一个白眼：“所以说，你和方黎一直都是很铁的哥们？”

谢云舒点头。

“这么说，你早知道我就是当年强吻……啊，不对，错吻你的那个人？”

“一般人对抢走自己初吻的人印象都挺深刻的吧？”

“呃，这倒也是。”葛漫漫红着脸冲谢云舒露出两颗小虎牙，“不过没关系，那也是我的初吻，你不吃亏。”

葛漫漫自从知道当时谢云舒不是因为她才失去了出国留学的机会后，就跟谢云舒摊了牌。

“怪不得你的吻技那么拙劣。”不知想到什么，谢云舒顿了一下，“现在也是，看来这几年单阳也没把你调教出来。”

听到单阳的名字，葛漫漫愣了一下，甩头望向谢云舒：“网上说，如果你男友在你面前提到你前男友的名字，就说明他吃醋了。”

“谁……谁吃醋了？”他只是听她说，昨天单阳给她发了信息，说自己离婚了，他心里有点别扭罢了。

“还敢说不是，整个机场都闻见酸味了。”葛漫漫捏起鼻子。

“我……”谢云舒还想说什么，手机振动起来。

魏东升？急诊科的同事？院里有紧急任务吗？

“喂，魏主任。”谢云舒接起电话，说了两句，脸色一白，挂掉电话。不等葛漫漫问什么，他就拉着她往停车场方向跑去。

“发生了什么？”

谢云舒神情严肃：“我爸出事了。”

葛漫漫从未见谢云舒这么慌张的样子：在开车回医院的路上，他好几次差点闯红灯；推开急诊室的大门时，他脸上全是汗。

“我爸怎么样了？”

蓝色隔帘布内，七八个人影快速晃动，说着葛漫漫听不懂的术语，在争分夺秒地和死神抢人。

谢云舒进去看了一眼，魏主任过来找他谈话。

一个多小时前，江良骥因为突发脑溢血被人送到医院。幸亏发现及时，经过抢救，虽然暂时脱离了生命危险，但情况十分严重，评估结果是，必须马上进行手术才能保住江良骥的命。然而就江良骥的身体状况和病情看，手术成功的概率只有百分之四，剩下百分之九十六可能成为植物人。

手术由神经外科主任亲自执刀，手术室已经准备好，就等家属签字，便立刻手术。

“我去交款，你去签字。”葛漫漫转身往缴费台跑去。

通过之前和江良骥的接触，葛漫漫觉着对方是一个很慈祥、很和善的人，加之对方又是谢云舒的父亲，她整颗心都揪起来了。

然而等她交完钱回来的时候，却发现谢云舒靠在急诊室门外像失了魂儿般，一动不动。

她看了一眼手术协议书，家属签字那一栏还是空白的。

“谢云舒，你在干吗，签字啊！”

她把笔塞到他手里，协议书递到他眼前。

他低头看了一眼协议书，缓缓望向葛漫漫，似是说给她听，又似是自言自语：“只有百分之四的成功概率。”

葛漫漫一脸震惊：“你在想什么？你现在是病人家属，你现在要想的不是那百分之四的成功概率，而是伯父百分之百活下来的概率。”

谢云舒还是没有动，讷讷地问了一句：“你知道什么叫植物人吗？”

葛漫漫的眼神一软：“我知道，我当然知道，可是那又能怎么样？里面躺着的是你的亲人，你有选择的权利吗？”

“亲人？”此时此刻，谢云舒竟笑出声，“当年躺在病床上的可不仅仅是他江良骥的亲人，还是他的爱人，他是怎么选择的？”

说到最后，他的声音几乎成了咆哮。

急诊室人来人往，人们忍不住往这边看来。

葛漫漫听出他话里的意思，瞪大了眼睛，难以置信：“谢云舒，你知不知道你刚才在说什么？”

谢云舒眼里含着血丝，嘴角忽然漾起一丝可怕的笑：“我说得不对吗？”

葛漫漫后退一步：“你疯了！”

护士从急诊室里出来。

“谢医生，您父亲的情况急转直下，主任让我问你，这手术还做不做？”

谢云舒握笔的手抬了抬，终于无力垂下。

葛漫漫见状，连忙道：“做，我们做。麻烦你告诉主任，能不能先给伯父做手术，我一定劝他签字。”

“对不起，没有家属签字，我们不能给患者做手术，这是规定。”护士说完，匆忙钻进急诊室。

葛漫漫往急诊室里探了一下头，有隔帘布挡着，她只能看到一双双脚。她听到有人大声询问：“病人情况非常不好，谢医生签字了没有？”

“谢云舒！”葛漫漫大步走到他面前，抓着他的胳膊，几乎是嘶吼，“你想清楚，江良骥是你父亲，你已经没有母亲了，如果他死了，你就真的变成孤儿了！”

孤儿吗？谢云舒的眼睛动了一下。良久，他颤巍巍抬起手，笔尖触在纸上，却迟迟没有写出自己的名字。

葛漫漫咬牙，深吸一口气，大喊一声："江安眠！"

脑袋"轰"的一声，谢云舒蓦地一震，抬头看她一眼，眼里的茫然忽而褪去，转而化作一团慌乱的焦灼。他低着头，在家属一栏急急写下自己的名字。

江良骥被送去神经外科手术室。看着渐行渐远的轮床，谢云舒沿着白色的墙壁缓缓滑坐下来，抱着头，久久不语。

葛漫漫在他身边矮下身，两只手交叠覆在他的胳膊上，不知过了多久，她悠悠道："走吧，我们去手术室外等伯父。"

她扶着他站起来时，能明显感觉到他的身体在不由自主地战栗。她仰起头，对他微微一笑："别担心，伯父一定会好起来的。"

谢云舒眼眶湿润，他张开双臂紧紧拥住了她，在她耳边喃喃："谢谢，谢谢，谢谢……"

差一点，他差一点就犯了一个这辈子都无法挽回的错误。刚才那一瞬间，如果他选择放弃，那么等待他的将是一辈子的悔恨和煎熬。

时至今日，他才明白，为什么江良骥会在事业巅峰的时刻选择隐退，并走遍世界各地做一名不留名的小厨师。

是愧疚！那个被称为厨师界手术师的天才厨师，曾因自己身为外科医生的妻子获得灵感，在一夜成名后，却为事业亲手放弃了自己的妻子，最后又因为对妻子的愧疚丢弃了自己所钟爱的事业与理想，流浪他乡。

一念天堂，一念地狱，这世上本没有绝对的对错，有的只是化不开的心结。

很幸运，江良骥的手术成功了。从手术室出来后，他转入了ICU病房，昏迷了三天三夜后，终于睁开眼。

江良骥醒来后，葛漫漫第一时间给谢云舒发了一条微信。

一小时后，谢云舒穿着洗手衣出现在ICU病房外。

江良骥看到谢云舒，眼神闪烁了一下。

谢云舒站在玻璃门外，朝他笑了一下，叫了声“爸”。

隔着门，江良骥听不到他的声音，却看懂了他的口型，目光一怔，张张嘴，也对他做了一个口型：“对不起。”

谢云舒摇摇头，泪如雨下。

立春之后，天气暖和起来。江良骥的身体一天天恢复，景新河也趁着春暖花开，带着葛漫漫连录了几集《寻找巷子里的美食》。

三个月后，《寻找巷子里的美食》第一季完结，平均收视率不仅在同类网络节目中排名第一，甚至超越了同期电视美食节目《我爱厨房》。在网友的高声呼吁下，第二季定于九月份回归。而葛漫漫和景新河也靠着《寻找巷子里的美食》分别获得嘉城电视天盛奖饮食综艺类节目的最佳主持奖和金牌策划奖。

颁奖典礼定在五月份举行，会场布置在嘉城大学。

颁奖典礼这天，天气格外好。五月，校园里的栀子花开了，雪白雪白的，一朵连着一朵，一枝接着一枝，走在校园的小路上，满满都是青春的气息。

最近，谢云舒特别忙，于是在颁奖典礼这天，葛漫漫也没指望他能来。

晚上七点三十五分，颁奖典礼准时开始，葛漫漫和景新河很早就到了会场。因为有很多围观的学生，校园里堵得水泄不通，学生中有葛漫漫的粉丝，抱着本子找葛漫漫签名。

别人给粉丝签名是粉丝激动得不行，她给粉丝签名是她激动得不行。她一笔一画，小心翼翼地写，生怕写得不好看。

“漫漫，加油，我们会一直支持你的。”

“嗯，我会的。”

“漫漫，听说你也是嘉城大学播音主持系毕业的，你逃过魔鬼教授的课吗？”

“当然没有，你要好好学习哦。”

“漫漫，我们全宿舍的人都是你的粉丝。”

“谢谢。”

她不厌其烦地和粉丝聊天。那一刻，她离梦想那么近，那么近，近到她一伸手就能碰到，近到所有的昨天都成一幅幅静止的画面。

进入会场后，她收到唐楠楠和方黎发来的视频聊天。两人坐在威尔士的蒸汽火车上，原木的窗框、复古的桌椅，伴随着鸣笛缓缓向前。视频中，方黎的脑袋不安分地往唐楠楠肩膀上凑，唐楠楠几次三番推开后，方黎又不要脸地靠过来。最后，唐楠楠无可奈何，只好任由他去了。

关掉视频，单阳发来短信。就在不久前，他领了离婚证，结束了短短几个月的婚姻生活。

他说：“漫漫，恭喜你如愿以偿，我这辈子最后悔的事就是没有坚持和你在一起。”他说，“漫漫，你还喜欢我吗？”

她想了想，写道：“相信一切都是最好的选择。”

颁奖典礼结束已经九点，葛漫漫抱着奖杯从会场中出来时，天已经黑透了。她朝四下望了望，似在搜寻着什么，最终失望地低下头。

“男朋友没来，不开心？”景新河看出她的心事。

她点点头，刚想说什么，手机振了一下。她看了一眼手机，眼睛一亮，对景新河说：“抱歉，我有点事先离开。”说着，她朝医学院宿舍楼的方向狂奔而去。

手机屏幕亮着，是谢云舒发来的微信：“晚会结束后别乱跑，在医学院宿舍楼下等我，我去接你，天黑，不安全。”

嘉城大学占地面积两千五百多亩，平时白天有校园公交，走路的话，两个小时都不一定能走完。其建筑是按照古典易学设计的，整个校园就像一个巨大迷宫，错综复杂，稍不留神就会走错路，葛漫漫是一个路痴，直到读大四还经常迷路。以前，她虽然因为追方黎研究过去医学院宿舍楼的路，但过了这么久，又是黑漆漆的晚上，于是她毫无悬念地迷路了。

谢云舒发来微信：“我到了，你在哪儿？”

葛漫漫回："我马上到。"

她抬头望望四周，时间不算太晚，有不少刚下晚自习的学生。她叫住其中一个，刚想开口打听医学院宿舍楼怎么走，没想到对方竟是她的粉丝，非要让她签名，签完名还和她聊起天来。她不想给粉丝留下不好的印象，只好耐着性子聊了几句，好容易脱了身，才想起来正事没问。

她又给谢云舒发了一条信息："我好像迷路了。"

手机屏幕里立刻蹦出来一个定位。

葛漫漫一拍脑门，转了方向。顺着导航，她终于找到医学院宿舍楼。

嘉城大学的临床医学是特色专业，医学院是在校生最多的一个学院，宿舍楼就有三栋，每栋二十层。沿着斜坡上去，宿舍楼的全貌逐渐展现在眼前。

两边是初放的栀子花，路灯白色的光照在她手中的奖杯上，闪着夺目的光芒。她伸出拇指，小心地拿开落在奖杯上的叶子，笑嘻嘻地想：我一会儿一定要在谢云舒面前显摆个够。

然而当她走到坡顶时，宿舍楼灯火通明，周围花香缭绕，却完全没有谢云舒的影子。

她觉得奇怪，掏出手机正要给谢云舒打电话，突然眼前一黑。三栋宿舍楼的灯一下子全灭了，下一瞬，从东向西，宿舍楼的灯光有规律地重新亮起，并组成不同的字母，以十一楼为界限分成上下两排，第一排写着GMM，第二排写着I和U，中间是爱心的形状。

她呆住了，捂着嘴，难以置信地退了几步，画面更加清晰地展现在她眼中。

"漫漫。"温柔的声音自背后传来。

她缓缓回头，谢云舒穿着一件崭新的白大褂，手中拿着一本书，朝她走来。

一瞬间，眼前的画面和记忆中的画面重合。

他走得那样慢，一步一步，仿佛走过了四季轮回，仿佛走过了漫漫寒冬。周遭的栀子花香越来越盛，终于当她感觉即将溺死在这馥郁的香气中时，他站到了她面前。

她被他轻柔地圈着腰，环在怀里。她的眼睛湿湿的，鼻子酸涩，过了很久，才找回丢掉的声音："这个表白方式有点土。"顿了一下，又补充了一句，"应该还有点累。"

"你还好意思说？为了这几个字，我挨个宿舍跑。你当年为了方黎，也是煞费苦心了。"

"你吃醋了吗？"

他笑了笑，低头看着她的唇出了一会儿神，然后慢慢倾身覆上去。暖暖的，软软的，是记忆里的味道，是记忆里魂牵梦萦的味道。

身后的宿舍楼里，无数个脑袋探出来，紧接着爆发出一阵阵欢呼声、起哄声、鼓掌声。

他静静注视着怀里的姑娘。

她一向胆子很大，这次却不知为何害羞起来。她低着头，心跳得厉害，扑通扑通，仿佛要跳出喉咙。

"漫漫。"他一只手搂着她的腰，一只手托起她的脸，逼着她直视他的眼，"和我结婚吧，成为我的家人，成为我最亲的爱人。"

他的声音很小，小到只有她能听见。她愣了片刻，迟缓地眨眨眼，眼眶里的泪水再也无法遏制。她点点头，扑进他怀里，哭出了声。

不知过了多久，她的情绪逐渐平息。

他似是责备地问了一句："你怎么才过来？"

她抹抹眼泪，笑了一下："一开始我走错路了，怕你骂我，我专门摘了栀子花送给你，香不香？"

五年前，她站在这里，错吻了他。那时的她并不知道，眼前的这个人将会是和她相伴一生的人，而后，她曲曲折折走了一些错路，哭过、累过、痛过。后来，她才渐渐明白，那些走过的错路和犯过的错误都是为了让她遇见更好的自己，然后以最完美最优秀的姿态重新站到他面前，与他相拥、相恋、相伴。

“我饿了。”两人并肩往校门口走时，葛漫漫摸着肚子说。

谢云舒看了一眼手表：“这都几点了，你忍忍吧，明早再吃。”

“不嘛，我今天可是得了奖的，你难道不给我开个庆功宴吗？”葛漫漫不依不饶。

谢云舒不说话了。

“我求你了。”葛漫漫摇着谢云舒的胳膊撒娇。

“去吃什么？”

“耶！”葛漫漫目标达成，忍不住跳起来，“我要去吃火锅，麻辣汤底。”

“所以你是想吃饭还是想作死？”谢云舒瞪了她一眼。

“就一次，不会怎么样的，拜托拜托。”

“不行！”

故技重施显然失了效果，葛漫漫一歪头：“哼，你不让我吃麻辣火锅，明天你自己去民政局。”

“去哪一家？”谢云舒被捏了七寸，无奈地妥协。

“都行。”

“对了，再叫上两个人吧，刚才人家帮着我挨个宿舍跑了大半天呢。”谢云舒想起帮了半天忙、没吃上饭的幕后们。

“好啊！”葛漫漫点点头，功臣必须犒劳。

“那我给他们打个电话。”

“谁呀？”

“江雅琳，还有许亦白。”

…………

“你怎么了，怎么突然不说话了？”

“其实吧，我觉得火锅也没有那么好吃，要不咱们换个？”

谢云舒：“……”

五年前，嘉城大学。

黑暗中，几个女生鬼鬼祟祟地躲在一丛栀子花下，其中一个